내가
그토록
너를

내가 그토록 너를

초판 1쇄 찍은 날 | 2015년 8월 18일
초판 1쇄 펴낸 날 | 2015년 8월 26일

지은이 | 김선민
펴낸이 | 서경석

편 집 책 임 | 조윤희
편 집 | 이은주
주은영

펴 낸 곳 | 도서출판 청어람
등록번호 | 제387-1999-000006호
등록일자 | 1999. 5. 31
어람번호 | 제5-0422호

주소 | 경기도 부천시 원미구 부일로 483번길 40 서경B/D 3F
(우) 420-822
전화 | 032-656-4452 팩스 | 032-656-4453
http://www.chungeoram.com
E-mail | chungeorambook@daum.net

ISBN 979-11-04-90357-1 03810

김선민 장편 소설

내가 그토록 너를

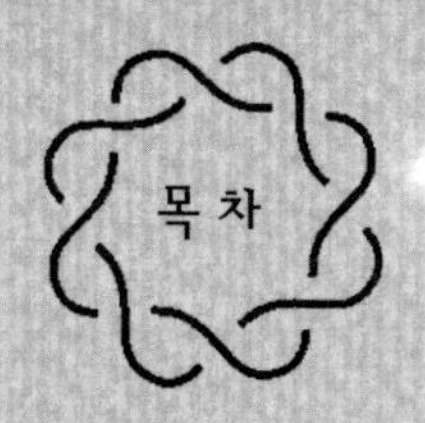

목차

프 롤 로 그

하마터면 내려야 할 정거장을 지나칠 뻔했다. 콩나물시루처럼 사람들로 빽빽하게 들어찬 버스에서 간신히 하차한 여은은 안도의 한숨을 몰아쉬며 시계를 보았다.

8시 35분.

면접이 시작될 시각까진 여유가 있었지만 마음의 여유는 조금도 없었다.

"실례합니다. 죄송합니다."

실례합니다와 죄송합니다를 백 번쯤 반복하며 사람들 틈바구니를 비집고 걷던 여은은 한 건물 앞에 멈춰 섰다. 그곳은 오늘 인턴 면접을 보게 될 한국방송공사. 여은은 가방 안에서 휴대폰을 꺼내 메시지 창을 띄웠다.

“으, 떨려.”

메시지를 적어 넣는 여은의 손끝이 평소와 다르게 느리고 버벅댔다. 눈 감고도 후딱 보내던 메시지 작성이 오늘따라 왜 이리 더디고 실수가 많은지. 아랫입술을 야무지게 꾹 깨문 여은은 ‘받는 사람’란에 친한 친구들과 선배들의 이름을 체크해 메시지를 발송했다.

‘고작 두 명 뽑는데 설마 내가 되겠어?’라는 생각을 했지만, 그와 반대로 ‘앞으로 내 인생에 있을 모든 행운과 맞바꿔서라도 합격했으면 좋겠다’란 생각도 했다. 누군가에겐 그저 한 달짜리 인턴십일지 몰라도 여은에겐 생의 모든 행운과 맞바꿔서라도 얻고 싶을 만큼 욕심나는 기회였다. 그래서 1차 서류전형에서 합격했다는 소식에 아이처럼 엉엉 울었다.

불현듯 떠올라 가슴을 뛰게 만들고 때론 뒤척이느라 잠 못 들게 만들던 그 간절한 꿈.

하지만 현실은 꿈만을 좇기엔 팍팍했고 적당한 길을 찾게 했다. 그 현실이란 것이 어쩔 수 없게도 돈을 따라 움직인다는 게 스물셋 여은에겐 너무나 슬프고 서러운 일이었다. 그래서 이 면접은 여은에겐 꿈을 향해 마지막으로 힘껏 뻗어보는 간절한 손짓과 같았다.

무심하게 굳은 얼굴로 출근길을 재촉하는 사람들이 여은의 곁을 쉼 없이 지나쳤다. 여은의 눈엔 그런 표정조차 행복해 보였다. 내 꿈을 현실로 이뤄낸 사람들. 그 생각만으로도 입가에 절로 미소가 번졌다.

딩동.

메시지가 도착했다. 카톡도 아닌 문자메시지.

카드도 긁지 않았는데 무슨 메시지가 온 거지? 대출사기 문자인가? 아직도 이런 게 기승이구나. 도대체 내 신상은 어디까지 털린 거야.

문자 한 통에 별의별 생각을 다 하던 동준은 휴대폰을 꺼내 메시지를 확인했다. 발신인 이름이 뜨지 않는 낯선 번호 열한 자리. 저장이 되어 있지 않은 번호인 걸 보니 스미싱일 확률이 좀 더 높아졌다.

〈드디어 면접장 도착! 걱정돼 죽겠어ㅠ 그대의 응원이 절실하게 필요해요!〉

예상과 달리 사기 문자는 아니었다. 누군가 잘못 보낸 메시지. 메시지 창에 '누구세요?'라고 적어 넣던 동준은 그런 답장을 보낼 바엔 아예 보내지 않는 게 나을 것 같단 생각에 휴대폰을 주머니에 넣었다. 그리곤 별 생각 없이 고개를 돌려 주위를 둘러보았다.

만원 지하철 안. 저마다 이어폰을 꽂고 자기만의 세계에 빠져 책이나 휴대폰에 빨려 들어갈 듯한 학생들의 모습이 눈에 들어왔다.

'그대의 응원이 절실하게 필요해요!'

절실. 그 단어가 유독 거슬렸다. 이 메시지를 절대로 무시하고 넘어가선 안 된다는 일종의 주문과도 같은 단어랄까.

다시 휴대폰을 꺼내 든 동준은 액정 화면을 손끝으로 톡톡 두들겼다.

이걸 보내? 말어?

오지랖 아닌가?

그래. 까짓것 빈말 한 줄 보내주는 게 뭐 어려운 일이라고.

짧은 고민 끝에 답장을 하기로 결정한 동준은 간단한 메시지를 보낸 후 다시 지하철 안 학생들을 스윽 훑어보았다. 이제는 그들이 예사로 보이질 않았다. 내가 알고 있는 누군가도 저들처럼 치열하게 살고 있을 테니까. 시험에 치여, 스펙 쌓기에 치여, 취업에 치여, 매일을 아등바등 살아가는 청춘들을 외면하기가 쉽지 않았다.

면접장 대기실 안에는 스무 명 정도 되는 지원자들이 모여 있었다. 말끔한 정장 차림의 지원자들은 한창 스피치 연습 중이었고 여은 역시 자리를 잡고 앉아 가방 안에서 두툼한 종이 뭉치를 꺼냈다.

지잉.

휴대폰이 진동했다. 5분 전쯤 뿌린 메시지에 대한 답장이 시간 간격을 두고 속속 도착하고 있었다. 이번엔 또 누가 답장을 보낸 건가 싶어 발신인을 확인하던 여은의 두 눈이 더할 나위 없이 동그래졌다.

—신동준

웬 신동준?

설마…… 그 신동준?

휴대폰에 번호를 저장한 이래로 단 한 번도 연락해 본 적 없는 그 이름. 고이 모셔만 두고 가끔 이름만 확인해 봤던 그 이름. 그것도 벌써 5년 전에 저장했던 그 이름 신동준.

이 사람에게도 메시지를 보낸 건가? 체크를 잘못했던 모양이다.

그렇다면, 이 메시지를 보낸 신동준은 그와 동일인물일까? 아니겠지? 중간에 번호가 바뀌었을 수도 있으니까. 만약 같은 신동준이라고 해도 난 줄 모르고 답장을 해준 거겠지.

근데, 정말 그 사람이 맞는 걸까?

떨리는 마음으로 메시지를 열어본 여은은 몇 번이고 그 메시지를 다시 읽었다.

〈걱정을 해서 걱정이 없어지면 걱정이 없겠지. 떨지 말고 잘 봐.〉

그 신동준이 확실했다. 무조건 그 신동준이다.

"티베트 속담에 그런 말이 있대. 걱정을 해서 걱정이 없어지면 걱정이 없겠네. 일어나지도 않을 일을 걱정하면서 마음 쓰고 시간 낭비하는 거 때려치워, 못난아."

순간 떠오르는 기억 한 조각에 여은의 머릿속은 멍해졌다. 가슴은 두근거렸고 손에 땀이 나면서 입술은 바짝 말랐다. 얼굴이 붉어지는 듯 볼이 뜨거워지기 시작했다.

"어떡해."

여은은 휴대폰에서 눈을 떼지 못했다. 도대체 이 두근거림을 어떻게 하면 좋을지 답이 나오질 않았다. 왈칵 눈물이 쏟아질 것만 같던 그때.

"장형우 씨, 윤보라 씨, 김여은 씨. 준비하세요."

불행인지 다행인지 하필 그 순간 여은의 이름이 호명되었다.

아무리 생각해 봐도 어젯밤 무슨 정신으로 집에 돌아간 건지 모르겠다. 무사히 귀가했다는 건, 누군가 고맙게도 택시에 태워 줬다는 얘긴데. 정신을 못 차릴 때까지 술을 마시는 타입도 아닌데, 어젠 왜 그리 쏟아부었는지.

동준은 차를 가지러 어제 술을 마셨던 곳으로 걸어가는 내내 찌뿌둥한 몸을 이리저리 늘이면서 앓는 소리를 해댔다.

그때 전화가 걸려왔다.

"간밤에 안녕하셨습니까, 어머니."

동준의 깍듯한 인사에 수정의 웃음소리가 먼저 건너왔다.

[네. 고주망태가 된 아드님 덕분에 새벽 3시에 잠을 깼더니 몸이 아주 가뿐합니다.]

전화 너머의 수정은 방송 3사 연기대상을 모두 휩쓴 톱 여배우답게 굉장히 자애로운 어머니 역을 완벽하게 소화해냈다.

"내가 전화했어?"

[30분 동안 전화통 붙들고 울고불고 난리쳤던 거 생각 안 나지? 그럴 줄 알고 녹음해 놨어. 들어볼래?]

"아니야, 아니야. 어렴풋이 기억나는 거 같아."

그게 엄마였구나. 그래서 막 욕도 듣고 그랬던 거구나.

동준은 고개를 끄덕이며 주차해 둔 차 문을 열고 올라탔다.

[아니, 안 그러더니 웬 술을 그렇게 마셨어? 너 엄마한테 혼꾸멍 한번 나야겠구나?]

"에이. 내가 올해 서른인데."

[서른씩이나 된 놈이! 어휴. 나이 많아 좋겠다, 그래.]

"아이, 왜 또 그러실까, 우리 엄마. 잘못했어요, 다신 안 그럴게."

[주말에 약속 없지? 집에 와서 밥이나 먹어.]

"저녁은 바쁘고, 점심 때 갈게. 아, 그리고 엄마. 그…… 여은이 있잖아. 걔 요즘 어떻게 지내? 대학 졸업할 때 안 됐나?"

[아직 3학년. 두 학기나 휴학을 해서 동기들보다 한 학년 아래지 아마? 갑자기 여은이는 왜? 생전 관심도 없더니.]

"내가 언제 관심도 없었다고……."

양심에 찔렸다. 근 5년 만에 소식을 물은 것이라 더더욱. 굳이 핑계를 대자면 사는 게 바빠서 신경 쓸 겨를이 없었던 것이다. 그저 그랬던 것뿐이다. 예전엔 참 예뻐했던 아이였다.

그냥, 아까 그 잘못 온 문자를 보고 나서인지 아니면 지하철에서 학생들을 보고 나서인지 문득 여은이 생각이 났을 뿐이다. 마지막으로 보았던 게 5년 전인데 그땐 고등학생이었으니까 지금쯤이면 대학생이 되었을 것 같아서. 잘 지내는지, 공부는 잘 하고 있는지 궁금했다.

[내가 그렇게 여은이 얘기해 줘도 귓등으로 듣더니.]

"……그랬나?"

그랬구나. 엄마는 꾸준히 내게 여은이 소식을 전해주셨던 거구나. 내가 귀담아 듣지 않았던 거였어.

"후원 꾸준히 해주는 거 아니었어? 웬 휴학?"

[학비는 계속 지원했지. 근데 취직하려면 요즘 애들 스펙 쌓고 어쩌고 하느라 돈도 많이 들고 시간도 많이 필요하잖아. 자격증도 따두고, 인턴 같은 것도 해야 한다더라. 최근에 통화했을 땐 어디 인턴 면접 준비한다고 했었는데. 엄마 지금 나가봐야 하니까 자세한 얘긴 만나서 하자. 해장 시원하게 하고.]

"응, 엄마. 주말에 봐."

통화를 끝낸 동준은 차에 시동을 건 후에도 출발하지 않고 멍하니 앉아 있었다.

김여은. 수정이 정기적으로 후원하는 아이들 중 한 명이었다. 수정은 마음이 맞는 정재계 지인들과 후원단체를 꾸려 가정 형편이 어려운 아이들에게 학비를 후원하고 있는데 여은이 그 첫 번째 아이였다.

첫 정이 무서웠던 건지 아니면 여은의 야무진 성격과 고운 심성이 마음을 흔든 건지, 수정은 그 아이를 무척이나 아꼈고 대학까지 학비 지원을 약속했다.

가끔 후원자 가족들과 결연학생들이 함께 소풍을 가거나 여행을 가기도 했는데 동준은 그곳에서 여은을 처음 만났다.

눈 밑 주근깨가 도드라져 보이는 새하얀 얼굴에 유난히 체구가 작고 말랐던 아이. 장난삼아 못난이라고 놀리면 볼을 붉게 붉히며 할머니 치맛자락을 붙잡고 뒤에 숨어 몸을 배배 꼬던 수줍음 많던 아이였다. 그랬던 아이가 벌써 스물세 살이라니…….

"인턴 면접 준비라……."

동준은 휴대폰을 만지작거렸다. 혹시…… 아까 그 번호, 여은이가 아니었을까?

〈엄마. 나 여은이 전화번호 좀 보내줘〉

수정에게 메시지를 보내자마자 답장이 돌아왔다. 수정이 보내준 열한 자리의 번호를 저장한 동준은 다시 문자 메시지 함을 열고 나지막한 한숨을 내쉬었다.

아까 전에 받았던 그 문자 메시지의 주인은 김여은이었다. 김여은 이름 석 자를 확인하고 나니 저도 모르게 헛웃음이 터져 나왔다. 자신의 무심함이 너무나 미안해서 멋쩍은 웃음만 자꾸 나왔다. 동준은 여은의 이름을 '못난이'로 새로 저장한 후 메시지를 적기 시작했다.

화장실 거울 앞에 선 여은은 미소를 지은 채 가만히 눈을 깜박였다.

"됐어. 훌륭해. 잘했어."

최선을 다했다 당당히 말할 수 있기에 후회는 없었다. 이것으로 일탈과도 같았던 내 꿈을 향한 손짓은 끝이 났고 다시 현실로 돌아갈 시간이 된 것이다.

운이 좋아 최종 합격이 된다면 좋겠지만 큰 기대는 하지 않았다. 어차피 4학년이 우선 선발될 거고, 나보다 더 좋은 스펙을 가진 사람도 많으니까. 이 자리까지 온 것만으로도 영광이라고 말하던 사람들의 말이 거짓인 줄 알았는데, 여은은 이제야 그 말을 공감할 수 있었다.

지잉.

휴대폰에 메시지가 도착했다. 긴장했던 온몸에 일순간 기운이 빠져 손끝이 살짝 떨렸지만 여은은 여전히 미소를 지은 채로 휴대폰을 보았다.

〈오랜만이다, 못난이. 면접은 잘 봤지?〉

"……말도 안 돼."

눈물이 날 것만 같았다. 힘껏 미소 짓고 있던 입가가 바르르 떨렸다.

늘 가슴 한구석에만 담아두었던, 정체를 설명할 길이 없는 묘한 감정이 둑이 터져 버린 듯 와르르 무너지고 있었다.

삶에 지쳐 잊고 지내온, 아니 잠시 묻어두고 애써 모른 척했던 설렘이 뜨겁게 움트기 시작했다.

01

박살이 나도 좋을 청춘이여

2개월 후.

[오늘도 수고하셨습니다. 오늘 하루 힘들었던 일들, 근심들 모두 이 열차 안에 두고 가시길 바랍니다.]

6호선 봉화산 방향 열차 안.

여은은 기관사의 따뜻한 안내 방송에 저도 모르게 설핏 웃고 말았다. 출입문 바로 옆에 기대서서 여느 승객들처럼 고개를 푹 떨군 채 휴대폰을 만지작거리던 여은은 그제야 고개를 들어 사람들의 표정을 살폈다. 방송을 들은 사람들은 여은과 비슷한 감정을 느낀 듯 입가에 미소를 머금고 있었다.

여은은 지금 출근하는 길이다. 대부분의 사람들이 퇴근을 서두르는 저녁 시간이 되면 여은은 그제야 일을 나간다. 새벽에 일찍 집을 나와 할머니의 과일가게 일도 도우니 두 번째 일을 나간다는 표현이 더 정확할 것이다. 평소 오전엔 학원에서, 오후엔 도서관에서 공부를 하다가 출근을 하는데, 오늘은 학원 수업이 없어 하루 종일 가게 일을 도운 참이다.

피곤할 틈도 없다. 이런 말을 하면 누군가는 염세적이라고 할지 모르겠지만 하루 벌어 하루 사는 여은에겐 일이 힘들다는 투정은 그저 배부른 소리에 불과했다. 어린 것이 돈독이 올랐다 손가락질한대도 상관없었다. 자존심으로 쌀과 고기를 살 순 없으니까.

[이번에 내리실 역은 합정, 합정역입니다. 내리실 문은 오른쪽입니다.]

여은은 두 달 전 인턴 면접에서 떨어진 후부터 일을 시작했다. 서울의 번화가 중 가장 손꼽히는 바로 그 동네. 홍대입구역과 합정역 사이에 위치한 명소 중의 명소.

"반갑습니다. 프루트바스켓입니다!"

"저 왔어요!"

'프루트바스켓(fruit basket)'.

즉석에서 갈아주는 생과일주스 전문점이다. 신선한 과일을 즉석에서 갈아주는 것만으로는 당연히 명소가 될 수 없다. 2년 전 문을 연 이후로 비슷한 업종의 카페가 우후죽순 생겼는데 그 카페들과 가장 차별화된 점은 모든 직원들이 훤칠한 키와 몸매에 딱 봐도 흐뭇한 미소가 절로 나는 멋진 외모까지 갖춘 이십대 초중반의 남자들이라는 것.

거기다가,

“오늘은 남자 친구랑 같이 안 왔네요?”

“그 오빠랑 헤어졌어요. 나 몰래 내 친구랑 눈 맞은 거 있죠?”

“잘 헤어졌어. 세상에 널린 게 남잔데. 여기도 이렇게 많이 널려 있잖아요.”

이곳의 사장은 바로 신동준. 이들 가운데 단연 돋보이는 외모를 가진, 홍대 만인의 연인으로 통하는 그가 있었다. 오늘도 어김없이 카운터 옆 쇼케이스에 비스듬히 기대서서 단골손님과 사소한 이야기를 나누는 중이었다.

“거기 스톱. 오늘 바지가 짧다?”

“지금 밖이 얼마나 더운지 아세요?”

“어쭈, 말대답?”

“아얏!”

동준이 순식간에 이마를 콩 쥐어박자 뿔이 난 여은이 찌릿 노려보았다. 하지만 그는 미간을 구기며 여은의 볼마저 꼬집었다. 오늘도 매를 벌고 말았다.

두 달 전. 그와 의도치 않게 메시지를 주고받은 후, 그 다음 날 바로 이곳에서 5년 만에 만나게 되었다. 그는 그때와 변함없이 여전히 멋있었고 청바지에 하얀 셔츠 차림만으로도 빛이 났다. 못 본 사이에 그는 자상하고 따뜻하기까지 한 ‘어른 남자’가 되어 있었다.

그날 그는 꼬치꼬치 근황을 캐물었다. 인턴 면접은 잘 봤는지, 그동안 뭘 하고 지냈는지, 학교는 어딜 다니고 뭘 전공하는지, 앞으로 뭘 하고 싶은 건지 등등 셀 수도 없다. 낮에 카페에서 알바를 하고 저녁엔 과외 알바를 한단 말에 그는 다른 데서 고생할 거면 차라리 여기서 일을 하라고 했다. 사실 오전엔 학원을 다니고, 낮에는 카페에서, 저녁엔 과외까지 하느라 공부할 시간이 부족한 참이었는데 여기서 저녁에만 일을 해도 그 전과 비슷한 페이를 받게 되고 낮에 공부할 시간까지 벌 수 있으니 거절하기 쉽지 않은 제안이었다.

무엇보다…… 그를 매일 볼 수 있는데 어떻게 거절할 수 있을까.

"형님! 저 왔습니다."

"어? 옆에 누구?"

"여자 친구요. 이게 다 형님 덕분입니다."

이 남자, 신동준은 이 일대에 꽤 소문이 난 연애의 고수다. 그를 친형처럼 따르는 남자 손님들도 많았고 롤 모델로 삼겠다는 남자들의 수도 여럿이었다. 물론 외모 자체가 연애의 고수다운 느낌을 풍기고 있으니 신뢰가 갈 수밖에. 실제로 그의 조언을 듣고 성사된 커플이 여럿이라고 했다.

그는 그 누구에게나 친절하고 웃음이 많다. 그래서 이곳 직원들은 그를 '사랑꾼'이라고 부르곤 한다.

"반가워요. 내가 이 친구 연애 상담 많이 해줬는데."

"안 그래도 얘기 많이 들었어요."

여자가 입을 가리며 수줍게 웃자 그 모습을 지켜보던 여은은 입술을 삐죽 내민 채 탈의실로 향했다.

예전부터 그는 상냥하고 정이 많았다. 장난기도 많고 유쾌한 사람이었다. 하지만 마냥 가벼운 사람은 아니었다. 때론 진지했고, 가끔씩 눈길이 닿으면 따뜻한 시선으로 바라봐 주곤 했다. 그런 날이면 밤새 가슴이 떨려 잠을 설치곤 했었다. 그는 여전히 다정하고 친절했지만, 누구나에게 베푸는 그를 지켜보는 일이 마냥 흐뭇하지만은 않았다.

옷을 갈아입고 나온 여은은 즉석에서 주스를 갈아 제공하는 메인 주방의 뒤편에 자리한 서브 주방으로 향했다. 이곳에 여자 직원이라곤 여은이 유일한데 동준의 경영 방침에 따라 여은은 매장에서 근무하지 않고 대신 서브 주방에서 과일을 손질하고 샌드위치를 만드는 일을 한다.

"연신내. 살구 먼저 손질해 줘."

"네!"

이곳 사람들은 서로의 이름을 부르지 않고, 지금 살고 있는 동네 이름으로 서로를 불렀다. 이곳에선 '연신내'로 통하는 여은도 이젠 그것이 익숙해졌다.

모든 여자에게 상냥하고 다정하게 굴어 특히 십대 여학생들에게 가장 인기가 많은 '애오개'. 그와는 정반대로 말수가 적고 수줍음이 많아 수시로 볼이 빨개지는, 여은과 동갑내기 친구 '문래'. 오랜 프랑스 생활로 한국말이 서툰 '녹사평'. 이들은 프루트바스켓이 문을 열 때부터 지금까지 손발을 맞춰온 베테랑들이었다.

이곳의 모토가 'Fresh&sexy&fun'인 만큼 가게 분위기는 하루 종일 시끌벅적하다. 활기 넘치는 분위기 덕에 여은도 덩달아 이 가게에 들어서는 순간부터 기분이 업되고 한층 발랄해진다. 사소한 것에 소리 내어 웃을 일이 많아지고, 그러다 보니 온몸을 짓누르던 피곤함도 오히려 일을 하면 할수록 사라진다. 내가 이렇게 흥이 많은 사람이었나 싶을 정도로, 어떤 때는 흘러나오는 노래에 맞춰 어깨를 들썩이기까지 했다. 이곳은 두 달 만에 여은을 제법 많이 변하게 만들었다.

여은은 재료가 보관된 창고 냉장고에서 싱싱한 살구가 가득 담긴 바구니를 번쩍 안아 들고 서브 주방으로 향했다.

세척한 청포도의 꼭지를 따면서 매장에서 들려오는 음악을 따라 부르고 있는데 불쑥 주방으로 누군가 들어왔다. 바로 동준이었다. 순간 놀란 여은은 얼굴이 뜨겁게 달아올랐지만 내색하지 않으며 태연한 척 노래를 흥얼거렸다.

"살구 손질 벌써 다했어?"

"네. 뭐 더 시키실 일 있어요?"

"도와주려고 했는데."

하여간 사람 마음 설레게 하는 데는 당할 자가 없을 것 같다. 그냥 툭 던진 말 한마디에 이렇게 가슴이 뛰니 어쩌면 좋을까.

한 날 한 시에 교통사고로 부모님을 잃고 아주 어렸을 때부터 할머니와 단둘이 살았다. 지금은 번듯한 가게를 차렸지만, 할머니는 젖먹이인 날 업고 시장 노점에서 과일을 파느라 고생도 많이 하셨다.

지금 생각해도 천운이 따랐던 것 같다. 사회단체의 소개로 '도담회'라는 후원회와 연계가 되어 배우 조수정의 가족과 결연을 맺게 되었고, '도담회'를 통해 열 살부터 그녀의 가족에게 경제적, 정신적인 후원을 받게 된 것이다.

그와 처음 만난 건 9년 전. 그때 여은이 열네 살이었고 동준은 스물한 살이었다. 후원회의 정기적인 행사로 매년 함께 휴가를 가게 되는데 그곳에서 동준을 만났다. 그때 그는 영국에서 생활을 하고 있어서 방학 때만 잠시 한국에 나와 지낸다고 했다.

그는 처음 보는 여은에게 사진으로 종종 보았다며 키가 많이 자란 것 같다 말했었다. 막 사춘기에 접어든 여은은 너무 수줍고 창피해서 대답도 제대로 하지 못했고, 그런 여은과 친해지려 동준은 일부러 못난이라고 놀리기도 했다. 그런데 그게 싫지만은 않았던 것 같다. 멋진 오빠가 말 걸어주고 먼저 다가와주니 그저 쑥스러웠을 뿐이다.

그 후 4년. 다시 한 번 그를 만나게 되었다. 그때는 내가 열여덟 살, 그는 스물다섯.

그날의 소풍은 아직도 잊혀지질 않는다. 그날 처음 동행한 그의 동생이 자꾸만 짓궂게 굴어 난처하던 상황에 그는 '짠' 하고 나타나 손목을 잡고 어디론가 함께 걸었다. 그날 나누었던 대화들은 기억나지 않아도, 그때 보았던 풍경들은 여전히 눈앞에 있는 것처럼 생생했다.

보라색과 하얀색이 뒤섞여 바람을 타고 넘실대던 도라지꽃 너울. 전날 밤 내린 비로 한층 짙어졌던 풀 향기와 나무 향. 걸을 때마다 스치듯 닿았던 손등의 감촉. 나무 그늘 아래 앉아 놀란 여은을 다독여 주던 다정한 눈빛. 모든 것이 지금도 또렷했다.

성인 남자와 교류할 일이 전혀 없었던 여은으로서는 모든 것이 낯설고 생경한 일이었다. 제 또래에게선 느낄 수 없는 성숙함과 따뜻함. 바람에 날린 머리칼을 귀 뒤로 넘겨주던 그 순간, 세상의 호흡이 그대로 멈춘 것만 같았다.

아무래도 그때부터였던 것 같다. 그를 좋아하게 된 건.

설렌 마음에 몇 날 며칠 잠도 이루지 못했고, 귀퉁이에 아주 작게 나온 그의 사진을 영어 교과서에 끼우고 다니며 틈날 때마다 보았다. 사진이 닳을까 봐 차마 만져보지도 못하고 그렇게…… 참 오랫동안 가슴앓이를 했었다.

하지만 거기까지였다. 헛된 기대를 가질 만큼 여은은 어수룩하지 않았다. 아주 어린 나이부터 지나칠 정도로 현실적이었던 여은은 마음을 외면하고 그대로 덮었다. 괜한 희망에 기대어 마냥 시간을 흘려보낼 수만은 없었다.

그저 아주 가끔씩 아무도 모르게 그를 그리워하는 것, 딱 그 정도만 욕심냈다. 관상용일 뿐이라고 선을 긋고 탐내지 않았다. 요즘 부쩍 가까워진 거리만큼이나 욕심도 슬며시 자라고 있지만 여은은 두 눈 꾹 감고 현실을 되뇌었다.

"장갑 줘."

정말 도와줄 작정인지 그는 라텍스 장갑을 끼고 청포도 박스 앞에 웅크려 앉았다.

"다리가 길어서 힘드네."

자랑도 어쩜 저렇게 얄밉게 잘하는지. 여은은 웃음이 터지고 말았다. 그의 말대로 그는 긴 다리를 간신히 접고 앉아 청포도 꼭지를 떼기 시작했다.

"연신내! 살구 다 됐어?"

"네! 드릴게요!"

껍질과 씨를 발라낸 살구 과육이 가득 담긴 밀폐용기를 여은이 막 냉장고에서 꺼내려는데 동준이 그것을 채가더니 애오개에게 전달하고 다시 제자리로 돌아왔다.

"감사합니다."

여은의 인사에도 그는 무심한 얼굴로 부지런히 청포도 꼭지만 땄다.

"다음 학기에는 복학할 거지?"

그리곤 대뜸 복학 얘길 꺼낸다. 여은은 입술을 꾹 다문 채로 차마 대답을 하지 못했다.

"여름방학까지만 써줄 거야."

"그럼 전 다른 곳을 알아봐야 해요."

그는 생각이 많은 눈으로 자신을 바라보았다.

"언제든…… 더 필요하면 말해."

고개를 떨어뜨리며 꺼낸 그의 말에 여은은 다시 입을 다물었다. 무슨 말인지 정확하게 알아들었다. 아주 정확하게 알아들어서 그래서 다음 말이 떠오르질 않았다.

직접적으로 그의 입을 통해 들은 말이라서 그런지 한 방 얻어맞은 것처럼 머릿속이 멍해졌다. 가슴은 시큰대고, 코끝은 매웠다. 한 단어로 표현하기 힘들 만큼 마음이 아렸다.

여은은 눈을 깜박이는 것조차 잊은 채 묵묵히 청포도 꼭지만 땄다.

사무실로 돌아온 동준은 소파에 쓰러지듯 드러누워 긴 한숨을 뱉어냈다.

여은이 이제 그만 학교로 돌아갔으면 했다. 3학년 1학기를 마치고 벌써 두 학기째 휴학 상태. 분위기를 보아하니 다음 학기에도 복학할 생각은 없는 듯했다. 지금처럼 여건이 될 때 하고 싶은 공부 걱정 없이 마음껏 하고 좀 더 마음을 편하게 가졌으면 하는데……. 여은이는 무척이나 마음이 조급해 보였다.

"휴우."

여은이 정도의 나이 때에 보는 세상의 넓이와 자신의 나이 때에 보는 세상의 넓이는 차이가 있다. 그것을 알기에 동준은 여은이 지금 당장 서둘러서 미래를 결정하지 않았으면 했다. 당장의 안정된 삶을 좇아 공무원 시험 같은 길에 매달리기 보단 그녀의 진짜 꿈을 찾았으면 싶었다. 그런 것들이 분명 욕심날 텐데, 하루에도 수십 번씩 마음이 이리저리 움직일 텐데도, 여은은 묵묵히 공무원 시험 준비를 이어갔다.

"진작 데리고 왔어야 하는데."

차라리 그랬더라면 그 공무원 시험 혹시나 합격할 수 있지 않았을까. 공부라면 어디서도 빠지지 않는 아이니까. 알바에 치여 공부할 시간도 없이 그렇게 시간을 흘려보내지만 않았더라면…….

비록 공무원이 되는 것이 꿈은 아니었겠지만 목표는 이룰 수 있지 않았을까.

한참 이런저런 생각을 하던 동준은 책상 서랍에서 사진 한 장을 꺼냈다. 언젠가 함께 휴가를 갔던 날 다른 후원 가족들과 다 함께 찍은 단체사진. 그 사진 속에 여은이 있었다. 눈이 부신지 눈매를 찡그린 채 방긋 웃고 있는 열여덟 살의 김여은. 동준은 새끼손톱보다 더 작게 나온 사진 속 여은을 한참이나 쳐다보았다.

수줍음 많던 열네 살 소녀를 열여덟 살이 되어 다시 만났을 땐 구김 없이 밝게 자란 그 아이가 참 예쁘고 기특했다. 그 열여덟 살 여고생을 스물세 살이 되어 다시 만나니 마음이 쓰였다. 만만치 않은 세상살이에 너무 빨리 지치진 않았을지, 너무 많은 걸 알아버린 건 아닌지 걱정스러웠다. 기회 속에 파묻혀 그게 기회인 줄도 모르고 살아왔던 제 자신을 돌아보게 만드는 아이. 난 과연 저 아이만큼 최선을 다해 매일을 살아가고 있는지 스스로에게 되묻기도 했다.

"넌 커서 뭐가 되고 싶어?"
"하고 싶은 건 많은데, 우선 책을 실컷 읽고 싶어요. 그리고…… 잘 모르겠어요."

5년 전, 차마 하지 못하고 삼킨 그 말이 못내 마음에 걸렸다. 그저 원 없이 책이나 실컷 읽고 싶다던 순수한 아이에게 꿈을 주고 싶단 생각을 했었다. 하지만 그런 다짐이 무색하게도 지난 5년 동안 새까맣게 잊고 살아왔다. 나 살기 바쁘다는 이유로 말이다.

이제라도 도움이 되고 싶었다. 곁에서, 가장 가까이에서 지켜보고 싶었다. 그 아이가 꿈을 찾고, 꿈을 꾸고, 그 길을 무사히 걸을 수 있도록.

밤 11시. 프루트바스켓의 간판 불이 꺼진 후, 테이블에 치킨과 맥주가 놓였다. 직원 중에 축하할 일이 생기거나 고민이 생기면 종종 열리는 치맥 파티. 오늘의 주인공은 길 건너편 아이스크림 가게 알바생을 보고 첫눈에 반해 짝사랑에 빠진 문래였다. 우여곡절 끝에 아이스크림 가게 알바생의 연락처를 받아낸 문래는 이틀간 고심 끝에 메시지를 보냈는데 그 결과가 좋지 않았다.

“차 한잔 하자고 해도 괜찮다고 하고, 가볍게 맥주 한잔 하자고 해도 괜찮다고 하고. 자꾸 괜찮다고만 해. 연신내, 너도 여자니까 말해봐. 이렇게 대놓고 호감을 표시하는데도 괜찮다는 건 무슨 의미야?”

정말 모르는 건가.

여은은 아랫입술을 꾹꾹 깨물며 안타까운 눈빛으로 문래를 바라보았다. 그가 상처 받을까 걱정스러워 뭐라고 딱히 해줄 말이 없었다.

“덜 적극적이었으면 좋았을 텐데.”

여은의 말에 문래는 절망했다.

"퇴근시간 맞춰서 기다리고 있을까?"

"그건 절대 안 돼!"

여은이 고개를 격하게 저으며 진저리를 치자 애오개, 문래, 녹사평 이 세 남자는 의아한 듯 고개를 갸우뚱거렸다.

"데려다주겠다고 하면?"

"어우! 상상만 해도 부담스러워!"

"그냥 밥 먹자고 할까?"

"에헤이."

"그럼 나보고 어쩌라는 거야."

여은의 계속된 부정적인 반응에 문래가 테이블 위에 엎드려 통곡하는 시늉을 했다. 그러자 애오개가 문래의 어깨를 다독여 주었다.

"야. 이 치킨이 있잖아. 치킨은 거절하기 힘들걸? 같이 치킨 먹자고 해."

그딴 걸 팁이라고. 이건 무슨 덤 앤 더머들인가.

여은은 애오개를 향한 한심하단 표정을 숨기지 못했다.

"내가 연애의 고수는 아니지만, 나라면 알지도 못하는 사람이랑 뭘 먹는다는 것 자체만으로도 숨이 막힐 것 같아. 좀 더 자연스럽게 시작해 봐."

"어떻게?"

세 남자의 시선이 자연스레 여은에게 쏠렸다.

"처음에 톡 뭐라고 보냈어?"

"'아이스크림 먹으러 가도 돼요?'라고."

여은은 단호하게 고개를 저었다.

"된다 하기도 그렇고, 안 된다 하기도 그렇고, 상대방이 얼마나 난감했겠어. 이건 바로 yes or no 대답을 달라는 의미가 되니까 옳지 않아. 그냥 '지금 뭐해요?' 이런 톡으로 대화를 시작해야지. 그렇게 다짜고짜 맥주 마시자고 하면 어느 여자가 '네, 그래요'라고 하냐?"

세 남자가 깨달음을 얻은 듯 격하게 공감의 고갯짓을 했다.

"지금 가장 중요한 건, 두 사람이 만나서 뭘 하느냐가 아니라 만나기 전에 나누는 교감이라고. 대화를 나누란 말이야. 서두르지 말고."

"하아. 근데 그건 남자답지 못하잖아. 남자답게 밀어붙이는 게 바로 상남자! 여자들 상남자 좋아하지 않아? 문래 생긴 것도 딱 상남자 스타일인데."

녹사평의 말에 여은은 코웃음을 쳤다.

"외모가 전부는 아니지. 나는 호감이 생기는 찰나의 순간이 있는 것 같아. 그건 외모에서 풍기는 느낌이 전부는 아니고, 말 그대로 첫 느낌 있잖아. 딱 보자마자 느껴지는 밝고 건강한 분위기. 거기에 가는 거지."

여은에겐 동준이 그랬다. 동준을 처음 본 순간 여은은 그 사람이 가지고 있는 특유의 긍정적인 기운을 느낄 수 있었다. 사소한 것에도 환히 잘 웃던 그의 모습을 보면서 여은도 덩달아 밝아지는 것 같았다. 그를 보면 기분이 좋아지고, 스치듯 시선이 닿기라도 하면 마음이 포근해졌다. 그래서 마냥 바라보고 싶은 그런 사람이었다.

"상대방에게 호감을 느끼는 찰나의 순간이라."

말 뒤에 붙은 귀에 익은 목소리에 놀란 여은이 뒤를 돌아보는데 그곳엔 동준이 서 있었다. 사무실에 콕 박혀 있던 그가 어느새 나타나 바로 뒤에서 이야기를 듣고 있었던 것이다. 한쪽 무릎을 세우고 끌어안은 채 앉아 있던 여은은 자세를 바로 하고 앉아 괜히 입술을 손등으로 닦았다.

"아이, 이제야 나오시면 어떻게 해요. 우리 연애의 고수님."

넉살 좋은 애오개가 동준에게 달려가 그의 팔짱을 끼더니 여은의 맞은편 의자에 앉혔다. 여은은 아까 나눴던 대화 때문에 약간 서먹해진 참인데 가까이에서 마주 보려니 시선을 어디에 둬야 할지 난감했다.

"형님! 저 어떡해요. 시작부터 꼬인 것 같아요."

"그 아이스크림 가게?"

"답톡으로 계속 네, 아니오, 크크, 호호호, 웃음웃음 이런 거만 와요. 무슨 말만 하면 괜찮다고 하고. 저 망한 거 같아요."

좌절한 문래가 어깨를 축 늘어뜨리자 동준은 문래의 잔에 맥주를 가득 따라주었다. 의식하지 않으려 했지만 여은의 시선은 계속 동준만 좇았다.

"처음부터 세게 들이댔구나. 어리석은 놈."

"거 봐. 내 말이 맞지?"

동준의 말에 여은이 자그마한 목소리로 거들자 문래는 그대로 땅으로 꺼질 듯 몸을 웅크렸다. 그러자 동준이 그만하라는 듯 웃으며 눈짓을 보냈다.

"내 첫사랑이었단 말이야."

"에라이, 미친놈아."

"지랄을 하세요."

문래의 말도 안 되는 소리에 녹사평과 애오개가 한마디씩 던졌고, 금세 웃음바다가 되어버렸다. 한층 유쾌해진 분위기에 여은도 소리 내어 웃으며 감자튀김이 담긴 바구니로 손을 뻗었다. 그 순간 동준과 손등이 스쳤고 깜짝 놀란 여은은 잽싸게 손을 거두며 흠흠 헛기침을 했다. 다행히 그는 아무 일도 없었다는 듯 연신 웃고 있었다.

"형님, 형님은 첫사랑이 언제였어요?"

"나?"

눈썹을 긁적이던 그가 옅게 웃었다. 어딘가 의미심장한 그의 미소에 여은은 순간 가슴이 덜컥 내려앉는 듯했다. 단 한 번도 들어본 적 없는 그의 사랑 이야기. 한 번도 궁금해 한 적 없었기 때문인지 왠지 듣고 싶지 않았다.

"스물하나였나, 둘이었나. 그쯤."

"그렇게 늦게요?"

"내 첫사랑의 기준에선 그랬어."

"기준이 뭔데요?"

"목숨을 내걸 만큼 사랑했느냐."

여은은 그가 누군가를 그토록 사랑했단 사실에 기분이 묘했다. 좀 더 솔직히 말하자면 별로 상상하고 싶지 않았다. 못 견디게 불편했다.

누가 봐도 탐을 낼 저런 멋진 남자가 서른이 되도록 연애 한 번 안 했다는 건 말도 안 되는 것이다. 하지만 그의 입을 통해 직접 들어서인지 예상했던 것보다 훨씬 더 충격이 셌다.

스물한 살에 사랑을 해봤자 얼마나 열렬히 했다고 목숨을 걸고 말고야. 이 남자 은근히 과장이 심하네. 여은은 내심 투덜거렸다.

"연신내. 그럼 아까 그 남자는 어떤 남자였어?"

"응?"

"호감이 생기는 찰나의 순간을 너한테 보여준 남자 말야."

여은은 대답하지 않았다. 지금은 별로 대답하고 싶지 않았다. 그가 궁금한 눈으로 자신을 빤히 보았지만 그럴수록 여은은 입술을 더욱더 굳게 다물었다. 슬쩍 자리에서 일어선 여은은 가방을 챙겨 들고 머리칼을 하나로 모아 묶어 올렸다.

"막차 시간이 다 돼서 저 먼저 퇴근하겠습니다!"

"야! 이 의리 없는 인간아!"

"이따 내가 데려다줄게! 좀 더 있다 가!"

동료들의 원망을 뒤로한 채 여은은 부랴부랴 가게를 빠져나왔다. 한참을 달리듯 걷던 여은은 숨이 차오를 때쯤 멈춰 서서 뒤를 돌아보았다. 혹시나 했던 기대는 어김없이 무너졌다. 그 길 위에 그가 서 있었다면, 마음이 조금은 녹았을 텐데.

"하나도 안 궁금했는데. 하나도……."

도대체 난 뭘 기대했기에 그의 말에 이렇게까지 신경 쓰는 걸까. 대체 왜? 그의 과거 연애가 내게 무슨 의미가 있다고.

다시 지하철 역 쪽으로 발길을 옮긴 여은은 귀에 이어폰을 꽂고 노래를 아주 크게 틀었다.

02

하루

"저 왔습니다!"

다들 한강이 내려다보이는 집을 원할 때 수정은 특별히 남산이 보이는 집을 고집했다. 모과나무와 앵두나무가 서 있는 작은 정원과 텃밭이 딸린 주택이 수정의 집이었고 동준이 태어난 본가였다.

"손 씻고 주방으로 와."

목소리가 들려온 쪽으로 걸어가 보니 수정은 부지런히 요리 중이었다. 동준은 살금살금 곁으로 다가가 그녀가 좋아하는 라넌큘러스 꽃다발을 건넸다.

"이거 먼저 받으시죠."

"와! 고마워라. 역시 우리 아들."

수정이 환하게 웃었다. 오늘도 엄마를 웃게 했다는 사실에 덩달아 기분이 좋아진 동준은 수정과 가볍게 포옹을 나누곤 식탁 의자에 자리를 잡았다.

일주일에 한 번 정도는 수정의 집에서 함께 식사를 했다. 수정이 작품에 들어가면 그마저도 쉽지 않지만 동준은 늘 살가운 아들이 되기 위해 노력했다.

동준이 일곱 살이었을 때 엄마는 소설가였던 아버지와 이혼을 했다. 두 분은 이혼 후에도 그다지 사이가 나쁘지 않았고 그 덕에 동준은 대학 생활을 아버지가 계신 영국에서 하기도 했다. 학교를 마치고 군 입대를 위해 한국에 들어왔다가 다시 영국으로 돌아갔을 무렵 아버지가 지병으로 세상을 떠나셨다. 더는 혼자 영국에서 지낼 이유도, 의욕도 없었기에 동준은 재작년 한국으로 완전히 돌아왔다.

"뭘 이렇게 잔뜩 차렸어."

"나도 너나 오니까 이것저것 해먹지, 안 그럼 김치에 밥이 전부야."

"거짓말. 혼자 스테이크 구워 먹는 거 내가 다 아는데? 내가 뭐 도와줄 건 없어?"

"수저나 챙겨가."

"네, 어머니."

동준은 식탁 위에 수저 두 세트를 가지런히 올려놓았다. 지나가는 말로 시원한 오징어 국이 먹고 싶다 했더니 엄마는 잊지 않고 고춧가루와 무를 함께 넣어 동준이 가장 좋아하는 오징어 국을 끓여 놓으셨다. 거기에 노릇하게 잘 구운 갈치, 밥 먹을 때 절대 빠지지 않는 김에 총각김치까지. 보기만 해도 배가 부르는 엄마의 요리들이었다.

"자, 먹자."

"감사히 먹겠습니다."

고개를 꾸벅 숙여 인사를 한 동준이 숟가락을 들자 수정은 흐뭇한 미소로 동준을 바라보았다.

"동민이는?"

동준의 물음에 수정은 가느다란 한숨을 내쉬었다.

동준과 한 살 터울의 남동생 동민은 집안에 하나씩 있다는 돈 먹는 벌레이자 사고뭉치다. 대체 언제쯤 사람 구실을 할지, 밤마다 클럽을 전전하며 여자들과 노느라 허송세월을 보내고 있는 중이었다.

"걔 때문에 봉사 더 열심히 하려고."

"이러다 우리 엄마 성불하시겠네."

우스갯소리처럼 말했지만 정말이었다. 수정은 배우 생활 이외의 시간은 모두 봉사로 채우고 있었다. '도담회'를 통해 여은이를 시작으로 지금까지 십여 명의 아이들과 인연을 맺어 학비를 지원하고, 세계구호단체를 통해 결연을 맺은 해외 아동 수도 이십여 명에 달한다. 물질을 후원하는 것 외에도 틈틈이 보육원과 장애시설에 직접 찾아가 몸으로 하는 봉사도 쉬지 않았다. 그녀가 봉사를 일상생활로 여기는 건 항상 베풀며 살라고 가르침을 주었던 외가의 가풍이기도 했지만 사고치는 막내아들 때문에 사회에 사죄하는 마음이기도 했다.

동민이 저지른 크고 작은 사고들 때문에 수정이 본의 아니게 자숙을 하며 활동 중단을 결심한 적도 여러 번이었다. 그럴 때마다 동준이 크게 혼을 내봤지만 그때뿐이었다. 사실 동준에게 동민은 하나뿐인 동생이면서 가장 아픈 손가락이기에 미운 마음만큼이나 안쓰러운 마음도 컸다.

"아참, 통장 찍어봤어?"

동준의 말에 수정은 휴대전화로 어딘가 전화를 걸었다. 아마도 곧장 텔레뱅킹으로 내역을 확인해 보려는 듯했다. 그런 수정을 바라보며 동준은 어깨를 으쓱였다.

"이야, 우리 아들 능력 있네? 벌써 절반이나 갚은 거잖아?"

동준이 고개를 끄덕이며 눈썹을 씰룩이자 수정이 웃으며 갈치살을 발라 밥 위에 얹어주었다.

"조금만 기다려. 내년 안에 전부 갚는다."

"기대하고 있을게."

2년 전, 처음 가게를 오픈할 때 동준은 수정에게 초기 자금을 빌렸다. 프루트바스켓의 오픈 초 컨셉은 '하와이언'이었다. 직원과 사장 모두 하와이언 셔츠를 입고 열대 과일을 재료로 한 주스를 팔았는데, 동준 생각에 대박을 칠 것 같았던 그 아이템은 6개월 만에 삼천만 원의 적자를 냈다. 가끔 직원들과 그때 이야길 하면 그 하와이언 셔츠 정말 구렸다며 너무 입기 싫었단 소릴 하곤 한다.

그 후에 시도한 아이템이 지금의 'fresh&sexy&fun'이다.

사계절 신선한 제철 과일을 직접 공수해 즉석에서 주스를 갈고 직접 과일청도 담갔다. 재료 외에 첨가물은 절대 넣지 않은 순도 100% 과일 주스는 점점 입소문이 나기 시작했고 하나둘 비슷한 컨셉의 카페들이 생겨나기 시작했다.

두 달 전부터 여은이네 할머니가 운영하는 충남청과로 거래처를 바꾼 후부터 낱개 과일 판매도 시작했는데 그 수익이 제법 쏠쏠했다. 한 개, 두 개씩 과일을 사먹기 힘든 시장 구조인 탓에 직장인들과 학생들에겐 먹고 싶은 과일만 간편하게 사먹을 수 있는 시스템이 제대로 먹힌 것이다. 과일 맛을 본 소비자들에게 주스 맛을 기대하게 만드는 효과까지 가져와 매출 상승에 효자 노릇을 하고 있었다.

"여은이는 적응 잘 하니?"

"어. 잘해. 꼼꼼하고, 싹싹하고."

"일 너무 많이 시키지 말고, 적당히. 응? 공부하는 데 지장 안 가도록. 내 말 무슨 말인지 알지?"

"걔가 그런 거 통할 애야?"

"하긴. 우리 여은이는 성실한 거 빼면 시체니까."

동준이 격하게 동의하며 고개를 끄덕였다.

"다음 학기에는 복학을 해야 할 텐데. 얼른 대학 졸업시키고, 대학원까지 보내주고 싶은데 여은이 생각은 어떤지 모르겠다. 공무원 시험 준비를 계속할 건지……. 네가 잘 설득해 봐. 원하면 유학을 가는 것도 고려해 보라고 하고. 네가 옆에서 조언을 많이 해주란 말이야."

"내 말을 들어야 말이지."

"네가 말을 곱게 해야 곱게 듣지. 다정하고 상냥하게. 너 오빠 노릇 제대로 안 할 거야?"

동준이 입술을 삐죽이며 귀를 후비적거렸다.

"예뻐 죽겠다고, 아껴주고 지켜줄 거라고 약속할 땐 언제고."

"내가 그랬다고?"

"어머! 얘 발뺌하는 것 좀 봐! 너 스물한 살 때였나? 처음 여은이 봤을 때. 정말 기특하다면서 엄마한테 그랬잖아!"

"……그랬었나?"

동준이 밥을 우물거리며 고개를 갸웃하자 수정이 혀를 끌끌 찼다.

"지 연애하느라 정신 팔려서……."

"아. 그랬을 수도 있겠다."

"뭐?"

"농담이야, 농담."

순간 굳어진 수정의 표정에 동준이 부러 환히 웃으며 손을 꼭 잡았다.

"엄마가 먼저 얘기 꺼내놓고는 정색하면 아들 무안하잖아."

"밥이나 먹어."

"넵."

동준은 군소리 없이 다시 젓가락을 집어 들었다.

그랬다. 지독한 열병 같았던 사랑에 빠져 아무것도 듣지 않고 보지 않은 채 오로지 사랑 안에만 갇혀 지냈다. 다른 사람에게 관심을 가질 여력도 없었고, 그때 내 세계는 오직 그 사랑이 전부였다.

너무 어렸고, 세상을 너무나 몰랐던 철부지의 사랑은 결국 상처로 남았다. 지금 생각해 보면 사랑이라고 이름 붙이기도 아까운 관계. 쓰디쓴 결말을 만들어냈던 그 우스운 사랑. 처음으로 엄마에게 맞서기까지 했던 한심한 사랑. 불현듯 떠올라 웃음만 났다.

"잘 먹었습니다."

동준은 빈 그릇을 가지고 싱크대로 향했다.

"설거지 엄마가 할게. 그냥 담가둬."

"아냐, 내가 할게."

"얼른 이리 나와. 너 잘하는 과일이나 깎아."

"그럴까?"

수정이 냉장고 안에서 새빨간 천도 복숭아를 꺼내주자 동준은 과도를 들고 다시 식탁으로 돌아갔다.

"이따 여은이네 할머니 가게 들를 거지?"

"응. 오늘 과일 가지러 가는 날."

"현관 앞에 보자기로 싸둔 거 갖다 드려."

고개를 쭉 내밀어 현관 쪽을 보니 금색 보자기로 싼 커다란 꾸러미가 두 개 놓여 있었다.

"뭔데 저렇게 커?"

"여은이가 생선을 좋아하잖아. 제주도 갔다가 생각나서 갈치랑 옥돔이랑 더 사서 얼려둔 게 있었거든. 그거랑 총각김치 담은 거. 총각김치는 한 이틀 익혔다 먹으면 될 거라고 꼭 말씀 드리고."

"저거 다 먹으면 여은이가 물고기 되겠다."

어찌나 많이 챙긴 건지 커다란 크기의 보따리를 보니 피식 웃음이 났다. 아들인 나한테는 갈치만 구워주고 여은이에게는 옥돔까지 챙겨 넣었다니.

"네가 할머니 가게 자주 가니까 이런 잔심부름 시킬 수 있어서 너무 좋다, 얘."

엄마라서가 아니라 조수정은 멋진 여배우이자 동준이 알고 있는 사람들 중 가장 멋진 사람이었다. 40년 가까이 대중의 사랑을 한결같이 받는 데는 다 그만한 이유가 있는 것이다. 항상 주변에 관심을 갖고 따뜻하게 보살필 줄 아는 넓은 마음은 참 존경스러웠다. 그런 그녀가 자신의 엄마라서 자랑스럽고 행복했다. 동준 역시 저렇게 멋진 진짜 어른이 되고 싶었다.

'충남청과'.

열 평 남짓한 작은 과일 가게 안은 사람들로 북적였다. 할머니가 노점을 시작해 가게를 차려 오늘까지 오는 데 꼬박 30년이 걸리셨다. 이 가게는 할머니의 전부이자 여은이에게도 전부나 마찬가지였다. 할머니는 잠시도 앉아 계시지 않고 계속 과일 박스를 정리하며 돌아다니셨다. 혹여나 과일 위에 작은 상처라도 남을까 노심초사 눈을 떼지 못하고 살피고 계셨다.

"이리 줘, 할머니. 내가 할게."

여은이 잠시 한눈을 파는 사이, 그새를 못 참고 할머니는 또 무거운 과일 박스를 들고 날랐다. 여은이 냉큼 달려가 박스를 빼앗아 들었다.

"아녀. 우리 애기 가서 책 봐."

"내가 이런 거 들지 말라고 했잖아. 무릎도 안 좋으면서. 어제 병원 또 안 갔지?"

"요것이 다 컸다고 할미한테 잔소리 해싸는거 봐. 병원 가도 별거 읎서."

할머니는 아무렇지 않다는 듯 손사래를 쳤지만 여은은 한숨이 나왔다. 병원비 그 몇 천원이 아까워서, 아프다 소리하면 병원 가라고 할까 봐 주무실 때도 홀로 끙끙대는 할머니. 제발 병원 가라, 괜찮다, 늘 반복되는 실랑이를 오늘은 여은이 일찍 포기했다. '병원 가는 그 돈이 그렇게 아까워?' 소리까지 하고 나면 너무 속이 상할 것 같아서 그만하기로 했다.

늘 참는 것에 익숙한 할머니. 그런 할머니를 타박하면서도 여은 역시 그렇게 살아가고 있었다. 자신도 모르게, 자기 자신을 외면하고 있었다.

학비는 '도담회'를 통해 넉넉하게 받고 있지만 생활비는 벌어서 쓰는 중이다. 휴학한 후로는 받은 학비로 공무원 학원 학원비를 충당하고 있는데 교재비와 온갖 시험비도 만만치 않았다. 할머니가 버는 돈으로는 집 월세 내고, 가게 월세 내고, 적은 돈이나마 적금까지 넣고 나면 바닥이 난다.

그래도 빚이 없어서 행복했다. 우리가 번 돈으로 한 달 생활은 할 수 있으니 그것만으로도 마음만은 넉넉했다. 어서 취직을 하지 않는 한 여기서 더 나아질 것 없는 형편이지만 그래도 더할 수 없이 좋았다.

여은은 일부러 더 힘을 냈다. 할머니를 억지로 의자에 앉히고 부채질을 해드렸다. 할머니는 해사하게 웃으며 하얀 면 손수건으로 이마에 맺힌 땀을 훔쳐냈다.

손목에서 반짝이는 가짜 금시계가 오늘 유독 눈에 들어왔다. 비록 가짜였지만 손녀가 사준 거라며 늘 차고 다니는 할머니. 언젠가 저 시계를 진짜 금시계로 바꿔드리리라 다짐하며 여은은 입술을 굳게 다물었다.

그 어떤 상황에서도 밝고 유쾌한 할머니를 보면서 자란 여은이었다. 항상 남 탓하지 말고, 내 탓도 하지 말고 그저 순리대로 살면 된다고 입버릇처럼 말씀하셨다. 그 누구의 탓도 아니란 말이, 여은에겐 많은 힘이 되었다.

“아이구야. 땀난다, 그만햐.”

“내가 얼른 돈 벌어서 가게 에어컨 좋은 걸로 바꿔줄게. 조금만 기다려.”

“응, 그려. 기둘릴 테니께 할미 에어컨도 바꿔주구, 금시계도 사주구, 코트도 사주구, 할미 다 사줘봐.”

여은이 고개를 끄덕이자 할머니는 여은의 뺨을 쓰다듬어 주었다.

“아프지 마, 제발. 할머니는 나랑 오래오래 살아야지.”

“암. 우리 애기 시집가서 애 낳는 거 보고 죽어야지.”

"아니지. 내가 애 낳아서 그 애가 시집갈 때까지 사셔야지 무슨 소리야."

"헤헷. 그르까?"

할머니는 소녀처럼 손으로 입을 가리며 밝게 웃었다. 여은은 덩달아 따라 웃으며 울컥 치민 눈물을 삼켰다.

"강연홍 사장님?"

"아이구, 빠께쓰 사장 왔네."

동준이 가게 안으로 들어왔다. 프루트바스켓이라고 몇 번을 일러줘도 할머니는 그중 바스켓을 일본식 빠께쓰로 불렀고, 동준은 늘 할머니의 이름을 불러주었다. 그것이 내심 좋았는지 할머니는 그가 오면 연신 싱글벙글하신다.

"오셨어요?"

"이거부터 받아."

"이게 다 뭐예요?"

동준은 보따리 두 개를 건네고서는 무거워 죽겠다는 듯 팔을 두드렸지만 여은이 들어보니 그 정도로 무겁진 않았다.

엄살은.

여은은 피식 웃으며 짐을 바닥에 내려두었다. 키가 큰 그가 들어오자 안 그래도 좁은 가게가 더 좁아진 것 같았다. 그는 선풍기 앞에 앉아 부채질을 하며 넉살 좋게 할머니의 어깨에 머리를 기댔다.

어쩜 저렇게 변죽도 좋은지.

"뭘 잔뜩 가지구 왔다?"

"제 모친께서 보낸 선물입니다. 저건 옥돔이랑 갈치, 저건 총각김치. 김치는 한 이틀 더 익혀서 드시래요."

"아이구, 뭘 이런 걸 또 보내셨대. 감사히 잘 먹겠다고 전해. 아니다, 내가 전화를 한 통 해야 쓰겄네."

할머니가 전화기를 들고 일어서자 동준은 그 자리에 벌렁 누워 버렸다. 여은은 시원한 물 한 잔을 건넸고 간신히 일어나 앉은 그는 단숨에 들이켰다.

"가게 가져갈 거 다 챙겨놨어?"

"살구, 자두, 복숭아는 두 상자씩, 청포도랑 메론 네 상자씩, 망고, 오렌지, 사과, 토마토는 한 상자씩. 맞죠?"

"자몽이랑 파인애플도 가져가야 되겠던데."

"자몽은 없는데. 내일 가져가면 안 돼요?"

"그래야겠네. 차에 싣고 올게."

두 달 전, 여은이 프루트바스켓에서 일을 시작한 후로 그는 할머니 가게로 납품처를 바꿔주었다. 보통 이틀에 한 번 꼴로 과일을 받으러 오는데 낱개 판매량도 제법 되고 요즘같이 날이 더워지자 매출도 크게 올라 매일 과일을 받아가게 되었다. 여은은 최상품의 좋은 과일을 구해주면 제 값을 쳐주는 그가 무척이나 고마웠다. 그는 과일을 싸게 넘겨주겠다는 할머니의 말에도 절대 그러시지 말라며 한사코 거절했다. 그 이유를 알 것 같아서 여은은 더욱더 열심히 일을 했다. 벅찰 만큼 많은 배려를 해주는 그에게 자신이 해줄 수 있는 거라곤 그것뿐이라서 미안하고 또 고마웠다.

가게 한쪽으로 쌓아둔 과일 상자를 번쩍 들어 옮기는 동준을 따라 여은도 상자를 들고 차로 가져갔다.

"나랑 얘기할 때도 그렇게 좀 웃어봐."

"네?"

"넌 그나마 웃는 게 제일 예쁜 거 알지? 못난이?"

그는 별 생각 없이 던진 말이겠지만 그 말에 혼자 설레게 되는 게 대부분이었다. 종종 던지는 그런 류의 말들에 익숙해지려고 노력 중인 여은은 덤덤하게 대답하려고 애썼다.

"저보고 못난이라고 하는 건 오빠밖에 없는 거 알아요? 안 웃을 때도 예쁘거든요?"

"요 조그만 게 오빠한테 꼬박꼬박 말대답하는 거 봐."

또 한 번 꿀밤이 날아왔다. 그럴수록 여은은 더 뻔뻔하게 어깨를 으쓱였다.

"오늘 낮부터 근무라고?"

"문래가 낮에 일이 있다고 해서 제가 대신 해주기로 했어요."

"도서관 못 가겠네?"

"하루 정도는 괜찮아요."

"그럼 같이 가자. 지금 가도 되나?"

어차피 주말이라 학원 수업도 없고 딱히 출근 준비할 것도 없었던 여은은 고개를 끄덕였다. 여은이 계산서를 건네자 그는 통화를 마치고 돌아온 할머니에게 다가갔다.

"연홍 사장님. 이건 오늘 과일 값. 여은이는 제가 데리고 갈게요."

"아휴, 고마워라. 가서 많이 팔어. 여은이 가서 일 열심히 하구."

여은은 가방만 달랑 챙겨 들고 할머니에게 손을 흔들며 그의 차에 올랐다. 사이드 미러에 비친 할머니를 향해 여은은 한참동안 손을 흔들었고 할머니도 여은이 탄 차가 골목에서 사라질 때까지 손을 흔들어주었다.

가끔 그의 차를 얻어 탄 적은 있었다. 그때마다 그랬다. 좁은 차 안에 단둘이 있다는 사실만으로도 가슴이 떨리고 침조차 제대로 삼킬 수 없었다.

라디오에서 흘러나오는 노래에 맞춰 핸들을 쥔 그의 기다란 손가락이 까닥거렸다. 그런 그의 손가락이 여은의 시선 끝에 걸렸고, 대체 내 시야는 얼마나 넓은 건지 새삼 놀라기도 했다.

"어제 막차는 안 놓쳤어?"

"네. 다행히도."

"요즘도 지하철에서 졸다가 못 내리고 그래?"

어떻게 알았지.

여은이 늘 타고 다니는 지하철은 6호선 응암 순환선이라 졸다가 한 바퀴를 그냥 돌아 나올 때가 종종 있었다. 다음 역이 응암이라는 안내 방송을 듣고 거의 다 왔네 싶었다가 다시 정신차려보니 또 응암역인 경우가 한두 번이 아니었다.

"내가 정곡을 제대로 찔렀네."

나지막이 웃는 그의 목소리가 듣기 좋았다.

"피곤하구나? 일이 많이 힘들어?"

"아니에요. 그냥 잠이 많아서……. 그리고 저 그 정도로 약골 아니거든요?"

지금도 너무 많은 배려를 해주는 그이기에 신경 쓰게 하고 싶지 않았다. 그가 미안해하는 건 내게도 너무나 미안한 일이기 때문이다.

그래도 예전과 비교하면 정말 편하게 지내는 중이다. 낮에 공부할 시간도 생겼고, 하는 일에 비해 페이도 훨씬 많이 받고 있으니까.

"요즘같이 험한 세상에 정신 놓고 자다가 누가 업어가기라도 하면 어쩌려고 그래. 항상 정신 똑바로 차리고 다녀."

"네."

"할머니 걱정하시지 않게. 앞으론 집에 도착하면 나한테 메시지 남겨놔."

"네."

본격적으로 잔소리를 할 작정인지 그가 라디오를 꺼버렸다. 살짝 긴장한 여은은 허리를 곧게 세우고 바르게 앉았다.

"공무원 시험 준비는 언제까지 할 건데?"

"내년까지 해보고 안 되면 취직해야죠."

"학교는 마저 안 다닐 거야?"

여은이 대답하지 않자 그도 잠시 말을 멈췄다.

"유학 생각은 없어?"

"유학이요? 어휴."

"뭘 어휴야. 잘 생각해 봐. 대학원 진학도 생각해 보고."

유학. 대학원. 모두 꿈같은 말이었다. 상상도 해본 적 없다. 서둘러 졸업할 생각도 있었지만 그마저도 취직을 먼저 해야겠단 결심을 하고 나선 자퇴까지 생각하는 중이었다.

"보내줄 때 앞뒤 생각 말고 기회 잡아야지 뭘 망설여?"

"언제까지 공부만 할 수 없잖아요. 얼른 취직할 거예요. 지금도 과분하게……."

"여은아."

"네?"

갑자기 말을 자른 그가 잠시 생각에 잠긴 듯 손끝으로 입술을 쓸었다.

"네가 꿈을 이루면 넌 행복해질 거고, 그런 널 보면서 우리 모두가 더 행복해질 거라곤 생각 안 해?"

"그치만……."

"일단 목표를 정했으니 열심히 공부하는 건 맞지만, 나나 엄마 욕심은 네가 학교로 돌아갔으면 해. 그렇다고 네 미래를 강요하는 건 아니야. ……제발 미안해하지 말라는 말이야."

아무런 조건 없이 후원해 주시는 학비를 받으며 마냥 좋아할 수는 없었다. 사람이 염치가 있지, 몇 달도 아니고 벌써 13년째인데……. 하루 빨리 사회인이 되어 보답하고 싶은 마음이 컸지만 아직 손에 쥔 게 아무것도 없어 죄송할 따름이었다.

"공무원이 네 꿈은 아니잖아. 현실적으로 결정한 최선의 길이란 거 알아. 하지만 우린 네가 진짜 하고 싶은 걸 했으면 좋겠다.

부담 갖지 말라고 한들 네가 부담 안 가질 애는 아니지만, 다른 생각하지 말고 조금 더 이기적으로 굴어도 돼. 나중에 후회할 결정은 하지 말라는 거야."

당연히 공무원이 꿈은 아니었다. 그의 말대로 지금 내 상황에서 선택한 최선의 목표일 뿐. 안정적인 삶이 보장된 길이라기에 목표로 삼았을 뿐이다. 그래서 서글펐고, 힘이 나질 않았다.

"전요, 가끔씩 꿈속에서도 길을 잃어요. 가시덤불 속을 헤매기도 하고, 사방이 막힌 좁은 미로에 갇히기도 하고, 허허벌판에서서 방향을 잃고 정처 없이 걷기도 하고……. 꿈에서도 그래요, 꿈에서도. 저는요, 꿈을 꾸더라도 현실에 발을 딱 붙인 채로 꿔야 해요. 과분한 행운 덕분에 공부는 마음껏 할 수 있지만, 먹고는 살아야 하잖아요. 우리 할머니랑."

대학을 졸업하고 나면, 아니 그의 말대로 대학원을 나오거나 유학을 다녀오면 훨씬 더 넓은 가능성이 열릴 거란 걸 알고 있다. 그렇게 되면 정말로 '꿈'이란 걸 이룰 수 있을지도 모른다. 그래서 지금의 선택이 불안하기도 하고, 막막하기도 하다.

하지만 이 선택 역시 오랜 시간 고민해 왔고 차근차근 준비했던 일이기에 어떤 식으로든 끝을 보고 싶었다. 본격적으로 공무원 시험 준비를 시작한 지 1년. 최소 2년은 스스로 생각했을 때 '정말 후회 없이 최선을 다했어'라고 자신할 수 있을 만큼 열심히 해보고 싶었다.

"행복해질 거예요. 성공해서 돈도 많이 벌면 훨씬 더 많이 행복해질 거예요."

"그래서 네가 행복해지는 거라면, 그래. 일단 keep going."

아직 여은에겐 행복이나 성공은 결국 돈과 귀결이 된다. 그런 제 자신이 때론 속물처럼 느껴질 때도 있지만 어쩔 수 없었다. 지금 상황에선 경제적인 여유를 갖는 것이 가장 간절했기 때문이다.

신호 대기에 걸려 차가 멈춰 섰고 동준은 다시 라디오를 켰다. 흘러나오는 노래에 맞춰 고개를 끄덕이던 그가 시선을 맞춰왔다. 여은이 수줍게 웃으며 고개를 돌리자 그는 여은의 머리칼을 흩뜨리며 장난을 걸었다. 못마땅한 표정으로 노려보았지만 그는 연신 웃고 있었다.

"뭐예요."

그는 대답 대신 여은의 어깨를 손으로 다독거렸다. 마치, '네 말처럼 언젠간 그렇게 될 거야'라고 응원을 해주는 것만 같은 착각이 들었다.

"잔소리 듣기 싫지?"

"아니요."

"다 오빠 같은 마음에서 걱정되니까 하는 말이야. 나는 너를 바른길로 인도해야 하는 의무를 가지고 있다고. 그러니까 받아들여."

그러더니 대뜸 목을 확 끌어안으며 정수리에 뺨을 비볐다. 갑작스러운 스킨십에 너무 놀란 나머지 여은은 턱 숨이 막혔다. 다행히 때마침 신호가 풀려 그는 다시 핸들을 쥐고 차를 몰았다.

동준은 '오빠'라고 선을 그었지만 여은에게 그는 오빠와 아빠,

그리고 남자 그 사이 어딘가에 서 있는 사람이었다. 그래서 그의 잔소리는 모두 관심에서 비롯된 것이라 생각되었고, 오히려 듣기 좋은 날이 많았다. 그래서 앞으로 그가 직접 인도해 주겠다는 바른길이 어떤 모습일지 무척이나 궁금했다.

03

장미와 가시

그 아이는 어른이다. 아니, 일찍 어른이 되었다. 제 나이 또래보다 훨씬 생각이 깊고 현실적이다. 그래서 더 신경이 쓰였다.

여은이는 하루가 부족하다. 새벽부터 할머니 과일 가게 일을 돕고 오전에는 학원에서, 오후에는 도서관에서 공부를 하고 저녁엔 이곳에서 일을 한다. 집에 가서는 아마도 잠들기 직전까지 공부를 할 것이다. 그 좋아하는 책도 마음껏 읽을 여유 없이 바쁘게 지낸다.

그런데 힘들지 않냐고 물으면 늘 괜찮다고 말한다. 아무렇지 않다는 듯 웃으며 고개를 젓는다.

괜찮지 않은데 괜찮다고 말하는 건지, 아니면 괜찮지 않다는 걸 깨닫지 못하는 건지 모르겠다.

그럴 리가 없는데. 만약 나였다면 진즉에 나가 떨어졌을 텐데.

혹시나 그 아이가 좋고 싫고, 즐겁고 우울하고, 신 나고 울고 싶고, 괜찮고 힘들고를 구분하지 못할 만큼 무감해진 건 아닐지 그것이 걱정스러웠다. 제 마음조차 제대로 들여다보지 못하는 것일까 봐 그것이 가장 신경 쓰였다.

동준은 창틀에 걸터앉아 길을 지나는 사람들을 바라보았다. 저녁시간이라 그런 건지, 아니면 인근에 클럽이 많아 그런 건지 여은이 또래쯤 되는 청춘들이 길 위를 가득 메우고 있었다. 개성이 드러나는 옷차림이 가장 먼저 눈에 들어왔고, 그 다음에는 밝고 생기 넘치는 표정들이, 그 다음은 욕설과 웃음이 뒤섞인 대화가 들렸다.

동준은 그들 가운데 여은이를 세워보았다. 그들과 함께 어울려 다니며 웃고 떠드는 모습을 상상하니 웃음이 새어나왔다. 짙은 화장을 하고, 스카프를 터번처럼 머리에 묶고, 민소매 크롭티에 짧은 팬츠를 입고 때론 클럽을, 때론 공연장을 다니는 여대생 김여은. 알바해서 모은 돈으로 큰맘 먹고 장만한 명품 가방을 메고, 친구들과 패밀리 레스토랑에서 점심을 먹고, 카페 테라스에 앉아 커피를 마시고 사진을 찍으며 수다를 떠는 여대생 김여은. 그런 김여은이라면 어땠을까. 그런 김여은이 지금의 김여은보다 행복할까? 지금의 김여은은 그런 김여은을 부러워할까?

그보다도, 난 왜 자꾸만 여은이의 진심이 궁금한 걸까. 왜 이런 생각들로 내 귀중한 시간을 축내고 있는 거지?

똑똑.

"네."

"이거 좀 받아가."

해인이 발로 문을 툭 차고 들어왔다. 양손에는 노끈으로 묶은 책이 들려 있어, 동준이 냉큼 달려가 받자 그녀는 앓는 소리를 하며 주먹을 쥐었다 폈다 손을 풀었다.

"뭘 또 이렇게 양손 무겁게."

"이중인격이야? 빨리 가져오라고 닦달할 땐 언제고. 아우, 팔 빠져."

해인이 소파에 널브러지거나 말거나 동준은 책상 위에 책을 올려놓고 책 제목부터 확인했다.

해인은 동준의 오랜 여자 사람 친구다. 한 동네에서 나고 자란 동네 친구이자 영국으로 가기 전까진 가장 친한 단짝이었다. 국내 최대 온라인 서점 '나무그늘' 인문학 파트 수석 MD인 해인은 출판사에서 프로모션으로 가져다준 책들을 모아 늘 동준에게 주었다.

"너 진짜 이 책들 다 읽기는 해?"

"당연하지!"

"수상한데. 몰래 팔아먹는 거 아냐?"

"집에 잘 모셔놓고 읽는 중이야. 걱정 마."

실은, 여은에게 주려고 책 동냥을 하는 중이다. 마음 같아서는 읽고 싶은 책 마음껏 사서 읽도록 해주고 싶지만 부담 가질까 봐 일부러 해인에게 얻어다 주는 것이었다.

"나 시원한 물 좀. 엄청 덥다. 말도 안 되게 더워."

에어컨을 빵빵하게 틀었는데도 해인은 덥다며 손으로 부채질을 해댔다. 동준은 냉장고에서 지난주에 담은 레몬청을 꺼내 커다란 유리컵에 얼음과 탄산수까지 가득 담아 시원한 레몬에이드를 만들어 건넸다.

"새로 담았어. 맛있지?"

"으으, 좋다. 그거 한 병만 싸줘."

입맛 까다로운 해인이 만족스러워하자 동준은 두 말 없이 유리병에 담은 레몬청을 통째로 건넸다. 책 값 대신이었다.

"뭐하고 있었어?"

"사람 구경."

"여자 구경이겠지."

동준이 노려보았지만 해인은 전혀 주눅 들지 않았다. 동준은 다시 창틀에 걸터앉아 사람들을 보았다.

그러다 문득 떠오른 생각에 해인을 보았다.

"너도 그런 거 있어? 상대방에게 호감을 갖게 되는 찰나의 순간 같은 거."

"음. 멋진 말이네. 있지 그럼. 난 향기. 옆을 잠깐 스칠 때 나는 순간의 향기."

정말 그런 게 있구나.

다시 사람들을 바라보며 동준은 곰곰이 생각해 보았다.

내게 그런 순간은 언제일까?

어머니에게 영향을 받은 건지 몰라도, 동준은 긍정적이고 마음이 건강한 사람이 좋았다. 아마도 상대방에게 그런 기운을 느끼는 순간 호감을 느끼게 되는 것 같다.

그러고 보니 여은이가 그랬다. 그 어떤 상황에서도 밝게 웃는 아이……. 그래서 더 마음이 쓰이는 건가?

"갑자기 그건 왜?"

"누가 그런 말을 하기에."

"여자야?"

"그래, 여자다."

"그 여자의 진심이 궁금한 거구나?"

"아냐, 그런 거. 그냥 생각나서."

"아. 아까도 그 여자 생각하고 있었지?"

점쟁이가 따로 없네.

속내를 들킨 동준은 해인을 노려보았다.

"야, 너 집에 안 가? 빨리 가."

"안 그래도 갈 거야!"

해인이 소파에서 일어서자 동준은 차 키와 가방을 서둘러 챙겨주며 사무실에서 내쫓다시피 등을 떠밀었다.

이렇게까지 당황할 필요가 없는데 나 왜 이렇게 오버니. 잘 숨겨둬야 하는 뭔가를 들킨 사람처럼.

"이거 봐. 문래 완전 까인 거 같은데?"

애오개가 불쑥 들이민 건 문래의 휴대폰이었다. 그 뒤로 울상이 된 문래가 서 있었다. 여은은 라텍스 장갑을 벗고 문래의 휴대폰 속 깨알 같은 글씨를 읽어 내려갔다.

"허! 너 기어이 개드립을 쳤구나!"

문래는 여은의 조언을 무시한 채 아이스크림 알바생에게 적극적인 대시를 퍼부었다. 결국 그 알바생은 'ㅎㅎ'만 연달아 보내다가 어느 순간부터 메시지 옆 숫자 '1'이 사라지지 않고 있었다.

"이건 백퍼 미리보기로 보고 아예 카톡 창 안 연 거야."

"아닐 거야. 바빠서 못 읽은 걸 거야."

"얼마나 바쁘기에 이틀째 안 열어보겠어?"

여은의 돌직구에 문래의 얼굴은 점점 더 울상이 되었다.

"내가 말했잖아. 대화를 이어가면서 공감대를 형성하는 게 먼저라고, 이 답답아."

"이거 완전히 끝난 거라고 봐야겠지?"

애오개가 신이 나서 깐죽대자 문래의 어깨는 점점 더 처졌다. 여은은 그런 문래의 등을 다독이며 애오개에게 그만하라고 눈짓을 했다.

"다들 수고하세요!"

그때, 동준의 사무실에서 해인이 나오며 메인 주방에 있던 직원들에게 인사를 건넸다. 직원들은 엉거주춤 일어나 인사를 하고 다시 옹기종기 모여 앉았다. 동준은 그녀의 뒤를 따라 가게를 나섰고 그녀의 차가 떠날 때까지 배웅을 해주었다.

여은은 귀로는 문래와 애오개의 대화를 들으면서도 시선은 동준에게 고정되어 있었다. 한참이 지나서야 다시 가게로 들어온 동준을 보며 저도 모르게 옅은 한숨을 내쉬었다.

동준의 친구인 해인은 지금의 자신과 비교도 되지 않을 만큼 성공한 사람이었다. 질투하는 것조차 말이 안 될 정도로 이미 사회에서 자리를 잡은 어른 여자. 이곳에 올 때마다 가져다주신 책을 얻어 읽는 자신과 비교선상에 둘 수 없는 분이었다.

"근데 사장님 친구분 요즘 들어 부쩍 오는 횟수가 는 것 같지?"

"난 두 사람 친구 아니라고 본다."

"그래. 남녀 사이에 친구가 어디 있냐?"

"그럼 혹시…… 전에 말씀하신 목숨 걸고 사랑했던?"

"헐! 설마!"

"아니겠지. 그게 더 이상하잖아. 목숨 걸고 사랑했던 사람이랑 친구가 되는 건 더 말이 안 돼."

"그런가? 그럼 둘이 썸 타는 중?"

세 남자의 오두방정에 끼고 싶지 않아 다시 장갑을 끼고 망고 손질을 시작한 여은은 입술을 굳게 다물었다.

서운할 것도 없고 자격지심 가질 것도 없다. 어차피 내가 가질 수 있는 사람도 아닌데 뭐가 서운해? 김여은 진짜 웃겨.

"여은아, 잠깐."

동준의 손짓에 여은은 그의 사무실로 향했다. 뒤에선 가서 한 번 떠보라는 둥 헛소리를 해댔지만 여은은 젖은 손을 앞치마에 쓱쓱 닦고 뜨겁게 달아오른 볼을 감쌌다. 지금 이 순간만큼은 볼품없는 모양새로 그를 보고 싶지 않아 묶었던 머리칼을 풀고 다시 단정하게 묶었다.

문을 열고 안으로 들어가니 그는 흐뭇한 얼굴로 책상 위에 놓인 책 꾸러미부터 자랑했다. 모두 해인이 주고 간 책이었다.

"고맙습니다."

"오늘은 훨씬 많다, 그치?"

"그러네요. 매번 감사해서 어떡하죠?"

"괜찮아. 내가 그만큼 잘해주니까."

그것 때문에 그녀에게 다정하게 구는 거라면…… 이런 책 안 얻어줘도 되는데. 아니야. 그건 괜한 자존심이야. 그런 생각은 지금 내게 전혀 도움이 되질 않아.

여은은 그 모르게 아주 작은 한숨을 내쉬며 마음을 다독였다.

"이거 들고 지하철 타고 가긴 힘들겠지? 이따 내가 데려다줄게."

"괜찮아요. 저 힘세요."

여은이 고개를 저으며 거절하자 동준이 어림없다는 듯 여은의 이마 위에 콩 하고 꿀밤을 때렸다.

"너 퇴근 시간대 지하철 상황이 어떤지 내 두 눈으로 직접 봐야 안심할 수 있을 것 같아서 그래. 어디쯤 가면 조나 구경하려고. 그러니까 같이 가자. 나가봐."

여은은 동준에게 고개를 숙여 인사를 하고 사무실 옆 탈의실로 향했다. 탈의실 한쪽에 책 꾸러미를 내려놓고 물끄러미 바라보다가 괜히 울컥한 마음에 툭 밀쳤다. 그러자 책 꾸러미가 옆으로 쓰러지며 몇 권이 그 사이에서 빠져나왔다.

"왜 그랬어, 김여은. ……왜 그랬어."

여은은 쪼그려 앉아 다시 책을 차곡차곡 쌓았다.

내가 이러면 안 되지. 안 되는 거야……. 이러면 안 되는 거야.

지하철 안은 예상대로 앉을 자리가 없었다. 열차칸 맨 끝에 등을 붙이고 선 동준은 이 틈에도 문제집을 보는 여은이 혹시나 중심을 잃을까 어깨에 힘을 주고 옆에 바짝 붙어 있었다.

이렇게 최선을 다해서 열심히 사는 친구들이 꼭 성공해야 하는데.

동준은 무심결에 주변을 둘러보았다. 늦은 시간이 되어서야 집으로 돌아가는 여은 또래 학생들이 꽤 많이 눈에 띄었다. 아마도 이 노선에 대학들이 많아서인 듯했다.

치렁치렁한 긴 머리, 혹은 염색한 단발머리. 여름이라 그런지 시원스러운 옷차림과 유니크한 액세서리. 남자인 자신이 봐도 한번쯤 들어봤던 브랜드의 가방과 신발을 착용하고 한껏 멋을 낸 여학생들이 대부분이었다.

동준은 여은을 보았다. 손잡이의 실이 풀어져 나온 헤진 가방, 발목 부근에 주름이 잔뜩 잡힌 스니커즈, 피부 톤만 잡은 정도의 옅은 화장……. 초라해 보이는 건 아니었지만, 괜히 속이 상했다.

"가방이랑 운동화 살 때 된 것 같다."

동준의 말에 문제집에서 눈을 뗀 여은이 의아해하며 제 가방을 보고 어깨를 으쓱였다.

"화장도 좀 더 하고."

"그런 거 잘 못해서……."

여은이 멋쩍은 듯 웃으며 손바닥으로 이마를 감쌌다. 참 작은 손이었다. 바짝 깎은 손톱에는 아무것도 바르지 않은 모양이다.

“자기 외모를 가꾸는 것도 경쟁력이야. 요즘엔 그런 거 수수한 매력으로 안 통해. 좀 더 신경 쓰고 꾸밀 줄 알아야 해.”

여은의 귀가 점점 빨개졌다.

“그렇긴 한데…….”

“창피하라고 하는 말 아니니까 오해하진 마. ……부족하면 언제든지 말해. 부담 갖지 말고.”

아……. 너무 많이 갔다.

여은의 눈시울이 붉어졌고, 동준은 그제야 뭔가 잘못됐다는 것을 직감했다.

“그러니까 내 말은…….”

“알아요. 무슨 말인지 알아들었어요.”

여은은 다시 문제집으로 시선을 가져갔다. 입술을 질끈 깨문 동준은 더 이상 말을 잇지 못했다.

지하철에서 내려 집으로 가는 동안에도 동준은 내내 여은의 눈치만 살폈다. 감정이 북받치는지 얼굴이 수시로 달아올랐지만 이를 꽉 다물고 버티는 듯했다. 차라리 한마디 쏘아붙이면 내가 실수한 거라고 싹싹 빌 텐데 아무 말도 하지 않고 속으로만 삭이니 속이 타들어갔다.

그때 여은이 우뚝 멈춰서더니 동준의 손에 들린 책 꾸러미를 받아들었다.

“데려다주셔서 감사합니다. 조심히 가세요.”

"어, 그래. 수고했어. 쉬어."

공손하게 인사를 한 여은은 뒤도 돌아보지 않고 걸음을 옮겼다. 동준은 그 자리에 서서 이러지도 저러지도 못했다. 따라가 붙잡을까 걸음을 내디뎠다가 다시 뒷걸음질 치길 반복했고, 결국 여은이 시야에서 완전히 사라지고 나서야 다시 지하철 역 쪽으로 발길을 옮겼다.

집에 도착한 동준은 침대에 털썩 드러누워 괴로움에 신음했다. 두 손으로 머리칼을 움켜쥔 채 이리저리 뒹굴거리자 반려묘인 먼지가 슬금슬금 다가와 동준의 뒷목에 배를 깔고 엎어졌다.

"먼지야. 오빠가 너무 바보 같은 짓을 한 거 같다."

2년 째 함께 살고 있는 회색 고양이 먼지가 동준의 말을 알아들었는지 '야옹'하며 대꾸를 해줬다.

동준은 엎드린 채로 휴대폰을 꺼내들었다. 그리곤 카톡을 열어 친구 목록을 뒤졌다. 여은이 있었다. 독하게 공부 중인 것을 대변하는 듯 메신저 프로필에는 '카톡 안 해요'라는 문구가 전부였다. 그 어디에서도 여은의 생각이나 감정을 읽을 수 없으니 답답해 미칠 지경이었다.

모든 것을 자신의 기준에 두고 너무 쉽게 생각하고 쉽게 말한 것 같다. 그 아이에겐 매 순간이 신중할 수밖에 없는 선택인데 동준은 늘 '넌 왜 이렇게 하지 않아?'라고 쉽게 말했다. 그 생각 깊은 아이가 정말 방법을 몰라서 다른 길을 선택했을까.

내 생각이 지나치게 짧았어.

입장을 바꿔 생각하면 그 아이에게 큰 실수를 한 것이다. 만약 자신이었다면, 그 돈으로 옷을 사 입고 가방을 사서 들 수 있었을까? 그렇게 어른스러운 김여은이 학비 명목으로 후원받은 돈을 아무렇게나 쓸 수 있을까? 여전히 여은이에 대한 이해가 부족했다. 부족해도 너무 부족했다.

여은이는 그런 내게 왜 짜증 한 번 내지 않는 걸까. 내 속도 모르면서 왜 그런 말을 쉽게 하냐고, 함부로 말하지 말라고 한 번쯤은 터질 만도 한데. 대체 어디까지 참고 넘길 생각인 건지. 대체 언제까지 진심을 감추고 외면할 건지…….

동준은 메시지 창을 열었다. 그리곤 망설임 없이 메시지를 적어 넣었다.

〈아깐 내가 말이 지나쳤어. 미안해.〉

답장이 오길 기다리며 눈이 빠져라 휴대폰을 보던 동준이 베개에 얼굴을 묻고 '어으으윽!' 신음을 뱉어냈다. 카톡은 숫자 '1'이 사라지는지 아닌지만 보면 되는데 이놈의 메시지는 확인할 길이 없으니 가슴이 졸여서 살 수가 없다. 대체 예전엔 어떻게 문자 메시지만 주고받고 살았을까.

참다못한 동준은 자리를 털고 일어나 욕실로 향했다. 옷을 벗고 막 샤워기를 트는데.

딩동.

메시지가 도착했다는 소리에 동준은 몸에 타월만 두른 채 거실로 뛰어나갔다.

〈괜찮아요. 아무렇지도 않은걸요.〉

거짓말. 정말 아무렇지 않다고?
“아으, 나쁜 놈아. 이렇게 착한 애한테 뭔 소리를 한 거야.”
동준은 양손으로 제 머리칼을 움켜쥐며 괴로워했다.

동준에게 메시지를 보낸 여은은 다시 무릎을 끌어안았다. 마음이 바닥까지 꺼진 기분이다. 아무것도 하고 싶지 않았다. 씻기도 싫고, 옷 갈아입기도 싫고, 공부도 책도 다 싫었다. 집에 들어오자마자 방에 콕 박혀 멍하니 앉아 있던 참이다.

괜찮지 않았다. 하지만 그가 내게 미안해하는 건 더 괜찮지 않은 일이다.

벽에 등을 기대고 앉아 있던 여은이 일어나 책상 앞에 앉았다. 책상 한쪽 구석을 화장대 삼아 쓰는 여은은 거울에 비친 제 얼굴을 찬찬히 살펴보았다. 눈 밑에 있는 다갈색 주근깨가 가장 먼저 눈에 들어왔다. 턱에 아주 작은 흔적으로 남은 수두 자국도 오늘은 유난히 큰 흉터로 보였다.

여은은 책상 위에 놓아둔 화장품을 죄다 끌어 모아 화장을 시작했다. 끌어 모아봤자 몇 가지 되진 않지만 면접에 대비해 준비해 둔 마스카라부터 컨실러까지 있을 건 다 있었다. 그렇게 화장을 마치곤 옷장에서 가장 비싸고 좋은 옷을 꺼내 입었다. 그 옷 역시 면접을 대비해 큰맘 먹고 장만한 정장이었다. 그리고 옷장 위에 박스째 올려둔 구두도 꺼내 신었다. 아끼느라 몇 번 신어보지 않았던 구두라 발볼과 뒤꿈치가 조여 아팠다.

여은은 다시 거울을 보았다. 예뻐 보이지 않았다. 주근깨와 수두 자국을 가렸는데도, 좋은 옷을 입고 높은 구두를 신었는데도 전혀 예쁘지 않았다.

그런 자신의 모습에 울컥 눈물이 쏟아질 것 같았다. 코를 움켜쥐고 간신히 집어 삼켰지만 눈썹이 파르르 떨리고 가슴이 쿵 내려앉았다. 할머니가 거실에 이불을 펴고 누워 드라마를 보고 계신데 소리 내어 엉엉 울 수도 없는데 울음이 터지려 했다.

그 돈이 어떤 돈인데 옷을 사 입을 수 있을까. 그 돈이 어떤 돈인데 가방을 사고, 화장품을 사 바르고…… 어떻게 그럴 수 있을까.

그가 상처 주려고 일부러 한 말이 아니란 걸 알고 있다. 지금 이렇게 못 견디게 속상한 건 자격지심 때문이고, 그 자격지심이 자꾸만 자신을 못난 사람으로 만드는 것 같아서 견딜 수가 없었다.

여은은 이를 악물고 교재를 폈다. 눈물이 차올라 글씨가 흐릿하게 보여도 멈추지 않았다. 눈을 깜빡일 때마다 볼을 타고 흘러내린 눈물이 책을 적셔도 볼펜을 움켜쥔 채 문제를 풀었다.

■ □ ■

"오셨어요?"

"잘 잤어?"

"그럼요."

여은이는 어제와 다르지 않은 모습으로 자신에게 인사를 건넸다. 심지어 평소와 다름없는 밝은 어조였다.

"저 왔습니다. 강연홍 사장님."

"아이구, 빠께쓰 사장 왔어?"

자연스레 동준의 허리를 감싸 안은 할머니가 갑자기 동준의 엉덩이를 토닥였다.

"오늘 토마토가 자네 궁둥이처럼 아주 토실토실해."

할머니의 엉큼한 미소에도 동준은 당황하지 않고 능청스럽게 굴었다.

"어우, 그럼 들여가야죠. 자몽도 들어왔죠?"

"응. 저짝에 쌓아놨어. 차에 실으면 돼."

동준이 과일 박스를 번쩍 들어 옮기자 여은이 말없이 뒤따라다가오더니 함께 박스를 옮겼다.

마치 아무 일도 없었다는 듯 구는 게 마음을 더 불편하게 만들었다.

"아침 먹었어?"

"네. 대충."

"난 아직 못 먹었는데."

"원래 아침 안 드시잖아요."

여은이 그제야 시선을 주었다. 그 순간 동준의 눈에 화장기 없는 여은의 말간 얼굴이 눈에 확 들어왔다. 아무것도 안 바른 건지, 오늘따라 눈 밑 다갈색 주근깨가 유난히 돋보였다.

귀여워.

풋풋하고 싱그러운 맨얼굴이 마치 잘 닦은 사과 같아 보여 웃음이 났다.

"왜요? 뭐 묻었어요?"

동준은 고개를 저으며 여은의 손목을 잡았다.

"사장님! 여은이 30분만 빌려갈게요!"

"어디 가요?"

"밥 먹으러."

손목을 잡아끌자 여은은 당황한 듯 주춤거리면서도 마지못해 따라왔다.

"맥도날드가 저 아래 있었던 거 같은데."

여은은 어리둥절해서는 고개를 끄덕였고 동준은 점점 더 빨리 걸었다.

"젊은 애가 왜 이렇게 걸음이 느려. 빨리 안 걸어?"

뜬금없는 동준의 타박이 기가 찼는지 여은이 코웃음을 치며 그보다 빠르게 걷기 시작했다. 동준이 달리기 시작하니 여은도 지지 않고 뒤에 바짝 따라붙었다.

"아우 숨차."

맥도날드 앞에 도착한 여은이 허리를 숙이고 거칠게 숨을 골랐다.

"약골 아니라더니."

"힘은 센데, 달리기는 못해요."

동준은 여은의 변명을 들어주며 매장 안으로 들어갔다. 동준이 매장 구석에 자리를 잡자 여은은 아직도 헉헉대며 맞은편에 앉았다.

"밥을 드셔야지 이런 걸로 되겠어요?"

"밥 차려줄 거 아니면 뭐 먹을지 고르기나 해. 난 맥모닝. 주문은 네가 가서 하고."

"어후, 진짜."

카드를 건네자 여은은 입술을 삐죽이며 카운터로 향했다. 투덜거리는 게 어찌나 귀여운지.

의자 등받이에 등을 기댄 동준은 팔을 머리 위로 길게 뻗었다. 밤새 여은이가 걱정되어 잠을 설쳤더니 몸이 찌뿌둥했다. 허리를 이리저리 틀며 몸을 풀던 동준의 눈에 테이블 위에 놓인 여은의 휴대폰이 들어왔다. 스크래치가 가득한 액정 필름. 아마도 휴대폰을 산 이후로 한 번도 교체하지 않은 것 같았다.

"음료는 아메리카노로 했는데."

"어? 나 커피 안 마시는데?"

"진짜요?"

"내가 왜 주스 가게를 하겠니."

"취소하고 올게요."

"됐어. 그냥 앉아."

동준과 카운터 사이에서 우왕좌왕하던 여은이 다시 자리에 앉았다.

"저렇게 나한테 관심이 없어요. 쯧쯧. 네가 다 먹어."
"당연히 드시는 줄 알았는데."
"내가 좀 커피와 어울리긴 하지?"
여은은 대답 대신 어색한 미소를 지었다.
"너 휴대폰 액정 필름 갈아야겠더라."
"아직 쓸 만한데."
여은의 휴대폰을 이리저리 돌려보던 동준은 액정 필름을 확 떼어냈다.
"어!"
"가서 한 장 사와."
"더 쓸 수 있는데!"
"이런 돈도 아깝냐?"
동준의 도발에 여은은 꽤 열이 받은 듯 도끼눈을 하고 노려보았다.
"딱 기다려요. 사가지고 올 테니까."
이를 악다문 채 한 음절씩 끊어 말한 여은이 씩씩대며 매장을 나섰다. 그 사이 음식을 받아오고 나니 여은이 거친 숨을 몰아쉬며 매장 안으로 달려 들어왔다.
"이리 줘. 내가 붙여줄게."
"잘 붙일 수 있어요?"
"일단 줘봐."
여은이 쉽게 믿지 못하고 망설이자 동준은 여은이 손에 들고 있던 새 필름을 홱 뺐었다. 그리곤 휴대폰 화면을 깨끗이 닦아내고 조심스레 필름을 붙였다. 하지만 야속한 공기는 자꾸 중간에 끼어들어 동그란 포켓을 만들었고 손톱으로 꾹꾹 밀어 올렸지만 두어 군데가 남아 도통 사라지질 않았다.

"됐다."

"어? 여기 공기 들어갔잖아요!"

"필름이 싸구려라 그래. 안 빠지는 거야."

"아, 진짜!"

동준은 태연하게 맥모닝을 한 입 베어 물었다. 비록 여은은 울상을 한 채 징징거렸지만 그 모습이 밉지 않았다. 어리광도 부릴 줄 안다는 사실이 그저 반가웠다.

그나저나 오늘 이상한데. 아침에 마시고 나온 두유에 누가 약을 탔나? 살짝 조증이 온 기분이야.

"그때 인턴 면접 본 게 KBS였나?"

"네. 근데 뭐, 안 될 줄 알았어요. 서류전형 통과한 것만 해도 만족해요."

"거짓말."

정곡을 찌르자 그제야 여은이 배시시 웃었다.

"당연히 아쉽죠. 되면 진짜 좋았을 텐데."

"그냥 인턴 지원이 아니었나 보다?"

여은이 고개를 끄덕였다.

"실은…… 아니에요."

"무슨 말을 하다 말아. 방송사에 입사하고 싶은 거야?"

"……네."

뭘 그렇게도 망설이는지. 여은은 한참 동안 입술을 달싹이다 겨우겨우 '네'란 대답을 꺼냈다.

"하면 되지."

"저도 그러고 싶죠."

"그럼 공무원 시험 때려치워."

"뭘 때려치워요. 여기까지 어떻게 왔는데. 매사에 그렇게 쉽게 결정내리는 거 아니에요. 신중해야죠."

여은의 표정이 갑자기 시무룩해졌다.

"피디가 되고 싶은 거야?"

"네. 시사교양국 피디요."

"재미없게. 드라마 피디는 어때? 요즘 드라마들 하나같이 막장이라 볼 게 없던데."

"거짓말. 그런 거 좋아하잖아요."

"그렇긴 한데. 흠흠. 시사교양 뭐?"

"책 소개하는 프로그램이요. 북 큐레이터가 매주 책을 소개해주고, 작가들이 직접 출연해서 방청객들과 대화도 나누고……. 보통 다른 방송사들은 시사교양 프로그램들 시청률이 많이 안 나오니까 편성 비율이 적은 편인데, 공영방송은 안 그렇거든요."

여은이는 꽤 구체적인 꿈을 가지고 있었다. 처음 들어보는 여은의 꿈 이야기가 왜 이리도 반가운지. 진심으로 설레어하는 표정을 보고 있으니 동준도 덩달아 마음이 설렜다. 그동안 여은에게서 여러 가지 모습을 보았지만 본 중에 지금이 가장 예뻤다.

"인턴 하면서 프로그램 제작하는 거 구경도 하고 싶었는데."

"꿈을 너무 일찍 포기하는 거 아냐?"

"말했잖아요. 지금 제가 할 수 있는 선택 중 가장 최선의 선택을 한 거라고. 열심히 하고 있는 사람한테 괜한 바람 넣지 마요."

만만치 않은 여건이긴 하지만 그렇다고 영 불가능한 건 아니라고 생각했다. 동준은 일단 여은이 좀 더 학교 공부에 집중할 수 있도록 해야겠다는 생각을 했다. 여은이가 부담이나 미안한 마음을 갖지 않도록 어떻게 설득을 하면 좋을지 좀 더 좋은 방법을 하루 빨리 생각해 내야 할 것 같았다.

"그리고 어제는……."

"아, 진짜. 괜찮다니까요. 그 얘기 그만해요."

여은이 질색을 했지만 동준은 진심으로 사과를 하고 싶었다. 동준은 민망함에 이리저리 시선을 피하는 여은과 계속 눈을 맞췄다.

"너에 대한 이해가 부족했어. 내 생각이 짧았다."

"알았어요……."

뾰로통해진 입술을 씰룩이는 모습이 귀여워서 동준은 여은의 볼을 꾹 눌러 보았다.

"내 마음은 그게 아니었단 거 알아줬으면 좋겠어. 난 널 볼 때마다 내가 이렇게 철이 없었나 싶을 때가 많아."

"그렇지 않아요."

"아무래도 네가 나에겐 뭔가 특별한 존재인 거 같아. 그냥 동생 같다기보단…… 이건 뭐랄까. 뭔가…… 하여간 뭔가 특별해. 그래서 자꾸 이러나 봐, 내가."

그 특별함이 대체 뭔지 정확하게 알 순 없지만, 동준은 자신과 여은 사이에 존재하는 알 수 없는 그 특별함이 싫지 않았다. 상대방이 원치 않는 나만의 이유 모를 책임감, 즉 오지랖일 수도 있겠지만 여은이에 관해서라면 자꾸만 관심이 생기고 걱정부터 앞서는 이 특별함을 포기할 순 없는 일이었다.

학원으로 향하는 내내 여은은 연신 휴대폰을 만지작거렸다.

그가 직접 붙여준 필름. 아무래도 당분간은 계속해서 만지작거리게 될 것 같았다. 볼 때마다 그 사람 생각이 날 것 같다.

"뭔가 특별해."

'특별하다'라.

어떤 의미에서 특별하다고 말한 건지 모를 일이지만, 그 말이 자꾸만 머릿속을 맴돌았다. 사람 마음을 들었다, 놨다. 하루 사이에 지옥에서 천국을 오가게 만들질 않나……. 그는 정말 종잡을 수 없는 사람이었다. 이런 식으로 가다간 대책 없이 빠져들진 않을까 걱정이 되기도 했다.

"어? 김여은!"

여은이 우연히 마주친 건 학교 과 동기들이었다. 평소에 어울리지 않았던 부류의 아이들이라 오가며 인사만 나누는 정도였는데, 오랜만에 만나서인지 먼저 알은체를 해왔다.

"김여은 진짜 오랜만이다!"

"그러게. 다들 잘 지내지?"
"너는 여기 학원 다니는 거야? 행시 준비한다고 들은 거 같은데?"
"어. 맞아."
"이번 학기에는 복학할 거지?"
"아직 잘 모르겠어."
"진짜? 그 행시라는 게 너도나도 다 하는 거라 가능성이 별로 없지 않아? 언제까지 그것만 붙들고 있을 거야. 너 그러다 금방 서른 된다? 그땐 나이 많아서 취직도 힘든 거 알지? 학벌 좋아도 소용없어."
대체 무슨 말을 하고 싶은 건지.
여은은 속이 부글부글 끓었지만 웃어 넘겼다.
"나랑 지은이는 우리 외삼촌네 은행에서 인턴하고, 승연이는 영어 학원 다녀. 다음 달에 어학연수 가거든. 우리 나중에 점심 때 만나서 밥이나 같이 먹자."
"그래. 다들 열심히 해."
"우리야 뭐 그냥 적당히 하는 거지. 넌 공부 열심히 해."
물고 있는 금수저 자랑하고 싶었구나. 아니면 내가 꼬인 걸지도 모르고.
졸업과 동시에 취업문이 활짝 열린 그녀들에게서 돌아선 여은은 갑자기 기운이 쭉 빠져 걸음을 내딛지 못했다.
애초에 그들과는 출발선이 달랐다. 좋은 환경에서 나고 부족함 없이 자라 원하는 것들을 모두 누리며 살아온 그들. 비교하자면 한도 끝도 없으니 아예 '그들만의 세상'이라고 선을 긋고 부러워하지 않으려 했다.

하지만…… 아직 어려서일까? 속상한 마음만은 어쩔 수가 없었다. 아무리 마음을 타이르고 다독여도 가끔 한 번씩은 단단히 쌓아 올린 다짐들이 허무하게 무너져 내린다.

"잘하고 있어, 김여은. 기죽지 마."

여은은 다시 한 번 힘을 모았다. 씩씩하게 주먹을 불끈 쥐었다. 사람은 행복하기로 마음먹은 만큼 행복해진다고 했으니 난 앞으로 엄청나게 감당이 안 될 만큼 행복해질 거라고 제 자신을 응원하고 축복했다.

휴대폰을 손에 꼭 쥔 여은은 그 길로 학원을 향해 전력 질주했다.

04

그대 앞에 봄이 있다

동준이 살고 있는 서교동 빌라는 돌아가신 아버지에게 받은 유일한 유산이었다. 수정에겐 애초에 기대도 하지 않았다. 사후에 전 재산을 모 장학 재단에 기부하겠다고 공공연히 밝혀왔던 분이고, 성인이 된 후로는 학비 이외에 용돈 한 번 받아 쓴 적 없을 정도로 경제적인 독립이 확실하게 이루어졌기 때문이다.

영국에서 돌아온 후 이 집을 인테리어하는 데 꼬박 1년이 걸렸다. 손재주도 없으면서, 싱글남 인테리어 열풍에 휩쓸려 덩달아 따라 했다가 생고생을 한 것이다. 그래도 일단 시작했으니 끝을 보겠다고, 끝끝내 혼자 해보겠다며 아등바등하다가 1년을 까먹었다.

결국 해내긴 했다. 현관문부터 화장실, 주방, 침실, 거실, 발코니까지 집 안 구석구석 동준의 손이 안 닿은 곳이 없다. 곳곳에 직접 가구도 짜 넣었다. 그렇게 콘크리트 상자 같았던 곳을 완전 내 집으로 만들었다. 내게 딱 맞는 내 집. 이젠 제법 자신감이 붙어, 다음엔 직접 집도 지을 수 있을 것 같은 무모함까지 생겼다.

방 두 개에 욕실 하나. 잠은 거실에서 잔다. 그래서 침대도 거실 한가운데 덩그러니 놓여 있다. 침대 왼쪽이 바로 발코니 문이라 겨울에는 바람이 새어 들어오곤 하지만 여름엔 아침에 눈 뜨자마자 발코니 문을 열고 나가 바깥 구경하는 재미가 쏠쏠했다. 일을 마치고 돌아와 혼자 맥주 한잔하기에도 분위기 있고.

집에 소파는 없다. 작년에 큰맘 먹고 장만한 패브릭 소파를 스크래처로 착각한 먼지가 손톱으로 긁어 작살을 낸 후로 동준은 먼지와 동거하는 동안에는 두 번 다시 소파를 집에 두지 않기로 결심했다. 그래서 동준의 집에는 소파 대신 창가에 일인용 의자 두 개와 둥근 원목 테이블을 두었는데 그게 식탁을 대신하기도 한다.

동준이 이 집을 인테리어하면서 가장 많은 공을 들인 곳이 바로 거실 벽이었다. 해외 직구로 구매한 남자의 자존심, 75인치 TV를 중심으로 원목 진열대를 짜 넣었다. 뾰족한 식물을 보면 성격이 뾰족해진다기에 둥근 잎을 가진 화분을 군데군데 놓았고, 책과 DVD, 아끼는 음반들과 사진 액자를 두어 벽면을 꽉 채웠다. 몇 군데 빈 공간이 먼지가 잠을 자는 곳이기도 했다.

방 두 개 중 하나는 옷 방으로, 다른 하나는 서재로 쓰고 있다. 서재에는 소설가였던 아버지의 전 재산, 책들이 한가득 있다. 방이 좁은 탓에 책장에 꽂지 못하고 박스에 담아 층층이 쌓아 놓은 책이 대부분이라 동준은 그게 늘 마음에 걸렸다. 꼭 큰 집을 지어 이 집만 한 서재를 만들겠다는 구상 중이다.

옷 방에는 동준의 옷과 오래된 살림이 한가득이다. 그곳에서 동준은 두 시간 째 쪼그려 앉아 켜켜이 쌓아두었던 상자를 뒤적이며 무언가를 찾고 있었다.

"어! 찾았다!"

동준이 찾아낸 건 운동화 박스였다. 그 안에는 앨범에 제때 정리해 넣지 않은 서너 뭉치의 사진이 있었다. 동준은 고생 끝에 찾아낸 박스를 들고 거실로 나와 러그 위에 주저앉아 한 장씩 사진을 넘겨보았다.

"여기 있네. 김여은."

여은이 열네 살 때, 처음 만난 그날 찍은 사진이었다. 지금보다 더 두드러진 눈 밑 주근깨와 촌스러운 단발머리. 어색함에 어쩔 줄 모르는 포즈와 표정. 무엇보다 지금 얼굴이 그대로 보이지만 조금 더 앳된 얼굴에 웃음이 터져버렸다.

"아이구 못난이. 크큭."

다른 후원 가족들과 함께 찍은 단체사진이 아닌 동준이 찍은 김여은의 독사진이었다. 이게 어디 있나 했었는데 여기 숨어 있었구나. 동준이 여은의 사진을 침대 위에 올려놓고 박스 안에 다른 사진들을 도로 집어넣는데 갑자기 주방에서부터 전력질주로 달려온 먼지가 사진을 툭 차고 침대 위로 뛰어올랐다. 그 바람에 먼지가 디딘 사진 더미는 와르르 무너지고 말았다.

"야! 먼지! 이놈 지지배가!"

동준이 소리쳤지만 먼지는 그러거나 말거나 별 관심 없다는 듯 침대 위를 데굴데굴 굴렀다. 동준은 흩어진 사진을 주워 담으며 연신 구시렁댔다.

그때 사진 한 장이 눈에 들어왔다. 그녀의 생일날 함께 찍었던 폴라로이드 사진. 그렇게 버리고 버렸는데, 불태우고 찢고 파묻었는데도 또 나타났다.

동준은 그대로 사진을 구겨 쓰레기통에 던져 넣었다. 사진 박스를 들고 옷 방으로 향하던 동준은 다시 돌아 나와 쓰레기통을 뒤져 구겨진 사진을 꺼내더니 가위를 가져와 사진을 사정없이 조각내어 쓰레기통에 도로 넣었다.

짜증이 치밀었지만 동준은 심호흡 한 번하고 찬 물 한 컵을 비운 후 노트북 앞에 앉았다. 여은의 과거 사진을 찾기 전에 하던 일을 다시 시작했다.

—PD 합격 수기

해외 인턴 합격 수기 사례를 한 시간 가량 찾아 읽은 동준은, 이번엔 언론고시 합격 수기를 읽기 시작했다.

"다들 대단하네."

3개월 정도 준비해서 합격했다는 한 사람은 C일보나 J미디어 등 관련 업계에서 인턴 생활을 했고, 학교 앰버서더 활동, 공모전

입상, 어학연수 등 스펙이 화려했다. 준비 과정을 살펴보니 공무원 시험과는 공통분모가 적어 여은이 언론사 시험과 공무원 시험을 동시에 준비하는 건 무척 힘든 일이라는 생각이 들었다. 현실을 잘 알지도 못하면서 마냥 꿈을 좇으라고 말했던 제 자신이 우스웠다. 한숨이 절로 나왔다.

낮부터 비가 올 거라더니 오전부터 날이 푹푹 쪘다. 피트니스 센터에서 운동을 마치고 나온 동준은 집 근처를 한 바퀴 더 달린 후 인근 공원으로 향했다. 등나무 아래 벤치에 드러누운 동준은 거친 숨을 몰아쉬며 목에 두르고 있던 수건을 얼굴에 덮었다. 땀이 비 오듯 쏟아졌다.

숨을 고른 동준은 주머니에서 휴대폰을 꺼내 여은에게 전화를 걸었다. 하지만 받지 않았다. 수업 중인 것 같아 다시 전화를 걸진 않았다.

동준은 이성적으로 김여은의 인생을 자신에게 대입해 보았다.

나이는 스물셋. 국내 최고의 명문대 사회학과 3학년 휴학 중. 학과 성적, 토익 성적 우수. 장래희망 시사교양국 PD.

현재 행시 준비 1년차. 학비는 13년 째 후원받고 있음. 생활비와 온갖 교재비와 시험 응시료 충당 위해 알바를 쉴 수 없음.

언론사 시험과 행정고시 모두 합격 가능성이 비슷하다고 보았을 때, 나라면 어떤 선택을 해야 할까. 행정고시의 경우 다른 응시생들의 가산점을 이기려면 본인 스스로도 그 가산점을 갖춰야 하는데 그 역시 또 다른 공부를 요하고, 언론사 시험의 경우 다른 응시생들만큼의 스펙을 갖춰야 경쟁이 가능해질 텐데 그 역시 쉽지만은 않고…….

그렇다면 방법은 두 가지. 하나, 이기적일 것. 둘, 뻔뻔할 것. 학비를 지금의 두 배 이상 받아 알바를 하지 않아도 될 여건을 만든 후 공부에 올인.

하지만 김여은은 절대 그런 선택을 하지 않을 아이다. 지금도 저렇게 미안해서 어쩔 줄 모르는 아이인데 퍽이나. 이렇게 쉽게 해결될 일이라면 그 고생을 하고 있을 리 없지.

"이러다간 취업 준비만 하다 끝나겠네."

나라도 막막할 것 같았다. 상상만으로도 이렇게 숨이 턱 막히는데 그 현실 안에서 발붙이고 사는 김여은은 얼마나 힘이 들까.

딩동.

그때, 여은에게서 메시지가 왔다.

〈학원에서 수업 중이에요〉

〈답장이 너무 빠른 거 아냐?〉

수업 중엔 절대로 딴짓 안 하는 꽉 막힌 모범생인 줄 알았는데 김여은도 어쩔 수 없고만.

동준은 웃으며 가슴 위에 휴대폰을 올려놓고 주머니에서 이어폰을 꺼내 휴대폰에 꽂아 음악을 틀었다. 그리고 바로 다시 문자 수신음이 들렸다.

〈-_-+〉

〈공부에 집중해〉

〈집중하게 문자 그만 보내요〉

답장을 안 하면 되지, 바보. 이러니까 더 말 걸고 싶어지잖아.

〈같이 점심 먹자〉

〈근처에 있어요?〉

〈어. 이제 답장 사절〉

동준은 벌떡 일어나 서둘러 집으로 달려갔다. 씻고 바로 출발하면 40분 안쪽으로 도착할 듯싶었다.

여은은 수업이 끝나자마자 가장 먼저 학원을 빠져나왔다. 그가 이곳으로 오겠다는 연락을 해왔기 때문인지 아니면 지독하게 더운 날씨 탓인지 내내 수업에 집중할 수가 없었다. 그래서 자꾸만 그가 보내온 메시지를 다시 읽고, 또 다시 읽고…….

"어? 비가 오나?"

한낮인데도 하늘은 어둑하고 어디선가 흙 비린내가 훅 끼쳤다.손을 내밀어보니 가는 비가 제법 많이 내리고 있었다.

"김여은!"

그때 저 멀리서 그가 자신의 이름을 불렀다. 차에서 막 내린 동준이 우산을 쓰고 여은에게 다가오고 있었다.

비가 오는 날, 누군가 우산을 쓰고 마중을 나와준 적이 없었다. 갑자기 비가 오는 날이면 우산을 쓰고 학교 정문 앞에서 기다리고 있는 친구들의 엄마들 사이로 할머니를 찾곤 했지만, 장사하느라 바빴던 할머니는 한 번도 와주시지 못했다. 그렇다고 서운하거나 슬펐던 건 아니다. 그저 조금 그런 친구들이 부러웠을 뿐이다.

그래서일까.

지금 이 순간, 여은은 가슴이 너무나 두근거려 눈물이 날 것만 같았다. 피할 틈도 없이 정통으로 마주하게 된 이 설렘을 어떻게 하면 좋을지 모르겠다. 그를 몰래 바라보며 혼자 가슴앓이하던 십대 때와는 달랐다.

"나 아니었으면 비 쫄딱 맞은 생쥐 될 뻔했어, 너."

여은이가 제일 좋아하는 데님 셔츠에 베이지색 팬츠 차림. 투박하게 접어 올린 셔츠 소매와 손목에 채워진 가죽 시계가 가장 먼저 들어왔다.

이렇게 멋지게 하고 오면 어떡해.

"저기 편의점에 우산 팔거든요?"

"됐고, 내가 와줘서 고맙다고 말해."

"치."

"뭐? 치? 이런 건방진!"

동준이 여은의 볼을 꾹 꼬집었다. 못생긴 표정이 될 것 같아 여은은 서둘러 책으로 얼굴을 가렸다.

"아 진짜! 고마워요, 고맙다고요!"

그제야 동준이 흐뭇하게 미소를 지으며 볼을 놓아주었다.

"가자. 이 동네는 뭐가 맛있나?"

그가 손을 내밀었지만 여은은 덥석 그 손을 잡을 수가 없었다. 여은이 망설이자 동준이 여은의 손목을 잡아끌더니 곁에 바짝 세웠다.

한 우산 아래 함께 서 있다는 것만으로도 가슴이 떨렸다. 이 두근거림을 감당하기 버거웠다. 콩닥거리고 뛰는 이 심장소리가 그에게 전해질 것만 같아 차라리 폭우가 쏟아졌으면 했다.

그에게 붙잡힌 손목은 불에 덴 듯 점점 더 뜨거워지고 있었다.

"이러고 가니까 내가 너 끌고 가는 거 같잖아."

여은이 웃으며 손목을 비틀어 뺐다.

"그거 나 주고 바짝 붙어. 비 다 맞는다."

그는 여은의 가방을 빼앗아 자신의 어깨에 메곤 다른 한 팔로 여은의 어깨를 감싸 안았다. 좁은 우산 안에서 여은이 비를 맞게 될까 봐 별 뜻 없이 한 행동이었겠지만 여은에겐 아주 사소한 것까지 큰 의미가 되었다.

그가 좋다. 처음 만난 그날부터 지금까지 늘 그랬다. 이젠 인정할 수밖에 없다. 그렇지만 당장 뭘 어쩌자는 건 아니었다. 그냥 이렇게 지내는 것도 충분하다. 그가 날 좋아해주지 않아도 상관없다. 나중엔 그것까지 욕심날지 모르겠지만 지금은 이대로도 좋다.

내 마음을 알아주지 않아도 된다. 아니, 차라리 모르는 게 더 낫다. 나 혼자 마음껏 좋아하고 마음껏 상상하면 되니까.

"먹고 싶은 거 있어?"

"아무거나 좋아요."

"그렇게 말할 줄 알았다."

순간 시선이 부딪혔고 가슴이 쿵 내려앉았다. 채 한 뼘도 되지 않을 만큼 가까운 거리에서 얼굴을 마주하고 있으려니 가슴이 뛰어 미칠 것만 같았다.

이건 너무 가까워. 차라리 조금 더 떨어져 있는 게 나아. 그 정도 거리면 그에게 들키지 않고 마음껏 훔쳐볼 수 있으니까.

"비도 오는데 고기나 먹으러 가자."

"점심인데요?"

"원래 점심엔 삼겹살에 구운 김치야. 뭘 모르네. 가자."

어깨를 감싸 쥔 그의 손에 힘이 들어간 것 같은 건 혼자만의 착각이겠지?

여은은 그가 이끄는 대로 발길을 옮겼다.

폭우가 쏟아지기 시작했다. 하마터면 여은이가 저 비를 쫄딱 맞을 뻔했다고 생각하니 아찔했다.

고깃집 안은 젊은 손님들로 가득했다. 학생들의 가벼운 주머니 사정을 감안한 듯 이곳의 메뉴들은 대부분 저렴한 가격대를 갖추고 있었다.

"그거 이리 주고 얼른 먹어."

"제가 구울게요."

"또 말 안 듣네. 넌 왜 내 말만 안 듣는 거야? 내가 만만해?"

말도 안 되는 시비에 여은이 그제야 집게를 건넸다. 동준은 잘 구운 고기를 연신 여은의 앞 접시에 놓아주었다. 어머니들이 자식 입에 먹는 거 들어가는 게 제일 행복하다는 말이 조금은 이해가 되었다.

"앞으로 회식은 치맥이 아니라 삼겹살로 해야겠다. 여은이가 고기를 아주 잘 먹는구나?"

"어, 저 소고기도 잘 먹는데."

"저 봐 저 봐. 날 완전 만만하게 봤다니까? 사장을 아주 벗겨 먹으려고."

여은이 배시시 웃더니 작게 싼 쌈을 내밀었다.

"안 먹어. 마늘이랑 고추 잔뜩 넣었을 게 뻔해."

"아니거든요? 전 먹는 걸로 장난 안 쳐요."

서운한 듯 입술을 삐죽이는 게 귀여워서, 동준은 마지못해 그 쌈을 받아먹었다.

"아참. 너한테 보여줄 거 있는데."

"뭔데요?"

기대에 찬 초롱초롱한 눈을 보며, 동준은 지갑 사이에 끼워온 사진 한 장을 꺼내 보였다.

"너의 흑역사."

"으악!"

사진을 확인한 여은이 기함을 하며 사진을 빼앗으려 했고 동준이 잽싸게 다시 지갑에 넣었다.

"이게 뭐야! 언제 찍은 거지? 그 사진 어디서 났어요? 그거 저

주세요. 불태워 버리게!"

"절대 못 줘. 앞으로 이 사진은 김여은과의 협상 카드로 쓸 거야."

"아, 너무해!"

여은의 얼굴이 울상이 되었다. 동준이 그런 여은에게 소금에 찍은 고기 한 점을 내밀자 그건 또 냉큼 받아먹었다.

"그러니까 앞으로 내 말 잘 듣는 게 좋을 거야. 너 시집갈 때 네 남편한테 넘기겠어."

"지금 협박하는 거예요?"

"똑똑한데? 역시 이해가 빨라."

여은은 동준을 노려보며 전투적으로 고기를 싸 먹었다.

"뭐, 그렇게 흑역사는 아니거든요? 다른 애들도 그 정도 과거는 가지고 있다고요. 더한 애들도 많아요!"

입에 쌈을 한가득 넣고 우물거리는 게 귀여웠다. 동준은 태연한 얼굴로 계속해서 고기를 구워 여은의 접시에 놓아주었다.

"천천히 먹어. 체할라."

"오늘 여기서 그냥, 먹다 콱 죽으려고요."

대드는 것도 귀엽네.

동준은 컵에 사이다를 가득 따라 건넸다.

"7급 공채 시험 며칠 안 남았지?"

"벌써 다음 주예요."

"준비는 잘 되어가?"

여은이 해맑게 웃으며 고개를 가로저었다.

힘들겠지. 물론 여은이만큼, 혹은 여은이보다 더 힘든 과정 속에서 준비하는 수험생들도 있겠지만 동준의 눈엔 여은이가 가장 안쓰러웠다.

"그래. 경험 삼아 보는 거지 뭐. 어떻게 한 방에 되겠어? 부담 갖지 말고 해."

"저도 큰 기대는 안 하고 있어요. 고작 1년 준비해 놓고 단번에 합격하길 바라면 도둑놈 심보죠. 다른 사람들처럼 시험 준비에만 올인한 것도 아니고. 거기다 가산점에서 많이 밀려서……. 그래도 최선을 다할 거예요."

"시험 보고 나면 제일 하고 싶은 게 뭐야?"

"어……. 허허. 진짜 많은데."

상상을 해보는 건지 여은의 표정이 한층 밝아졌다.

"내가 해줄 수 있는 거 딱 한 가지만 말해봐."

"진짜요? 소원 들어주시는 거예요?"

아이처럼 기뻐하는 모습을 보며 동준도 미소를 지었다. 여은은 동그란 눈을 이리저리 굴리며 골똘히 생각했다.

"그럼 일단 생각나는 거 다 말해봐. 내가 고를게."

"연극도 보고 싶고, 힙합 공연도 가고 싶고, 한강에 가서 자전거도 타고 배드민턴도 치고 싶고. 아! 바다도 보고 싶은데……. 뭘 고르지?"

정말 난감한 듯 여은이 멋쩍어하며 웃었다.

"그런 건 지금 해도 되는 거 아냐?"

"하고 싶은 거 다 하면 공부는 언제 해요? 그 시간 아껴서 공부하는 거죠."

역시 김여은은 어른이야.

저렇게나 하고 싶은 게 많은 아이가 어떻게 참고 지낼까. 하나같이 전부 사소한 것들이었다. 여은이가 그동안 혼자서 얼마나 각박하게 살아왔는지를 알 것 같았다.

"좋아. 하나씩 해보자. 연극도 보고, 스탠딩 공연도 가고, 한강 가서 자전거도 타고 배드민턴도 치고, 바다도 보러 가고."

"그러면 좋겠지만, 그 시험 끝났다고 끝이 아니잖아요. 그 다음 시험도 준비해야 하고, 따야 할 자격증도 많아서……. 풀어지면 안 되는데."

말끝을 흐리는 게, 마음에 갈등이 생긴 모양이다. 당연히 놀고 싶겠지. 그냥 공부도 아니고 시험공분데 마냥 좋아서 하는 건 아니니까. 외면할 수 없는 현실에 다시 시무룩해진 여은을 보니 마음이 아팠다.

"그럼 한 달에 하나씩 하자. 한 달에 하루, 아니지. 하루도 아니다. 한 달에 딱 다섯 시간 정도만 네가 너한테 보상을 해주는 거야. 한 달 내내 열심히 일하고 공부했으니까 그 정도 보상은 해줘야지. 안 그래?"

여전히 고민스러운 듯 여은이 입술을 씰룩였고 동준은 지갑에서 아까 그 사진을 꺼내 눈앞에서 흔들었다.

"그래, 안 그래?"

"아, 정말! 그래요, 그래!"

약발 좋네.

동준은 사진을 도로 넣었다.

"네 주변에 시간 넉넉한 건 나밖에 없으니까 내가 친히 이 한 몸 희생해주는 거야. 고맙지?"

"아까부터 생색은! 알았어요. 정말, 정말 고맙습니다!"

"쉬는 날이 언제지?"

"짝수 주는 수요일, 홀수 주는 목요일이니까…… 내일이요."

"그럼 내일 연극 보러 가자."

"내일요?"

"왜? 약속 있어?"

"다음 주에 시험이라니까요?"

"큰 기대 안 한다며! 내일 저녁엔 공부하지 말고 그냥 째!"

"진짜 이상한 오빠야. 시험이 코앞인데 땡땡이치라고 부추기기나 하고……."

동준은 괘념치 않고 휴대폰을 꺼내 티켓 예매 어플을 열어 여은에게 건넸다.

"이럴 때 기분 전환하는 거지. 혹시 알아? 리프레쉬 덕에 공부가 더 잘될지? 보고 싶은 걸로 골라. 티켓 끊어 놓게."

여은은 젓가락을 내려놓고 못 이기는 척 휴대폰을 받았다.

"이거요."

동준은 여은이 선택한 연극을 바로 예매했다.

"5시 시작이니까 3시까지 데리러 갈게."

"아니에요. 공연장으로 바로 오세요. 저 낮에 서점에 들를 거라서."

"그래 그럼. 4시에 근처에서 만나는 걸로. 끝나고 저녁 같이 먹으면 되겠다."

"가게 바쁘지 않을까요?"

"나도 한 달 내내 수고한 나한테 보상하는 거야. 말리지 마."

고작 연극 한 편인데 이런 것까지 미안한 마음을 갖지 않았으면 했다. 동준의 말에 조금 마음이 가벼워진 건지 여은이 웃으며 다시 젓가락을 집어 들었다.

쉬는 날 연극 보고 저녁 먹는 거, 꼭 데이트 같네.

문득 든 생각에 동준이 피식 웃었다.

"그런 건 남자 친구랑 해야 하는데. 그치?"

입 안에 쌈이 한가득이라 그런 건지 여은은 대답 대신 어깨를 으쓱였다.

무슨 뜻이지? 내 생각에 동의한다는 거야?

"설마, 이미 다 해본 건데 해보고 싶은 척하는 건 아니지?"

"그 무슨 말도 안 되는 소리예요."

여은이 인상을 찌푸리며 손사래를 쳤다.

뭐, 그럼 다행이네.

아니, 다행인 게 맞는 건가?

이 아이, 연애는 해봤을까? 그러고 보니 한 번도 물어본 적이 없었다. 한창 이성에게 관심이 많을 나이인데 좋아하는 남자가 하나쯤은 있지 않을까 싶었다. 하다못해 연예인이라도 말이다.

궁금했다. 이 아이는 어떤 남자를 좋아할지.

"연애는 언제 해봤어? 학교 다닐 때?"

파절이에 고기를 말던 여은이 멈칫했다.

해봤구나, 이놈.

워낙 사는 게 바쁜 아이니 어쩌면 연애 같은 건 관심도 없을 거라 생각했는데.

"솔직하게 말해. 어떤 놈이야?"

하긴 저렇게 귀엽고 예쁜 아이를 사내자식들이 가만 두고 보지만은 않았겠지.

못난이라고 놀리곤 있지만 정말 못생겨서 못난이라고 놀리는 건 아니었다. 여은이를 예뻐하고 아끼는 것과는 별개로 객관적으로 보기에도 여은이는 예쁜 아이였다.

본인은 눈 밑 주근깨를 콤플렉스라고 하지만 하얀 피부와 연한 다갈색 주근깨가 얼마나 잘 어울리는지 몰라서 하는 소리다. 작고 여성스러운 코와 입도 예쁘고, 보일 듯 말 듯한 속 쌍꺼풀에 크고 동그란 눈도 예뻤다. 전체적으로 작고 아담한 여은이 통통거리고 걸을 때마다 하나로 묶어 올린 탐스러운 머리칼이 양옆으로 흔들리는 그 모습이 동준은 그렇게도 예뻤다.

만약 자신이 여은이의 친구나 선후배였다면 예쁜 외모는 둘째 치고 착하고 성실한 여은이의 성격에 반해서 몇 달이고 쫓아다녔을 것이다.

"안 해봤다고 하면 웃을 거예요?"

"아니? 안 웃을 건데?"

"아직 연애 한 번도 안 해봤어요. 제가 별로 매력이 없나 봐요."

말도 안 돼.

매력이 없다는 건 여은이가 제 자신을 너무 몰라서 하는 소리였다.

"매력이 없는 게 아니라, 눈치가 없는 건 아니고?"

호감을 표시해도 눈치채지 못하고 직접적으로 고백을 해도 진심을 알아채지 못했을 것이다. 그렇지 않고서야 어떻게 그럴 수가 있지?

동준은 여은의 말을 믿을 수가 없었다.

"아니에요. 고백 한 번도 못 받아봤어요. 그리고 별로 그런 거에 관심 없기도 했고요."

"지금도 그래?"

"지금은 뭐……. 근데 관심이 생겨도 참아야죠. 연애할 때가 아니잖아요."

"연애에 때가 어디 있냐? 전쟁이 나도 사랑하고 연애하고 결혼하고 애 낳고 다 해."

"오……. 그렇긴 하네요."

입술을 동그랗게 하고 고개를 끄덕이던 여은이 제법 배가 부른지 의자 등받이에 등을 기대고 배 위에 손을 올려놓았다.

"만약에 남자 생기면 나한테 제일 먼저 허락 받아."

"그런 게 어디 있어요? 제가 좋으면 만나는 거지."

"네가 남자를 알아? 잔말 말고 가장 먼저 나한테 데려와. 주사는 없나, 바람기가 있나 없나, 도박을 하나 안 하나, 폭력성이 있나 없나, 싹 다 확인해야 돼. 너 그렇게 순진하게 있다가 완전 뒤통수 맞는다고. 어우, 저거 남자 잘 만나야 되는데. 아무나 만나면 절대 안 돼! 알았어?"

"알았으니까 진정하세요."

"아니다. 아예 연애하기 전에 나한테 허락 받아. 좋아하게 될 것 같다 싶으면 데려와. 내가 오케이 하면 그때부터 좋아하고 연애해."

"또 말도 안 되는……. 만약에 오빠 맘에 안 들면요?"

"당연히 못 만나지! 선택해! 그놈인지, 난지."

여은이 어이가 없다는 듯한 표정으로 동준을 보았다.

"그냥 혼자 살게요."

"그것도 좋지! 능력 되면 혼자 사는 것도 좋아. 나도 혼자 살 거니까, 우리 집 근처에 살면 되겠네."

여은은 고개를 절레절레 흔들며 사이다를 마셨다.

"좋아요. 오빠한테 허락 받고 연애할 테니까 오빠도 앞으로 여자 만날 때 나한테 허락 받고 만나요."

"그건 좀 그렇다."

"그런 게 어딨어요. 공평하게 해야지. 전 개인적으로 지나치게 예쁜 여자들은 별로더라고요. 나중에 오빠 맘고생 할 거예요. 너무 애교 많은 여자도 별로. 허영과 사치가 심한 여자는 오빠가 알아서 거르겠죠? 아! 너무 어린 여자도 안 돼요."

아주 신 났네, 김여은.

턱을 치켜들고 열변을 토하는 여은의 모습에 동준은 헛웃음을 터뜨렸다.

"알았다. 혼자 살게. 어디 너 무서워서 여자 만나겠어?"

동준의 대답이 만족스러웠는지 여은이 미소를 지었다.

"이제 도서관 갈 거야?"

"네. 가야죠. 가서 열심히 공부해야죠."

"가자. 데려다줄게."

"괜찮은데……."

"비가 이렇게 쏟아지는데 뭐가 괜찮아. 맘에도 없는 소리."

"들켰네. 헤헷. 감사합니다."

자그맣게 웃는 소리가 참 듣기 좋았다. 여은이와 같이 점심 먹길 잘한 것 같아서 동준은 무척 뿌듯했다.

■ □ ■

가게 안이 시끌벅적했다. 무슨 일인가 싶어 서브 주방을 벗어나 매장으로 나온 여은은 TV 앞에 모인 사람들 가까이 다가갔다. 그곳에는 손님과 직원 모두가 한데 모여 목청을 높이고 있었다. TV에서는 농구 경기가 한창이었는데, 상대 선수들을 향해 욕을 하는 것 같기도 하고 TV 속 선수들은 어차피 듣지도 못하는 작전 지시까지 내리고 있었다.

"이 사람들이 장사할 생각은 안 하고! 여기서 다 뭐하는 거야?"

가장 먼저 눈을 마주친 건 동준이었다.

사장이 저러고 있으니. 어휴.

여은은 문래가 앉은 의자 뒤편에 섰다.

"너도 빨리 응원해, 응원!"

"무슨 경긴데 이 난리야?"

"우리나라 대표 팀이랑 뉴질랜드 팀 평가전. 엊그제 1차전 때는 완전 깨졌는데 오늘은 팽팽해!"

그러고 보니 엊그제도 정신 놓고 농구를 보았던 그들이다. 그 경기 하나 졌다고 나라 잃은 사람들처럼 풀이 죽어 있었다.

확실히 남자들은 스포츠를 보면 피가 뜨거워지는 듯하다. 평소에는 그렇게 나라 욕을 하더니 대표 팀 경기만 하면 아주 그냥 평생 외칠 대한민국을 다 쏟아내니 말이다.

경기는 뉴질랜드에서 치러지고 있었다. 우리나라 선수가 공을 잡으면 뉴질랜드 홈 관중들은 '디펜스'를 연호했다.

"어어! 트레블링, 트레블링! 턴오버!"

갑자기 동준이 벌떡 일어나며 외치자 여은은 깜짝 놀라 동준을 보았다. 저렇게 큰 소리도 지를 줄 아는 남잔 줄 오늘에서야 알았다. 그때 슛을 하려던 뉴질랜드 선수가 심판의 휘슬 소리에 공을 우리 팀에 넘겨주었고 동준은 손바닥이 터져라 박수를 쳤다.

"트레블링이 뭔데?"

"피버풋이 있고 프리풋이 있는데, 피버풋이 바닥에서 떨어진 상태에서 공 잡은 채로 다시 두 발이 바닥에 내려오는 거."

"뭐라고?"

"아니, 잘 봐."

녹사평의 설명이 답답했는지 문래가 자리에서 일어나 직접 뛰어가며 설명을 해줬다. 드리블하는 시늉을 하던 문래가 제자리에서 뛰어올랐다가 공을 던지지 않고 다시 그 자리로 내려왔다.

"그러면 왜 안 되는데?"

"그게 룰이야. 패스를 하든지 슛을 쏴야 하는데 그냥 안고 떨어지면 안 되거든. 그럴 땐 공격권이 상태 팀으로 가지. 그걸 턴오버라고 하고."

"아아. 그렇구나."

공을 링 안에 던져 넣는 게 다가 아니었구나.

여은은 고개를 끄덕이며 계속 경기를 지켜보았다.

"바스켓 굿! 오케이!"

동준이 옆에 앉아 있던 손님들과 하이파이브를 나눴다.

"골 넣었는데 왜 자유투를 또 넣어?"

"아 진짜. 슛 동작 들어갔는데 반칙했잖아."

"골이 들어갔잖아."

"그것도 룰이야. 동작 들어갔을 때 반칙을 하면, 골이 들어가도 추가 자유투를 주게 돼 있어."

"오. 그렇구나."

"야! 너 저쪽 가서 봐. 자꾸 물어보지 말고."

"거 좀 모른다고 되게 구박하네. 하나도 재미없고만! 치!"

여은은 문래의 구박을 견디지 못하고 애오개 옆으로 갔다. 그러거나 말거나 다들 농구 경기에 흠뻑 빠져 여은에겐 도통 관심을 갖지 않았다. 하는 수 없이 여은은 손님이 떠난 빈 테이블을 치웠다.

"그냥 둬! 내가 할게!"

"됐어. 농구나 봐유."

구박 받으며 농구를 보느니 차라리 테이블을 치우는 게 낫지.

아니, 다른 사람은 몰라도 어쩜 그 사람까지 그럴 수 있지? 다른 때는 한없이 다정하고 상냥한 사람이 눈 마주치면 말 걸까 봐 시선도 주지 않았다. 아예 내가 보이지도 않는 모양이다. 아까 낮에 우산 쓰고 찾아와 고기 구워주던 그 남자가 맞나 싶을 정도였다.

"안녕하세요!"

그때 해인이 가게 문을 열고 들어왔다. 역시나 남자들은 해인을 보는 둥 마는 둥했고 여은이만 그녀에게 다가가 인사를 했다.

"안녕하세요."

"어! 여은 씨, 안녕. 뭐야. 여은 씨만 내가 보이는 거야? 다들 날 투명인간 취급하네?"

"그러게요. 다들 농구 본다고 정신을 완전 놔버렸어요."

해인이 동준의 곁에 다가가더니 팔짱을 끼고 얼굴을 빤히 보았다.

"잠깐만. 2분이면 끝나."

"나 이거 그냥 가져갈까?"

오늘도 어김없이 해인의 손에는 책 꾸러미가 들려 있었다. 잠시 망설이던 동준은 안타까운 한숨을 쉬며 자리를 털고 일어났다. 사무실로 향하는 내내 계속 뒤를 돌아보며 도통 TV에서 시선을 떼지 못했다.

그 모습에 여은은 괜히 입술을 삐죽거렸다.

치. 농구 본다고 꿈쩍도 안 하더니 그래도 그 여자 말은 듣는구나.

……부럽게.

"뭐 마실래?"

"비 오니까 따뜻한 게 마시고 싶네."

동준은 작년 가을에 담은 오미자청을 따뜻한 물에 타서 해인에게 건넸다.

"색깔 진짜 예쁘다."

"서너 번 더 먹을 거밖에 안 남았어. 가을에 또 담가야지."

오미자, 레몬, 모과, 유자, 매실은 과실청으로 담아 판매하고 있는데, 특히 겨울에는 차로 파는 것보다 훨씬 더 수익이 좋았다. 올해 가을에도 담으려고 여은이 할머니께 미리 주문을 해둔 참이다.

"너도 대학 때 인턴 해봤어?"

"해봤지."

"어디서?"

"한국에선 출판사에서 해봤고, 프랑스 가선 코스메틱 회사에서도 해봤고."

"프랑스? 돈 많이 들지 않았어?"

"학교에서 지원 받고도 사백 이상 들었던 것 같은데. 근데 그건 왜?"

"아니. 그냥 궁금해서."

"보통 외국에선 인턴이라는 게 그 직업이 어떤 일을 하는지 미리 경험해 보는 하나의 과정인데, 사실 한국에선 그저 스펙 한 줄에 불과하지. 자소서의 한 문단 정도?"

누군가에겐 잠깐이라도 경험해 보고픈 간절한 꿈인데 누군가에게는 그저 자소서에 적어 넣을 소재에 불과하다니. 여은이는 그 소중한 기회를 얼마나 간절히 바랐는데.

"혹시 그때 그 여자 얘기야?"

"그 여자라니?"

"지난번에 너 저 창틀에 앉아서 생각하던 여자."

예상치 못한 순간에 들어온 질문에 당황한 동준이 웃음을 터뜨렸다.

"맞나 보네."

"맞다 그래."

"그렇게 좋냐?"

"아, 뭔 소리야. 그런 거 아냐."

"그런 게 아니면 뭔데?"

"네가 생각하는 남녀 간의 그런 거 아니라고."

"아닌 거 확실해?"

동준이 대답 대신 눈썹을 치켜들자, 해인도 웃었다.

"그래. 한 살이라도 젊을 때 연애해야지."

"그런 거 아니래도 참."

"귀신을 속여, 인간아. ……아니다. 어쩌면 너도 네 마음을 모르고 있는 걸 수도 있겠네."

"소설을 쓰세요."

해인은 마치 모든 걸 다 알고 있다는 듯한 음흉한 시선으로 동준을 바라보았다. 동준은 그런 해인을 외면하며 그녀가 가지고 온 책을 뒤적였다.

"그렇게 데이고도 또 사랑에 빠지는 거 보면, 참 인간이란 동물은 알다가도 모르겠단 말이지."

"지금 누구 얘기하는 거야?"

"네 얘기지 누구 얘기야. 신동준 얘기."

결국 책을 덮은 동준이 해인을 보며 미간을 구겼다. 그러나 해인은 전혀 주눅 들지 않았다.

"호구."

"그래. 나 호구였다. 어쩔래?"

"으이그, 불쌍한 것. 멀쩡하게 생겨가지고, 왜 그랬어. 왜."

"그땐…… 순진했으니까."

"미화하지 마. 순진한 게 아니라 등신이었어, 너."

인정한다. 등신 중의 등신이었다. 바보도 그런 바보가 없었다.

스무 살이 되어 아버지가 계신 영국으로 떠났다. 그곳에서 대학 생활을 시작했는데 동준은 아버지 작업실 근처에 따로 집을 얻어 홀로 지냈다.

그때 그녀를 만났다. 모든 것이 낯설고 어려운 유학생에게 친절하고 상냥하게 먼저 다가와 준 그녀. 그런 그녀가 내민 손을 너무도 쉽게 잡은 것이다.

말 그대로 정말 불같은 사랑에 빠졌다. 걷잡을 수 없이, 믿을 수 없을 만큼 서로에게 너무나 빠르게 빠져들었다. 사랑이란 말을 꺼내는 순간부터 사랑이 시작되었다는 누군가의 말처럼, 한 번 사랑한다고 말하고 나니 그 사랑의 크기는 사랑을 말하면 말할수록 곱절로 커져갔다.

그녀 역시 외로운 사람이라고 했다. 일찍이 부모님이 이혼을 해서 홀로 자라다시피 했고, 오랜 타국 생활에 지칠 대로 지쳐 있었는데 나를 만나 행복하다고 했다. 그녀는 나와 함께하는 먼 미래까지 꿈꿨고, 그땐 그게 무척이나 고마웠다. 내가 누군가에게 그만큼이나 믿음을 줄 수 있는 사람이 되었다는 게, 내가 정말 어른이 되었다는 착각이 들게 했다.

나와 비슷한 처지라는 생각에 더 마음이 갔던 것 같다. 그래서 더 지켜주고 품어주고 싶었고, 미래를 약속했다. 비록 어린 나이였지만 내 평생을 걸고 사랑할 수 있을 것만 같았다.

사랑에 올인 하게 된 후 학교 수업도 종종 빠지게 되었다. 그녀와 함께하는 시간이 행복의 전부라고 생각했다. 죽을 때까지 사랑하겠다 다짐을 한 것도 여러 번. 그 시간들이 영원할 줄 알았지만 역시 세상에 영원한 건 없었다.

1년쯤 지나면서 황당한 일들이 종종 벌어졌다. 아니 그 전에도 앞뒤가 맞지 않는 이상한 상황들이 반복되긴 했다. 하지만 사랑에 눈이 멀어 그녀를 불안하게 하고 싶지 않아서, 이상하다고 느끼면서도 그냥 넘어가길 수차례 반복했다.

그녀는 연락 없이 집에 찾아가는 걸 무척이나 싫어했는데 가끔 그녀의 집에 초대를 받고 가면 다른 남자의 흔적을 발견할 때가 있었다. 그때마다 그녀는 사촌 오빠가 하루 자고 갔다고 둘러대곤 했다. 그 외에도 주변 친구들을 통해 그녀에 대한 안 좋은 소문들을 듣곤 했지만 흘려들었다. 그녀와의 믿음이 더 중요하다고 생각했기 때문이었다. 오랫동안 타국 생활을 했다고 말하기에는 미심쩍은 부분들도 있었고 그녀가 주로 어울리는 친구들이 그녀와는 많이 달라 마음에 들지 않기도 했다. 그래도 그녀를 믿었다. 혹시나 의심하는 기색이 보이면 그녀는 힘들었던 유년 시절 이야기나 함께 꿈꾸는 미래에 대해 이야기하며 날 꼼짝하지 못하게 만들었다.

그러다가 일이 터졌다. 그녀는 아이를 가졌다며 결혼을 하자고 했다. 그런데 홀로 한국에 계신 엄마의 건강이 위급해 큰 수술을 해야 하는데 큰돈이 필요하다며 그 수술을 마치고 결혼을 하자고 했다. 동준에겐 당장 그런 큰돈이 없었다. 학비 이외에는 부모님께 받아본 적 없다고 하자 엄마가 한국에서 톱 여배우고 아빠는 베스트셀러 작가이지 않느냐며, 어차피 결혼할 사이니 부모님께 부탁을 해보면 어떻겠냐고 말했다. 동준은 그렇다고 해서 돈을 주실 분들이 아니라고 설득했지만 한편으론 쓸쓸하게 돌아서는 그녀가 너무 안타깝고 가슴 아팠다.

결국 동준은 다음 학기를 휴학하고 일을 시작했다. 그때 일을 시작한 곳이 프루트바스켓의 롤모델인 주스 가게였다. 하루 열 시간씩 일하면서 꼬박 두 달 동안 번 돈 전부를 그녀에게 주었다. 그러나 그녀는 이 돈으로는 입원비도 안 된다며 짜증을 부렸고,

동준은 그래도 그녀를 품에 안았다. 내 아이를 가진 사람이니까. 앞으로 평생을 함께 할 여자니까.

그 무렵 그녀는 유산을 했다는 연락을 해왔다. 결국 동준은 수정에게 연락했다. 예상대로 수정은 동준의 부탁을 단호하게 거절했고 오히려 당장 헤어지라고 말했다. 비록 유산을 했지만 내가 책임져야 하는 여자란 생각에 동준은 수정의 말을 거역했다. 오히려 맞서기까지 했다. 그때 수정에게 너무도 못난 모습을 보여서 동준은 지금까지도 민망할 때가 있다.

방법이 없어 막막하던 그때 동준은 다음 학기 학비를 그녀에게 건넸다. 그럼에도 만족하지 못한 그녀가 점점 더 큰 금액을 요구하면서 동준은 그녀와의 사랑에 지치기 시작했다. 사람과 사람 사이에 돈이 끼어드니 관계가 삐걱대는 건 시간 문제였다.

밤늦게까지 일을 하고, 그래도 그녀가 너무 보고 싶어서 무작정 찾아간 그녀의 집. 그곳에서 다른 남자와 침대에서 뒹굴고 있는 그녀를 발견하고야 말았다. 당황한 나머지 급히 집을 뛰쳐나온 동준은 그녀에게 전화를 걸었고 그녀는 몸이 아파서 일찍 자고 있으니 내일 보자고 거짓말을 했다.

그날 밤은 잠을 이룰 수가 없었다. 하얗게 밤을 지새우고 다시 일을 나가는데 이른 아침 경찰서로부터 연락이 왔다. 그녀가 지금 경찰서에 잡혀 있는데 참고인 조사가 필요하니 나오라는 것이다.

정말 그곳에 그녀가 있었다. 그리고 세 명의 남자가 더 있었다. 웃긴 건 그중 두 남자가 나와 같은 처지였다는 것이다. 그들 중 한 사람이 그녀를 경찰에 신고했다고 했다. 한 남자는 일본인이고 다른 남자는 싱가포르인이었는데 우리 셋의 공통점은 막 유학을 오자마자 그녀를 만났다는 것, 그리고 표면적으론 돈이 많은 집의 자제였다는 것이다. 그나마 동준이 가장 적은 돈을 뜯겼고, 싱가포르인은 무려 3년을 사귀었고, 일본인이 제일 많은 돈을 주었다고 했다.

수법도 똑같고 심지어 했던 말까지 모두 똑같았다. 기가 막혀서 말이 나오질 않았다. 그런데 그 와중에도 세 남자 모두 '걔들은 몰라도 나한테는 진심이었을 거야'라고 생각했다는 것. 한두 달도 아닌 무려 1년을 어떻게 그럴 수가 있는지 도무지 이해가 가질 않았다. 정말 머리가 좋은 여자였던 것이다.

그곳에서 만난 그녀는 전혀 다른 사람 같았다. 심지어 진짜 애인까지 옆에 앉아 있었다. 남자 역시 사기꾼이었고 둘은 한 팀이었다. 이 이전에도 이런 사기를 쳤었고 지금은 불법체류자였다.

시트콤이 따로 없었다. 영국의 한인 유학생들 사이에서 꽃뱀에 물린 호구로 불리던 동준은 스물다섯이 되어서야 간신히 졸업을 했다. 그녀에게 받은 마음의 상처만큼 창피함도 컸다.

"난 그래도 사랑이 좋아. 사랑을 할 땐, 적어도 단 한 사람에겐 이 세상에서 꼭 필요한 존재가 되는 거니까."

"너는 그 포인트에서 네가 살아 있는 기분을 느끼는 구나?"

"그런 셈이지."

"이 아가페 사랑꾼을 어쩌면 좋아. 정신 차리려면 한참 멀었어."

"고기도 먹어본 놈이 잘 먹는다고, 사랑도 해본 놈이 잘하는 거야. 그런 경험들이 다 밑거름이 되는 거지."

"그 정도면 긍정도 병이다. 쯧쯧. 나 간다!"

처음엔 두려웠다. 다신 누군가를 사랑하지 못하게 될 것만 같았다. 아무도 믿지 못할 것만 같았다.

하지만 동준은 다르게 생각하기로 했다. 그때 누군가를 진심으로 대했던 내 자신에 대해서는 부끄럽게 생각하지 않기로 말이다. 그래서 그 여자가 내 첫사랑이었다고 말을 하지 않고, 대신 스물한 살에 첫사랑을 했었다고 말을 한다. 모든 걸 주어도 아깝지 않을, 후회 없는 사랑을 해보았다고.

다만, 그 상대가 그녀였다는 게 참 안타까울 뿐이다. 그 귀중한 첫사랑의 타이틀을 그런 여자에게 도둑맞았으니 원통할 일이다. 그러나 내가 했던 사랑까지 싼 값에 매도되는 것은 원치 않았다.

이젠 많은 시간이 흘러 웃으며 이야기할 수 있게 되었으니 더는 두려워하지 않는다. 그래서 동준은 다음 사랑을 기다리는 중이다. 아마도 동준은 그 사랑 역시 진심을 다하고 최선을 다할 것이다.

05

Make you feel my love

“연신내, 조심히 가! 내일 잘 쉬고!”

“다들 적당히 마시고 일찍 들어가.”

“우리 걱정은 말고, 내일모레 봅시다.”

목이 터져라 응원하던 농구 경기가 한 점 차 승리로 끝이 나자 영업이 끝난 후 남자들은 맥주 한잔 하겠다며 떠났다. 농담 삼아 나도 데려가라고 했지만 그들은 넌 어려서 안 된다는 말도 안 되는 핑계를 대며 껴주지 않았다.

웃겨. 둘은 동갑이고 하나는 한 살 차이밖에 안 나면서. 분명 클럽에 가겠지.

그들과 손을 흔들며 인사를 나누고 돌아서는데.

“어? 같이 안 가세요?”

동준이 여은의 옆에서 같이 손을 흔들고 있었던 것이다. 하마터면 웃음이 터질 뻔했다.

"데려다줄게. 잠깐 기다려."

"괜찮아요. 혼자 갈 수 있는데."

그는 곧장 가게 안으로 달려 들어가 간판과 조명을 껐다.

동준을 기다리며 여은은 가게 유리창에 비친 제 모습을 살펴보았다. 묶어 올린 머리칼을 괜히 풀어보았다가 묶었던 자국이 그대로 남아 있자 결국 다시 묶고, 가방에서 틴트를 꺼내 입술에 슥슥 발랐다. 그에게 조금이나마 예뻐 보이고 싶은 마음에, 적어도 그를 창피하게 하지 말아야겠단 생각에, 오늘 아침 집을 나서면서 옷을 몇 번이나 갈아입었는지 모른다. 신발도 가장 깨끗한 것으로, 길이 들어 편해진 가방 대신 새 가방을 메고 나온 참이다.

동준이 가게 문을 잠근 후 여은의 곁으로 다가왔다.

"가자. 그거 이리 줘."

동준은 여은이 들고 있던 책 꾸러미를 건네받아 차를 주차해 둔 곳으로 앞장서서 걸었다. 긴 다리로 성큼성큼 걷는 그를 보며 여은도 다리를 쭉 펴 큰 보폭으로 걸음을 걸었다. 그와 너무 멀어지지 않도록…….

조수석에 올라탄 여은은 안전벨트를 챙겨 매고 얌전히 기다렸다. 그 사이 그는 차에 시동을 걸어 놓고 뒷좌석에 책을 실은 다음 다시 운전석으로 돌아왔다.

"매번 감사해서 어떡하죠?"

"앞으로 보답할 기회는 엄청나게 많으니까 잘 기억해 둬. 나도 네 덕 좀 보자."

이젠 그의 차 안에서 나는 머스크 향이 익숙해졌다. 그는 평소 무척 남자답고 어른스러운 향의 향수를 쓰는데 그 향기와 이 차도 무척 잘 어울렸다.

금연한 지 몇 달 안 돼서인지 차 안에는 껌, 초콜릿, 젤리 등 달콤한 군것질거리가 항상 구비되어 있었다. 여은은 종종 그것들을 빼먹곤 했는데 단 걸 먹고 나면 확실히 기분전환이 되는 듯했다.

"젤리 하나 먹을게요."

"나도 하나 주고."

여은은 그가 아끼는 곰 모양의 젤리를 제 입에 하나 넣고 그의 손에도 하나 쥐어준 후 창밖을 바라보았다.

"음. 노래 좋다."

스피커를 타고 흘러나오는 음악을 따라 여은도 동준도 흥얼거렸다.

"이 노래 어디서 들어본 거 같은데. 무슨 노래예요?"

"'오 마이 러브'. 원곡은 존 레논 곡인데, 이건 재키 테라슨이라는 피아니스트 앨범에 세실 맥로린이란 가수가 부른 거야."

"와. 이런 음색 정말 좋아요."

"그래? 취향이 나랑 비슷하네.

그는 평소에 음악 듣는 걸 무척 좋아하는데 가게에선 주로 필굿 뮤직(기분을 좋게 만드는 스타일의 음악)을 틀었고, 차 안에서 혼자 듣는 곡들은 재즈 풍의 음악들이었다. 취향이라고 할 게 없을 만큼 음악을 가리지 않고 듣는 여은이었기에 동준 덕분에 좋은 곡들을 참 많이 알게 되어 요즘 귀가 즐거웠다.

"아까 잠깐 찾아봤는데."

그는 뒷말을 잇는 대신 뒷좌석으로 손을 뻗더니 얇은 파일 하나를 찾아 건넸다.

"이게 뭐예요?"

"아마 봤을 수도 있겠다. 그래도 뽑아온 성의가 있으니까 한 번 더 봐."

파일 안에 꽂혀 있던 것들은 해외 인턴 수기, 언론사 합격 수기 등이 프린트된 종이였다. 그는 조금 멋쩍었는지 괜히 핸들을 만지작거리며 좌우를 두리번거렸다.

"감사합니다."

"뭘. 그냥 출력만 한 건데."

"그래도 쉬는 시간에 이거 일일이 다 찾아보신 거잖아요. 정말 고맙습니다."

그가 아랫입술을 깨물며 어색하게 웃었다.

"네가 현실에 발을 딱 붙인 채로도 꿈을 이룰 수 있게, 내가 최대한으로 도울 거야."

그의 시선은 계속 도로 위에 머물렀지만 그 따뜻한 마음만큼은 여은에게 온전히 전해졌다. 평소보다 약간 단호한 어투로 말하는 그의 옆얼굴을 보고 있으니 마음이 포근해져 말랑거렸다.

"네 나이 때 볼 수 있는 세상의 길이 한 뼘 정도라면, 내 나이 때쯤 보이는 길은 그것보다 조금 더 넓어. 내가 너보다 조금 더 살아보니까 그렇더라. 빨리 취직하는 거 좋지. 하지만 인생을 조금 더 멀리 내다봤을 때, 당장 1, 2년 후보다는 10년, 20년 후를 생각해서 결정하는 게 좋은 것 같아. 더군다나 네가 다른 선택을 할 수 있는 티켓을 쥐고 있다면, 다른 의미 두지 말고 사용해야 한다고 봐."

그는 이번에도 정곡을 찔렀다. 여은이 지금 하고 있는 고민을 정확하게 집어냈다.

시험에 합격을 하든, 아니면 곧장 취직을 하든, 결국 지금의 선택에 후회를 할 것 같단 생각이 들었다. 이루지 못한 꿈에 미련을 두고 내 생활에 충실하지 못하게 될 것 같았다.

하지만 그땐 이미 되돌릴 수 없을 텐데. 그렇게 되면 난 평생을 이게 내가 선택한 결과이고 이게 최선의 인생이라 생각하며 체념해야겠지?

그가 꿈에 대한 희망을 갖게 할 때면 어김없이 흔들리고 만다. 아마 앞으로도 계속 그럴 것이다. 흔들지 말라고 말은 했지만 한편으론 그런 그의 말이 더 듣고 싶기도 했다. 꿈을 꿔도 괜찮다고, 도와주겠다는 그 말이 마음에 위로가 되니 자꾸만 듣고 싶었다. 속으로나마 욕심을 내는 자신이 이중적이라 할지라도 그의 말에 조금 더 기대고 싶었다.

"기회는 잡으라고 있는 거야. 세상에는 그런 기회조차 갖지 못하는 사람이 더 많다는 거 너도 알잖아. 그건 절대 이기적인 선택이 아니야. 네가 미안하고 부담스러운 마음 갖고 있는 거 알아. 빨리 돈 벌어서 할머니랑 더 행복하게 살고 싶은 마음도 알고. 다른 거 다 차치해 두고, 널 가장 먼저 생각해 봐. 한 번쯤은 그래도 돼."

오로지 나를 위한 선택.

상상만 해도 눈물이 날 것 같았다. 여은은 그의 말에 고개를 끄덕이며 계속 창밖을 보았다. 아니, 유리창에 비친 그의 옆얼굴을 바라보고 있었다.

"넌 어떨지 몰라도 나는 네가 무척 각별해. 두 달 넘게 가까이에서 지켜봐서 그런지…… 마음이 더 그러네. 볼수록 기특하고, 좀 더 챙겨주고 싶고…… 하여튼 그래. 그러니까 내가 자꾸 잔소리한다고 생각하진 마."

조금은 복잡해 보이는 그의 표정이…… 좋았다. 그는 내가 생각했던 것보다 더 많이 나를 생각해주는 것 같아서. 비록 나와 같은 마음은 아니겠지만 날 아껴주는 것만큼은 분명하니까. 감사하고, 또 감사했다.

"일단 시험 준비 열심히 해서 시험 잘 보고, 그 다음에 복학하는 거 한 번만 더 진지하게 생각해 보자. 대학원, 유학, 뭐든 서포트 해줄 테니까 아무런 걱정 말고 김여은 인생 계획을 다시 한 번 돌아봐. 알았지?"

여은은 동준과 눈을 맞추며 고개를 끄덕였다.

"네."

그제야 그는 안도의 미소를 지으며 여은의 머리를 쓰다듬어 주었다.

자꾸만 욕심이 난다. 그도, 꿈도.

여은은 그가 준 파일을 찬찬히 읽어보기 시작했다.

한참을 꾸벅꾸벅 졸던 여은이 그새를 못 참고 푹 잠들어 버렸다. 고개를 떨군 채 이리저리 머리를 흔들던 여은이 위태로워 보여 동준은 신호대기에 걸린 틈을 타 여은의 머리를 바로 기대게 해주었다.

흐트러진 앞 머리칼을 귀 뒤로 넘겨주고, 꼭 한 번 만져보고 싶었던 주근깨를 손끝으로 만져보았다. 그 순간 여은이 눈썹을 찡그렸지만 동준이 엄지 끝으로 조심스레 찡그린 눈썹을 쓸어주자 금세 반듯이 펴졌다.

"깨지도 않고……. 피곤했나?"

하긴, 시험이 코앞인데 밤에 잠도 자지 않고 공부에 매달리고 있겠지.

기특하기도 하고, 안쓰럽기도 하고. 가까이에서 지켜보니 말로 표현할 수 없을 만큼 마음이 쓰였다. 실은…… 이게 정상인 건가? 싶을 정도로 말이다.

동준은 나지막한 한숨을 몰아쉬며 다시 액셀을 밟았다. 하지만 여은에게서 쉽게 시선을 거두지 못하고 자꾸만 힐끔 곁눈질을 하게 되었다. 혹시나 차가 흔들려 머리가 유리창에 부딪히진 않을까 노심초사. 핸들링은 부드럽게, 속도도 확 낮추어 천천히 차를 몰았다.

"가끔씩 꿈속에서도 길을 잃어요."

충남청과 앞에 도착한 동준은 자면서도 가방끈을 손에 꼭 쥔 채 놓지 못하는 여은을 보다가 문득 그 말이 떠올라 여은을 깨우지 못했다.

혹시 지금도 꿈속에서 길을 헤매고 있는 걸까. 꿈에서라도 마음 편히 하고 싶은 거 다 해봤으면 좋겠는데. 아무런 걱정 없이, 현실 따위 까맣게 잊고 훨훨 날았으면 좋겠는데.

동준은 시트에 몸을 기대고 선루프를 열어 하늘을 올려다보았다. 별도 보이지 않는 새까만 하늘……. 동준은 다시 몸을 옆으로 돌려 여은을 보았다. 도대체 무슨 꿈을 꾸고 있는지 작은 입술을 달싹이며 미간과 콧등을 찡긋댔다.

이쯤에서 깨워야 할 것 같았다. 5분을 자더라도 집에서 편하게 자는 게 나을 테니까.

"일어나, 여은아. 다 왔어."

여은이 힘겹게 눈꺼풀을 밀어 올리더니 아주 작게 한숨을 내쉬었다. 그 작고 귀여운 입술을 냠냠대면서.

"어휴, 깜빡 졸았네."

"졸기는. 푹 자놓곤."

여은이 양손으로 얼굴을 감싸고 한숨을 몇 번 쉬더니 안전벨트를 풀고 차 문을 열었다. 동준은 차에서 먼저 내려 뒷좌석에 실어두었던 책 꾸러미를 내려 여은에게 가져갔다. 차에서 막 내린 여은은 두 팔을 머리 위로 올린 채 몸을 길게 늘이며 앓는 소리를 했다.

"윽!"

스트레칭에 한창이던 여은이 갑자기 옆구리를 움켜쥐며 주저앉자 깜짝 놀란 동준이 책을 내려놓고 다가가 부축해 주었다.

"왜? 왜 그래? 어지러워? 아파?"

"아뇨. 담, 담 왔나 봐요."

"가지가지 한다, 진짜. 여기?"

놀란 가슴을 쓸어내린 동준은 여은의 옆구리를 톡톡 두들겨 주었고 이내 괜찮아졌는지 여은이 고개를 끄덕이며 허리를 뒤로 젖혀보았다.

"한 자세로 너무 오래 있어서 그런가 봐. 공부할 때도 스트레칭 자주 해. 그러지 말고 나랑 같이 매일 운동할래?"

"데려다주셔서 감사합니다."

저렇게도 운동이 싫을까.

여은이 동문서답을 하며 허리 숙여 인사하자 동준은 그런 여은의 볼을 꾹 꼬집었다.

"내일 보자."

"아…… 네."

책을 건네받은 여은이 수줍게 웃으며 돌아섰다. 걸음을 내딛을 때마다 묶어 올린 머리칼이 양옆으로 흔들흔들거렸다. 동준은 차에 기대서서 한참동안 그 뒷모습을 지켜보았다. 가게 뒤편 연립주택에 살고 있는 여은이 시야에서 완전히 사라질 때까지 동준은 자리를 벗어나지 않았다.

"뒤도 한 번 안 돌아보네. 매정하긴."

한 번쯤 뒤를 돌아본다면, 돌아보고 날 향해 예쁘게 웃으며 손을 흔든다면, 가서 꼭 한 번 안아주고 싶었다. 말로는 설명할 수 없는 마음을 대신할 방법은 그것밖에 없을 것 같았다. 힘내라고, 내가 돕겠다고 백 번 천 번 말하는 것보다 그저 뜨겁게 한 번 안아주고 싶었다. 그렇게 하면 내 진심이 오롯이 전해질 것만 같았다.

"흐음."

동준은 그렇게 긴 한숨을 내쉬곤 다시 차에 올랐지만 한참을 그 자리에 머물렀다. 여은이를 볼 때마다 복잡해지는 마음과 머릿속을 어떻게 정리해야 할지 고민하는 시간이 점점 늘어만 갔다.

■ □ ■

동준은 벌써 몇 번째 거울을 확인했다. 최종 선택은 블랙 린넨 셔츠에 빈티지한 데님 진이지만 뭔가 부족한 것만 같아 거울 앞을 떠날 수가 없었다. 옆으로 보고, 앞으로 보고, 뒤태를 확인하고 나서도 확신이 없었던 동준은 손목에 시계를 찬 후 입술을 굳게 다물었다.

"됐어. 좋아."

요즘 부쩍 거울 보는 횟수가 늘었다. 옷을 고르는 데도 신경이 쓰여 입고 벗기를 반복하기 일쑤였다. 서른이 되고 나니 숫자에 불과하다 여겼던 '나이'에 대해 점점 신경이 쓰이는 것 같다. 나이 들어 보이긴 싫고, 어려 보이는 것도 싫고. 멋을 아는 삼십대가 되고 싶은데 너무 그러면 추해 보일 것 같아 신경 쓴 듯 안 쓴 듯 밸런스를 맞추는 게 쉽지 않았다.

다시 거울 앞에 선 동준은 마지막으로 향수를 머리 위에 쉭 뿌리고 그 아래에서 빙그르르 돌았다. 그리곤 차 키와 지갑을 집어 든 후 주인에게 관심조차 없는 반려묘 먼지에게 인사를 하며 현관으로 향하는데.

Rrrr.

동생 동민에게서 전화가 걸려왔다. 웬만해선 먼저 연락하는 법이 없는 놈이 어쩐 일인가 싶어 서둘러 전화를 받았다.

"어. 동민아."

[형. 시간 있지?]

"왜? 무슨 일 있어?"

동민이 이렇게 대화를 열면 동준은 가슴이 덜컥 내려앉는다. 설마 또 무슨 사고라도 친 건 아닌지 놀란 동준은 신발을 신다가 그대로 신발장에 기대섰다.

[형이 나 대신 해줄 일이 있어서.]

"뭔데?"

[소개팅 좀 나가라. 그냥 가서 나인 척하면 돼.]

"뭐?"

뜬금없는 소리에 동준은 한 손으로 이마를 감싸 쥐며 미간을 구겼다. 긴 한숨이 터져 나왔다.

[거절할 수 없는 자리라 그래. 자세한 설명은 나중에. 장소랑

시간, 여자 사진 보낼 테니까 대신 좀 나가. 괜찮지?]

"야, 이 미친 새끼야!"

[형이랑 동갑이고 한의사래. 집안이 한의사 집안이라나. 생각만 해도 존나 답답해.]

"안 돼. 나 약속 있어."

[사진 봤는데 생긴 것도 존나 못생겼더라. 수고!]

동민은 일방적으로 자기 용건만 말하고 그대로 통화를 끝냈다. 부탁이 아니라 그냥 통보였다. 바로 동민에게서 메시지가 도착했다. 말했던 대로 약속 장소와 시간이 적혀 있었고 상대방의 사진도 함께 보내주었다. 열이 머리끝까지 치솟은 동준이 다시 동민에게 전화를 걸었지만 예상대로 받지 않았다.

누구를 원망할 수 없었다. 신동민을 저렇게 만든 건 가족 모두의 책임이니까.

동준과 동민은 늘 비교당하며 자랐다. 정반대 성향의 두 아들 중 사람들로부터 관심 받지 못했던 건 작은 아들 동민이었다. 유독 아버지를 잘 따랐던 동민은 부모님의 이혼 후 마음 둘 곳이 없어 많이 힘들어 했고, 배우 생활로 바쁜 엄마는 동민의 그런 상처받은 마음을 제때 다독여주지 못했다.

동준 역시 동민을 철부지 어린애로 취급했고 동민은 점점 비뚤어졌다. 사춘기에 접어들며 담배, 술, 가출 등 비행을 일삼았고 간신히 고등학교에 보내 놓았더니 또래 친구들을 괴롭히는 양아치 짓까지 해댔다. 먼저 끌어안고 다독였어야 했는데, 마음을 헤아리고 진심으로 다가갔어야 했는데, 먼저 화부터 내고 실망하고 다그치며 서툴게 대했던 것이 결국 상처를 덧나게 만들었다.

그러다 어느 날 동민이 친구와 함께 오토바이를 타고 가던 중 사고가 났다. 그 사고로 동민은 왼쪽 허벅지에 큰 화상을 입었는데 피부 이식을 했지만 근육 손상이 너무 커 왼쪽 다리를 살짝 절게 되었다. 그 후로 동민은 마음의 빗장을 단단히 걸어버렸다. 오만함과 허세로 자존감을 포장하고, 모든 것을 남 탓으로 돌리는 못난 인간이 되었다.

수정이 속해 있는 일인 기획사에서 명함만 이사직을 달고 있는 동민은 제대로 제 밥벌이를 하지 못하고 클럽에서 허송세월을 보내고 있었다. 술 먹고 싸움질이나 하고, 마약과 도박에까지 손을 뻗은 질 나쁜 친구들과 어울려 경찰서에 조사 받으러 다니고. 동준은 그런 동민이 한심하기도 하고 가엽기도 했다.

지금도 소개팅 상대방이 못생기고 그녀의 배경이 답답해서 거절한 것처럼 말했지만 그 속내는 자신이 상처받게 될까 봐 도망치는 것이 분명했다. 그나마 일적으로 상대를 대할 땐 허세일지라도 제법 당당하게 굴지만 사적으로 자신의 모습을 드러내는 건 여전히 두려운 모양이다. 클럽에서야 돈 펑펑 쓰고 비싼 술 사주니 사람들이 꼬이지만 일상생활에선 한쪽 다리가 불편하다는 것에 자격지심과 피해의식이 극에 달한 젊은 남자일 뿐이니까.

동준은 시계를 보았다. 아무래도 30분 정도 늦어질 듯싶었다. 동준은 여은에게 서둘러 메시지를 보낸 후 집을 빠져나왔다.

약속 시간보다 두 시간 일찍 나와 서점에 들른 여은은 휴대폰

메모 어플에 미리 적어놓은 책 제목을 확인하고 책을 찾기 시작했다. 필요한 책을 서점에서 꼼꼼히 확인하고 반드시 필요한 책이라 여겨지면 그때 온라인서점을 통해 저렴하게 구매하는 것, 꼭 필요한 책만 구매하기 위한 여은의 구매 방식이었다.

몇 권의 책 구매를 결정한 여은은 에세이 코너를 지나다 문득 눈에 들어온 책 제목 때문에 걸음을 멈췄다. 에세이 코너 정 가운데 놓인 책 〈그래도, 사랑〉.

—언젠가 너로 인해 울게 될 것을 알지만

제목 아래 적힌 글귀가 가슴에 확 와 닿았다. 평소 즐겨듣는 라디오 작가가 지은 책이라 그런지 더욱 눈길이 가서 여은은 책을 집어 들었다. 그리곤 앉아서 읽을 수 있도록 마련된 장소로 가 책을 읽기 시작했다.

사랑 이야기를 읽는 건 정말 오랜만이었다. 평소 책이라면 가리지 않고 모두 읽지만 요즘 들어 가벼운 에세이는 거의 읽지 못했는데 그래서인지 술술 잘 읽혔다.

그때 바지 주머니에 넣어두었던 휴대폰이 지잉 하고 진동했다.

〈나 30분 정도 늦을 것 같은데 극장 도착하면 근처 카페 들어가 있어. 최대한 빨리 갈게. 정말, 정말 미안〉

그에게서 미안함이 뚝뚝 떨어지는 메시지가 왔다. 어차피 공연 시작 시간보다 한 시간 일찍 만나기로 한 참이라 30분 정도 늦어도 괜찮은데…….

여은은 동준에게 괜찮다는 답장을 보낸 후 자리에서 일어섰다. 이제 슬슬 대학로로 출발해야 할 것 같아서였다. 여은은 책을 제자리에 두고 서점을 빠져나왔다.

혜화역 2번 출구로 나온 여은은 마로니에 공원 쪽으로 걸었다. 한쪽에선 여은 또래쯤 되는 젊은 남자들이 농구 게임을 하고 있었고, 다른 한쪽에선 둥그렇게 둘러앉은 풍물패의 공연이 한창이었다. 사람들 틈 사이에 끼어 잠시 구경하던 여은은 다시 발길을 옮겼다.

극장 근처에 위치한 적당한 카페를 찾기 위해 두리번대던 여은은 바로 맞은편 디저트 카페로 들어가 녹차 아이스크림 하나를 사서 테라스 테이블에 자리를 잡았다. 이곳에 있으면 그가 자신을 빨리 발견할 것 같아서였다.

길을 지나는 사람들을 구경하는 일이 꽤 재미있었다. 평일인데도 길 위에는 연인들과 친구들로 북적였다. 다들 즐거운 표정이었고, 그 모습을 바라보는 여은도 덩달아 즐거웠다. 오늘 그와 연극을 보기 때문인지 아니면 다른 사람들처럼 아무 걱정 없이 '시간'을 보낼 수 있어서인지 모르겠지만, 오늘 내내 마음이 설렜다. 아니, 어젯밤부터 그랬다.

그도 그랬을까? 오늘 약속이 그에게도 조금이나마 설렘을 가져다 줬을까? 이건 진짜 욕심인 건가?

여은은 아까 오는 길에 사온 매니큐어를 가방에서 꺼내보았다. 연한 코랄색의 매니큐어. 평소 손톱 보호제도 잘 바르지 않았던 여은은 바를까 말까 망설이다가 결국 매니큐어 뚜껑을 열어버렸다.

"음."

다 발라놓고 보니 완전 어린아이 손톱 같았다 가뜩이나 손도 작고 손톱도 작은데 오늘 아침에 손톱을 바짝 깎아놔서 영 볼품이 없었다.

분명히 화장품 가게에서 테스트했을 땐 예뻐 보였는데……. 직원 언니도 색깔 정말 잘 어울린다고 말해줬는데…….

Rrrr.

시무룩해져 있던 그때 동준에게서 전화가 왔다. 그는 정말로 딱 30분 늦었다.

"여보세요?"

[어디야?]

"예술극장 앞 카페요. 테라스에 있어요."

[어! 저기 보인다.]

고개를 돌려보니 저쪽에서 허겁지겁 달려오는 그가 보였다. 여은은 반가운 마음에 저도 모르게 손을 흔들며 미소를 지었다.

"휴우. 주차할 데가 없어서 한 바퀴 더 돌았잖아."

의자에 앉자마자 그는 여은의 아이스크림을 허락도 없이 떠먹었다. 여은은 그런 동준에게 손 부채질을 해주며 더위를 식혀주려 애썼다.

"천천히 와도 되는데 땀나게 왜 뛰고 그래요. 시원한 거 한 잔 드실래요?"

"네가 사는 거야?"

여은이 고개를 끄덕이니 그가 옅게 웃었다.

"그건 킵 해뒀다가 다음에 사주고, 일어나자."

여은이 가방을 챙겨 메고 아이스크림 컵을 들고 일어서자 그가 아이스크림 컵을 빼앗아 가버렸다. 한 입만 달라고 매달리는 쪽은 애초에 아이스크림 주인이었던 여은이 되고 말았다.

연극 공연을 보고 난 후 그는 고기를 좋아하는 여은을 위해 스테이크 전문점에서 저녁을 사주겠다고 했다. 식당 안은 이미 사람들로 가득했는데 다행히 2층 발코니 쪽에 테이블이 비어 얼떨결에 명당자리를 차지하게 되었다.

"고기 귀신, 고기 실컷 먹어."

동준의 말에 여은이도 웃고 메뉴판을 가져다주던 직원도 웃었다.

"주문 도와드릴까요?"

"한우 안심으로 하나, 등심으로 하나 주시구요. 뽀모도로 파스타도 하나 주세요."

그는 메뉴판을 제대로 보지도 않고 줄줄이 주문을 했다.

"그렇게 많이요?"

"나 지금 무지하게 배고파. 그렇게 주세요."

직원이 떠난 후 여은은 동준을 걱정스러운 눈길로 바라보았다. 얼마나 배가 고팠으면……. 그는 찬물을 연거푸 석 잔 들이켠 것으로도 부족했는지 직원에게 물 한 병을 더 달라고 부탁했다.

"배 많이 고파요?"

"아니. 그 많은 거 네가 다 먹는 줄 알고 직원이 웃을까 봐 배고픈 척했어."

"참나……."

"그 정도는 너 혼자 다 먹을 수 있잖아?"

여은이 눈에 힘을 주어 노려보았지만 그는 연신 웃기만 했다.

오늘따라 왜 저렇게 웃음이 헤플까.

여은은 혹시나 하는 마음에 주변을 둘러보았다. 다행히 대부분이 커플들이라 우려하는 일은 생기지 않을 듯싶었다. 이 남자, 어딜 가나 주목을 받는 남자라 보통 신경 쓰이는 게 아니다.

"아깐 늦어서 미안해."

"괜찮아요."

"집에서 막 나오는데 동민이한테 전화가 온 거야. 그 미친놈이 지 대신 소개팅 나가달라고."

전혀 예상치 못한 이야기였다. 여은은 아무렇지 않은 척 몰래 마른침을 삼켰다.

"그래서…… 소개팅하고 오신 거예요?"

"너도 알지? 나 동민이 부탁은 거절 못 하는 거. 나쁜 새끼, 맨날 그걸 이용해 먹어."

결국 그는 소개팅 때문에 나와의 약속에 늦었던 것이다. 어쩔 수 없는 상황이었다는 걸 알면서도, 머리로는 충분히 이해를 했는데도…… 마음이 서걱거렸다.

약속시간이 30분 미뤄지긴 했지만 제때 공연도 보았고 이렇게 함께 저녁도 먹으니 아무런 상관이 없다는 걸 알지만……. 자신과 연애를 하는 게 아니니 대타로 소개팅에 나갈 수도 있다는 걸 알지만…….

궁금했다. 잠시나마 그와 마주보고 있었을 그 여자가.

그 여자에게 지금처럼 웃어줬겠지. 평소대로 예의바르게 행동했을 거고, 그 여자에겐 상냥하고 다정한 남자로 기억될지도 모른다.

……싫어. 그건 정말, 싫어.

여은은 애써 바른 매니큐어를 손톱으로 뜯어냈다. 이걸 바르면서 혹시나 그가 예쁘다고 해주지 않을까 상상하며 설렜던 제 자신이 한심하고 부끄러워졌기 때문이다.

욕심내지 않기로 해놓고, 이 정도 거리도 만족한다 해놓고…… 그 모든 게 결국은 거짓이었던 거다. 전혀 괜찮지 않다. 다른 여자 앞에서 웃고 있는 그를 상상하기 싫었다.

싫다고 말하고 싶었다. 그런 자리엔 앞으로 실수로라도 나가지 말라고, 다른 여자에게 친절하게 굴지 말라고. 하지만…….

“만나자마자 사과하고 바로 나왔어. 아마 미친놈이라고 욕했을 거야.”

그는 웃었지만 여은은 웃을 수가 없었다.

그 후로도 그는 계속해서 여러 이야기를 했지만 여은의 귀엔 잘 들어오지 않았다.

"와! 맛있겠다. 여은아, 많이 먹어."

요리가 세팅되는 줄도 모르고 정신을 놓고 있었다. 여은은 포크와 나이프를 쥐고 작게 한숨을 내쉬었다.

"잘 먹겠습니다."

고기를 한 입 크기로 썰어 입에 넣고 씹는데 넘어가질 않았다. 억지로 꿀꺽 삼키고 탄산음료를 들이켰지만 여전히 가슴이 답답했다.

"오빠."

"어?"

"아까 서점에서 봐둔 책이 있는데요, 저 그거 사주시면 안 돼요? 오늘 약속도 늦으셨으니까."

"책이라면 백 권도 더 사줄 수 있지. 밥 먹고 서점 가자."

여은은 용기를 내보기로 결심했다. 어쩌면 후회할지도 모른다. 하지만 적어도 자신의 진심을 그가 알아주었으면 했다. 딱 거기까지만 욕심을 부려보기로 했다. 그렇게 하지 않으면 갈 곳 잃은 자신의 마음이 너무 불쌍해지니까, 그가 외면하더라도 한 번은 꺼내 보이고 싶었다.

당장 일주일 후에 1년 동안 준비한 중요한 시험이 있고, 복학을 할지 취직을 해야 할지 중차대한 결정들이 코앞에 닥쳐 있지만 지금 이 감정을 해결하지 않으면 아무것도 해낼 수 없을 것 같았다.

여은은 다시 씩씩하게 식사를 시작했다. 그러자 그의 얼굴에도 만족스러운 미소가 번졌다. 그가 웃으니 덩달아 기분이 좋았다. 그를 웃게 하는 게 늘 나였으면 하는 바람이 생겼을 만큼, 어느새 마음이 자라 버렸다.

고요한 차 안에는 아델의 목소리만이 가득했다. 당신이 내 사랑을 느낄 수만 있다면 무엇이든 하겠다는 절절한 노랫말이 어둑한 길 위를 밝히고 늘어선 가로등 불빛과 무척이나 잘 어울렸다.

운전하는 동안 동준은 계속 여은의 표정을 살폈다. 아까 밥 먹을 때부터 기분이 좋지 않아 보였는데 그게 내심 신경 쓰이던 참이다.

마음이 걸리는 건 딱 하나. 예상치 못했던 소개팅 때문에 30분 약속을 미룬 것.

차라리 말하지 말걸 그랬나. 그렇다고 거짓말을 하는 것도 이상하잖아.

아니 그냥 숨기는 게 나았을까? 대체 내가 왜 이런 고민을 하고 있는 거지.

"여은……."

하필이면 그 순간 여은이에게 누군가로부터 메시지가 도착했다.

"왜요?"

"아냐. 답장 먼저 해."

핸들을 움켜쥔 손에 자꾸만 힘이 들어갔다. 이유를 알 수 없는 초조함에 입술을 잘근잘근 깨물며 마른침을 삼키기도 여러 번. 여은이 누군가와 메시지를 주고받는 동안 점차 표정이 밝아지자 동준은 묘한 기분에 사로잡혔다.

뭐지. 왜 갑자기 기분이 좋아진 걸까. 누구와 무슨 얘길 나눴기에…….

"누구?"

"문래요."

"뭐, 재밌는 일이라도 있대?"

여은은 고개를 끄덕여 대답을 대신하곤 다시 휴대폰을 붙든 채 연신 미소를 지었다. 대체 무슨 메시지를 보냈기에 여은이가 저렇게 환히 웃는 건지 궁금했지만 동준은 더는 묻지 않기로 했다. 나지막한 한숨을 조용히 내쉰 후 다시 입술을 굳게 다물었다.

"오빠."

"응?"

"아까 만난 여자분…… 어땠어요?"

여은의 예상치 못했던 질문에 동준은 눈썹을 치켜세웠다.

"물어보는 거 실렌가……. 아니에요. 대답 안 해주셔도 돼요."

"아냐. 실레일 것까지야. 그냥 좋은 분 같았어."

"음. 그렇구나."

고개를 끄덕이던 여은이 창틀에 손을 얹고 그 위에 턱을 괴었다.

"뭐하시는 분이래요?"

"한의사래."

"예뻤어요?"

"뭐……. 그런 편이지."

동민 때문에 하는 수 없이 나갔던 소개팅 자리. 여은과의 약속 시간에 늦으면 안 된다는 생각에 동준은 사실 그 사람의 외모는 커녕 무슨 얘길 나누고 온 건지 기억조차 나지 않았다. 한의사란 직업 역시 동민에게 듣고 나갔기에 기억하고 있는 것이지 얼굴 보자마자 대뜸 사과부터 하고 자리를 벗어난 참이라 그 사람이 어떤 사람인지 파악할 겨를도 없었다.

"……좋겠다. 공부도 잘하고, 예쁘고."

창밖에 시선을 고정한 채로 혼잣말처럼 중얼거리는 여은의 목소리에 동준은 왠지 모르게 답답하던 마음 한 구석이 툭 무너진 것 같은 기분이었다.

대체 뭘까. 이 기분은.

혹시…… 여은이가 그 여자를 신경 쓰고 있는 건가.

나는 왜 자꾸만 여은이와 나누는 아주 사소한 대화까지 온 신경을 곤두세우는 거지?

그냥 별 뜻 없이 물어본 것일 수도 있는데 왜 나는 자꾸만 의미를 두는 걸까. 대체 왜?

이렇게 생각하는 거 오버란 걸 알면서도 한 번 가지를 뻗어나가기 시작한 상상의 나래는 좀처럼 접히질 않았다.

서점에 도착한 여은은 마음이 급했다. 에세이 코너를 향해 정신없이 걷는데,

"여은아, 이리 와봐."

그가 여은의 걸음을 붙잡았다. 여은은 하는 수 없이 동준의 곁으로 다가갔다.

"이거 딱 네 얘긴 거 같은데? 이거도 사."

그가 가리킨 책은 〈나는 생각이 너무 많아〉.

여은이 노려보았지만 그는 주눅 들지 않고 다시 두리번거리며 책을 찾았다.

"뭐예요."

"오오. 여기도 있다."

이번엔 〈너무 애쓰지 말아요〉.

지금 이럴 때가 아닌데. 분위기 정말 못 맞추네.

그는 결국 그 두 권의 책을 챙겨 들고 여은의 뒤를 따랐다.

"네가 봐둔 책은 뭔데?"

에세이 코너에 도착한 여은은 동준에게 책을 들어 보였다.

"이거요."

"〈그래도, 사랑〉. 음, 사랑."

동준은 여은이 건넨 책을 받아 들곤 스윽 넘겨보았다. 여은은 그에게 같은 책을 한 권 더 내밀었다.

"하나는 오빠 거."

"내 거?"

여은이 고개를 끄덕이자 동준은 책 뒷표지를 보았다.

"이거 재밌는 거야?"

여은이 고개를 또 한 번 끄덕였다.

"그래. 또 필요한 거 없어?"

"없어요. 그거면 돼요."

동준은 책 네 권을 손에 들고 카운터로 향했다. 여은은 그런 동준의 뒤를 따라 걸으며 터질 듯이 빠르게 뛰는 심장을 다독였다.

물은 엎어졌고, 에라 모르겠다.

06

달이 떴다고 전화를 주시다니요

"동민이 아직 집에 안 들어왔어? 내 전화는 받지도 않고, 나쁜 자식."

현관문을 열고 집에 들어오자마자 동준은 가장 먼저 먼지의 밥과 물을 챙겼다. 어깨와 귀 사이에 휴대폰을 끼운 채 수정과 통화를 하면서 집 안 곳곳에 불을 켜고 옷 방으로 향했다.

"나도 이제 걔 부탁 절대로 안 들어줄 거야!"

입고 있던 셔츠의 단추를 풀며 옷장 안에서 갈아입을 옷을 꺼낸 동준은 그것들을 챙겨 들고 욕실 앞에 가져다 놓은 후 의자에 앉았다.

"우리가 이러면 안 된다고. 그럴수록 우리가 중심을 잡아야 돼. 딱하고 안쓰럽고, 그놈 그 모양인 게 다 내 탓인 거 같고 그런 생각에 휘둘려서 애를 저 지경으로 만든 거잖아. 그 녀석도 해 바뀌면 서른인데 사람 구실은 제대로 하게 만들어야지. 아, 물론 주로 내가 휘둘리는 건 인정하는데……."

발코니 쪽으로 손을 뻗어 건조대에 널어놓은 수건 두 장을 챙긴 동준은 다시 일어나 주방으로 향했다.

"하여튼, 그놈 자식 집에 기어 들어오면 바로 전화해. 내가 가서 아주 그냥……."

냉장고에서 생수 한 병을 꺼낸 동준은 단숨에 반이나 들이켰다.

"알았어. 여은이한테 얘기해서 시간이랑 장소 정하고 연락할게. 쉬어요, 엄마."

여은이 시험 보는 날 다 같이 점심 식사를 하기로 하고 수정과 통화를 마친 동준은 옷을 훌렁 벗고 욕실로 향했다. 그러다 신발장 위에 올려둔 책을 보고는 집어 들었다.

"〈그래도, 사랑〉이라……."

멋진 제목이었다. 그래도 사랑이라니. 그럼. 사랑은 그럴 만한 가치가 있긴 하지. 그 어떤 상황에서도 그래도 사랑이라 말할 만하다.

여은에게 받은 첫 선물이다. 물론 동준이 제 돈으로 계산하긴 했지만. 여하튼 여은이가 가장 좋아하는 책을 선물로 받아서 왠지 모르게 기분이 좋은 그였다.

동준은 욕실 문 앞에 그대로 앉아 책장을 한 장 넘겨보았다.

만나고, 사랑하고, 헤어지고, 그리워하고, 다시 만나다. 목차를 읽으며 동준은 저도 모르게 피식 웃었다. 그리고 한 장 더. '그래도, 우리 사랑하길 참 잘했다'는 프롤로그의 제목을 읽은 후, 그 다음 장을 넘기지 않을 수가 없었다.

꽤 두꺼웠지만 쉽게 읽혔다. 오랜 시간 고개를 숙인 채로 책을 보았더니 뒷목이 너무 아파 책에서 눈을 떼지 않은 채로 침대에 털썩 드러누웠다. 천장 조명을 책으로 반쯤 가린 채 누웠던 동준은 다시 엎드리기도 하고, 옆으로 눕기도 했다.

집중해서 단숨에 책을 읽어보는 건 참 오랜만의 일이었다. 마지막 장이 다가올수록 아쉬운 마음도 들었다. 조금 더, 다른 이들의 사랑 이야기를 듣고 싶었다. 제삼자에겐 그저 사랑 '이야기'에 불과하지만 각자 나름에겐 치열하고 고통스러웠을 그 사랑들.

마지막 장을 몇 장 남겨두지 않았던 동준의 눈에 들어온 글귀가 있었다.

별을 바라볼 때 어둠을 두려워하지 않고 저 별이 얼마나 아름다운가를 생각하듯이, 그저 서로를 사랑하자는 짧은 문장이었다.

비단 사랑 이야기뿐 아니라 꿈이나 인생에 대입을 해도 어울리는 글이었다. 동준은 벌떡 일어나 앉아 그 글을 다시 한 번 읽어보았다.

여은이가 이 책을 선물해 달라며 골랐을 때 조금 놀라웠다. 글의 내용은 몰랐지만 제목만으로도 충분히 놀라웠다. 여은이 여느 또래들처럼 사랑을 꿈꾸고 있다는 게 기특하기도 했고.

어떤 모습일까. 김여은이 꿈꾸는 사랑은.

어떨까. 김여은의 곁에 낯선 남자가 서 있는 기분은.

"흐음."

분명한 건 마음이 편치는 않을 것이라는 점이다. 아무리 본인이 행복하다고 해도 지켜보는 마음은 늘 불안하고 걱정되고 신경이 쓰일 것 같았다. 물론 말은 괜찮다고 하겠지만.

내 옆에서 밝게 웃어주고 재잘거리던 아이가 다른 남자 곁에서 그런다면…….

동준은 턱을 긁적이며 미간을 구겼다. 괜한 상상을 한 것 같아 후회되었다. 사소한 장난에도 볼을 붉히며 수줍어하는 그 표정을, 오빠라고 불러주는 그 예쁜 목소리를, 생글거리며 웃을 때 가장 빛나는 그 눈동자를 자신이 아닌 다른 남자가 사랑스럽게 바라본다는 건 상상만으로도 불쾌한 일이었다.

김여은의 가치를 제대로 알아봐 주는 남자라면 모를까. 아니, 그런 남자라고 해도 마음에 안 들어.

동준은 휴대폰을 꺼내 사진 어플을 열었다. 아까 함께 저녁을 먹었던 식당에서 찍은 사진들이 주르륵 열렸고, 동준은 한 장 한 장 넘겨보았다. 함께했던 모든 시간을 담아내지 못해 아쉬웠다. 눈으로만 보고 미처 카메라에 담아내지 못한 순간들이 너무나 아쉬웠다.

동준은 그대로 발코니로 나가 의자에 앉아 하늘을 올려다보았다. 슈퍼문이 뜬다더니 정말 크긴 컸다. 토실토실한 달이 몽글몽글한 구름에 반쯤 가려진 채 떠 있었다.

이쯤 되니 김여은의 진심이 궁금해졌다. 한 권의 책으로 내 머릿속을 쑥대밭으로 만들어 버린 이유를, 그 의도를 알고 싶었다. 더불어 자신의 마음도 알고 싶었다. 이 아이를 향한 지나친 관심과 애정이 남녀 간의 그 무엇인 건지, 아니면 그저 마음이 많이 쓰이는 아이라 내가 과한 친절을 베푸는 것인지.

어쩐지 조금은 알 것도 같지만, 좀 더 확실해진다면 그만큼 좀 더 복잡해지겠지만, 그래도 알고 싶었다.

동준은 망설이지 않고 여은에게 전화를 걸었다.

[여보세요?]

“나 책 다 읽었어.”

건너편에서 작은 웃음소리가 건너왔다. 동준은 눈을 감고 의자 깊이 등을 파묻었다.

“넌 어디까지 읽었어?”

[저도 다 읽었어요.]

대답을 기다리는 일 초도 되지 않는 그 간격이 가슴을 두근거리게 만들었다. 동준은 손등으로 눈을 가렸다.

[재밌게 읽었어요?]

“재미로 읽으라고 권한 책 맞아?”

[왜 그렇게 생각해요?]

“내가 먼저 물었어.”

‘음’ 하고 뜸을 들이는 그 작은 목소리에도 동준은 귀를 쫑긋 세우게 되었다.

[재밌게 읽었냐고 제가 먼저 물었거든요?]

“응. 재밌었어. 이제 네가 대답할 차례야.”

동준은 숨을 죽인 채 여은의 대답을 기다렸다.

[책장에 꽂힌 책들의 제목만 봐도, 책장 주인이 어떤 사람인지 알 수 있다고들 하잖아요. 그래서 전 오빠 책장에 이 책이 꽂혀 있었으면 좋겠다고 생각했어요. 그래서 권한 책이에요. 제가 최근에 읽은 책 중에 제 마음을 가장 흔들었던 책이었어요. 오빤 어땠는지 모르겠지만요.]

생각이 많아지려 할 때쯤 동준은 다시 하늘을 보았다.

"……밖에 달이 참 예쁘다. 슈퍼문이래."

[그래요? 그럼 소원 빌어야지.]

"무슨 소원 빌 건데?"

[알면 들어주게요? 후훗. 비밀입니다! 얼른 주무세요. 오늘 정말 감사했어요.]

여은과 통화를 끝낸 동준은 휴대폰에서 눈을 떼지 못했다.

생각이 많아지는 게 맞는 건가?

어쩐지 그 답을 알 것만 같아서, 동준은 자신의 마음을 흔들었던 그 글을 사진으로 찍어 메신저의 프로필로 설정한 후 다시 욕실로 향했다.

■ □ ■

이른 오전부터 한차례 폭풍처럼 몰아쳤던 손님들이 밀물처럼 빠져나간 후 프루트바스켓에 비로소 평온이 찾아왔다.

동준은 애오개가 갈아준 바나나 블루베리 쉐이크를 들고 테라스로 나갔다. 길을 지나는 낯익은 단골들에게 눈인사를 건네기도 하고, 알은체하는 젊은 친구들을 향해 손을 흔들어주며 가벼운 인사를 주고받았다.

“여은이 시험 잘 보고 있겠죠?”

문래가 곁으로 다가왔다. 여은이와 가장 가깝게 지내는 동갑내기 친구. 특히 요즘 들어 문래가 여은에게 짝사랑 상담을 하며 부쩍 친하게 지내는 듯했다. 개인적인 연락도 자주 하고, 둘이 대화도 가장 많이 하고, 가끔 집에 데려다주는 것 같기도 하고.

문득 얼마 전 둘이 메시지를 주고받을 때 여은이의 그 밝은 표정이 떠올라 괜히 언짢았다. 동준은 문래의 머리끝부터 발끝까지 찬찬히 살폈다.

“너 여은이 좋아하지?”

“예? 아니요!”

문래가 손사래를 치며 펄쩍 뛰었지만 동준은 그의 붉어진 두 뺨을 보고 확신이 들었다.

“너무 고전적인 수법이야. 연애상담 하는 척하면서 가까워지는 거.”

“아니에요, 형님!”

“에이.”

“아닌데…….”

설마 했는데.

몇 번 더 찔러보면 ‘실은 제가……’ 하며 이야기를 쏟아낼 것 같아 동준은 더 이상 묻지 않았다.

"못 들은 걸로 한다."

동준이 다시 매장 안으로 들어가는데 낯익은 사람이 들어왔다.

"신 사장님, 오늘 가게가 조용하네요?"

해인이었다. 오늘도 역시 양손엔 책이 한 꾸러미 들려 있었다.

"왔어?"

"한 사람이 비는 것 같은데?"

"여은이 오늘 시험 보러 갔어."

"미리 말 좀 해주지. 떡이라도 사주게."

동준이 먼저 사무실로 앞장서자 해인이 그 뒤를 따라 안으로 들어왔다.

"시원한 거 줄까?"

"그럼 고맙지."

동준은 냉장고에서 탄산수 한 병을 꺼내고 컵에 얼음을 가득 담았다.

"어쩐 일로 네 책상 위에 책이 다 있어?"

돌아보니 해인이 동준의 책상 위에 놓인 책을 집어 들고 있었다. 책은 여은이가 선물로 골라준 그 책이었다.

"세 번째 읽는 중."

"오올. 왜?"

"그 책을 골라준 사람의 진심이 궁금해서."

해인은 눈썹을 치켜세우며 음흉한 표정으로 웃었다.

"너도 그 책 읽어봤어?"

"응."
동준이 소파에 앉자 해인도 책을 들고 그의 맞은편에 앉았다.
"난 이 책을 골라준 사람의 진심을 단번에 알 것 같은데. 넌 세 번씩이나 읽었다 이거지?"
해인은 고개를 절레절레 흔들며 한숨을 내쉬었다.
"둔한 거야, 아니면 몇 번이고 확인하고 싶은 거야?"
"노코멘트."
"내가 보기엔…… 너 역시 그 사람의 진심을 눈치챈 거 같은데?"
동준이 대답하지 않고 어깨를 으쓱이니 해인은 답답하다는 듯 주먹으로 제 가슴을 두들겼다.
"뭐야. 뭐가 그렇게 어려워? 홍대에 소문난 사랑꾼이 왜 그렇게 헤매는 거냐고."
"모르겠어. 자꾸 생각나고, 걱정되고, 신경 쓰이고, 분명 각별하게 아끼는 건 맞는데……. 이건 그냥 일반적인 남녀 간의 사랑 그런 거랑은 다른 것 같아서."
"그것보다 더 큰 의미의 사랑인 거겠지. 일반적인 사랑을 포함한 더 큰 영역의 감정."
모든 감정을 포괄한 아주 큰 의미의 감정이라고 정의를 내리면 맞는 말이긴 한데, 이것도 저것도 아닌 애매한 것으로 남겨두는 것 같아 그건 마음에 들지 않았다.
"상대방이 이 정도의 용기를 냈다면 너 역시 최소한 이 정도의 용기는 보여줘야지. 헛된 희망이라면 이쯤에서 깔끔하게 잘라주고, 네 마음을 인정할 거면 좀 더 다가가 주고."

동준은 해인에게 책을 건네받고 다시 책장을 넘기며 입술을 질끈 깨물었다.

해인의 말이 모두 맞다. 처음 한 번 읽었을 때 긴가민가했던 상대방의 진심은 두 번째 읽는 순간 완전히 파악되었다. 하지만 그 상대가 김여은이기에 동준은 쉽게 걸음을 내딛지 못했다.

그 아이를 볼 때마다 느끼는 지금의 이 감정들, 도무지 하나로 묶을 수 없는 이 복잡한 감정 다발을 어떻게 해야 할지 답을 찾지 못하고 헤매는 중이다. 내 진심을 깨닫고 모든 걸 인정해 버리는 순간을 상상하면 달콤하기 그지없지만, 과연 지금 이 상황에서 그것이 옳은 선택인지를 반문하면 멈칫하게 된다. 김여은 인생에서 어쩌면 가장 중요한 순간을 지나고 있는 지금이기에 동준은 신중할 수밖에 없었다.

"에휴 답답이. 그렇게 계속 뜸이나 들여라. 나 간다!"

해인이 그의 뜨뜻미지근한 태도에 답답함을 견디지 못하고 사무실을 빠져나간 후 동준은 책을 덮고 고개를 가로 저었다.

시험장을 빠져나오던 여은은 발길을 멈추고 다시 한 번 뒤를 돌아보았다.

'난 정말 최선을 다했나?' 자문해 보았다. 분명 열심히 하긴 했다. 그런데 '오늘 같은 시험장에서 시험을 보았던 다른 수험생들만큼 간절한 마음을 가지고 임했는가?'라고 묻는다면 그렇다고 할 수 없을 것 같다. 마음 한편으론 어쩔 수 없이 선택한 원치 않는 길이라고 생각했으니까.

"거기서 날 샐래?"

등 뒤에서 들려온 귀에 익은 목소리. 돌아보니 그가 서 있었다. 차에 비스듬히 기대서서 어서 오라고 손짓을 했다. 여은은 그런 그가 눈물 나게 반가워서 가방을 손에 꼭 움켜쥐고 달려갔다.

"후련해?"

동준의 물음에 여은은 고개를 끄덕였다.

"그래. 그럼 됐어. 가자."

그가 그럼 된 거라고 말해주니 마음이 한결 가벼워졌다. 시험이 끝난 후 밀려들었던 후회가 그의 말 한마디로 거짓말처럼 사라졌다.

차에 올라타자마자 동준은 여은에게 시원한 음료수를 건네곤 차를 출발했다.

"한참 기다렸잖아. 왜 이렇게 늦게 나왔어?"

"뭔가…… 마음이 허해서. 큰 깨달음을 얻었어요."

필사적이라는 말이 적합할 것 같았다. 시험장 안에 몸을 한껏 웅크린 채 문제를 푸는 고시생들의 치열한 뒷모습은 행정고시를 '최선의 선택'이라 여겼던 여은에게 정신 차리라며 얼음물을 쏟아부은 듯한 충격을 주었다. 그들의 간절함에 여은은 기가 눌리고 말았다.

"잘했어. 수고 많았고, 고생했어. 네 맘 알아주는 거 나밖에 없지?"

그가 어깨를 으쓱이며 참 그다운 표정을 지었다.

"바로 가도 안 피곤하겠어? 점심 말고 저녁을 먹을 걸 그랬다."

시험도 끝났고, 수정과 함께 점심식사를 하기로 한 참이다. 오랜만에 뵙는 거라 예쁜 모습으로 뵙고 싶었는데 그러지 못해 여은은 그게 더 걱정이었다.

"괜찮아요. 밥 먹고 기운 내서 또다시 공부해야죠."

"안 쉬고? 시험도 봤는데 하루 정도 쉬지?"

"시험 보고 나니까 공부에 대한 의욕이 더 불타오르고 있어요."

여은이 주먹을 불끈 쥐어 보이자 그는 이해할 수 없다는 듯 고개를 흔들었다.

검소하다고까지 할 순 없지만 호화로움이나 사치 같은 것과 거리가 먼 수정이 E호텔 프렌치 레스토랑을 찾을 때는 여은과 함께 식사를 할 때다. 수정은 다른 건 몰라도 먹는 것만큼은 제일 좋은 음식을 먹이고 싶어 했다.

"여은이 연어 좋아하지?"

"감사합니다."

"공부하느라 많이 힘들었구나? 예쁜 얼굴이 반쪽이 됐네. 쯧쯧."

여은의 바로 옆에 앉은 수정은 여은을 보며 안쓰러운 마음을 감추지 못했다. 흘러내린 옆머리를 귀 뒤로 다정히 넘겨주며 자신의 몫으로 나온 연어샐러드를 여은 앞으로 밀어주었다.

"여은이 와인 한잔 할래?"

"딱 한 잔만……."

동준은 수정과 여은의 와인 잔에 와인을 따라주었다.

"동민이는?"

"다 와 간답니다."

"늦지 말라고 신신당부했는데도 이놈 자식이."

"이 시간에 깨어 있는 게 어디야."

동준은 웃으며 다시 한 번 동민에게 빨리 오라고 메시지를 남겼다.

"가게 일 힘들진 않니?"

"네. 힘든 일 전혀 없어요. 오빠가 배려를 많이 해주셔서."

"거기 잘생긴 애들 많다며, 여은이도 연애하고 그래야지."

여은이가 손등으로 입을 가리며 웃자 동준은 코웃음을 쳤다.

"여은이 좋아하는 사람 생기면 나한테 허락 먼저 받으라고 했어."

"어머! 여은이 마음이 가장 중요한 거지, 네 허락이 왜 필요해?"

"엄마는. 남자는 남자가 봐야 정확한 거야! 겉만 번지르르한 애들 중에 속은 완전 썩어빠진 애들이 얼마나 많은 줄 알아?"

"얘 봐라. 너 지금 질투하는 거니?"

"질투는 무슨!"

두 사람의 투닥거림에 여은은 미소를 지은 채 와인 잔을 입술로 가져갔다.

"그렇게 남자를 잘 아는 네가 그럼 소개 좀 해줘봐. 이 꽃 같은 나이에 공부에 치여서 연애도 못 하면 얼마나 아깝니."

데려오는 것도 상상하기 싫은데 직접 데려다 바치라고?

말도 안 되는 소리에 동준은 고개를 절레절레 흔들었다.

"아니야, 엄마. 여은이는 지금 공부할 때야. 흔들면 안 돼."

와인을 한 모금 입에 머금고 있던 여은이 풉 소리를 내며 웃었다.

"아참. 여은아, 복학 생각은 해봤니?"

"네. 안 그래도 다음 학기에는 복학을 하는 쪽으로 생각하고 있어요."

"그래. 잘 생각했어. 아줌마가 얼마나 걱정했다고."

내가 그렇게 설득할 땐 눈도 깜짝 안 하더니.

동준이 노려보자 여은이 배시시 웃으며 포크를 쥐었다.

"늦었습니다!"

그때 동민이 문을 활짝 열며 룸 안으로 들어왔다. 축 늘어진 니트에 청바지 차림으로 나타난 동민은 자다가 그대로 나온 건지 머리도 엉망이었다. 지난번에 봤을 때보다 살이 더 빠진 듯했고 술이 덜 깬 건지 잠을 많이 잔 건지 눈두덩은 부어 있었다.

"여은이 오랜만이네? 예뻐졌다."

동민은 여은의 바로 앞에 앉으며 그녀의 접시에 놓여 있던 파스타를 끌어다 포크로 돌돌 말아 제 입에 욱여넣고 우물거렸다. 순간 화가 치밀었지만 동준은 이를 악물고 동민을 노려보았다.

"네 거 나올 거야."

"어우, 배가 너무 고파서."

"몇 시에 일어났어? 내 전화 받고 그제야 일어나서 나온 거지?"

"어젯밤에 파티가 있어서 새벽 4시에 들어왔거든. 너무 피곤해."

동민은 팔을 머리 위로 길게 늘였고 그 모습을 지켜보는 수정의 표정은 무척이나 언짢아 보였다. 한마디 쏘아붙이려던 동준은 수정의 눈짓에 한 번 더 참았다. 오늘의 주인공은 여은이니까, 괜히 큰소리 내지 않고 밥부터 먹을 생각이었다.

동준은 웨이터에게 동민의 요리를 부탁하고 아직 손대지 않은 자신의 파스타를 여은에게 건넸다.

"괜찮아요."

"난 별로 입맛이 없어서."

여은은 동준의 눈짓에 더는 거절하지 않고 접시를 받았다.

"역시 여은이는 거절하는 법이 없어."

테이블 위에 접시를 받아 내려놓던 여은이 멈칫했고 동준과 수정이 동시에 바라보자 동민은 알았다는 듯 눈을 깜박였다.

그래. 딱 한 번만 더 참자.

동준은 다음 코스인 안심 스테이크가 도착하자 나지막이 한숨을 쉬고 나이프를 쥐었다.

"오우. 샤또 오브리옹. 나도 한잔 할까?"

"아들. 딱 한 잔만."

"그럼요. 이건 입맛을 돋우기 위한 거니까."

동민을 미심쩍게 노려보던 동준이 병을 집어 들자 동민이 손사래를 쳤다.

"어어. 형이 따라주는 거 말고, 우리 여은이가 따라주는 게 좋은데? 오빠 한 잔만 줄래?"

그러더니 동민은 동준이 들고 있던 와인 병을 빼앗아 여은에게 건넸다. 동준이 미간을 찌푸리자 여은은 아무렇지 않은 듯 미소를 지으며 병을 받아들었다.

"이야. 내가 여은이한테 술을 다 받아보네. 키운 보람이 있어. 그치, 엄마?"

"신동민."

결국 동준은 여은에게서 병을 빼앗았다.

"너 술 덜 깼어? 왜 이래?"

"왜? 내가 실수했나? 어우. 그렇다면 미안. 여은아, 불쾌했다면 정말 미안. 나는 전혀 그런 의도가 없었어."

여은은 오히려 동준을 향해 그러지 말라는 듯 눈짓을 보냈다. 그럴수록 동준의 속은 부글부글 끓었다.

동민의 요리가 나오기 시작했다. 이미 동민을 제외하곤 안심스테이크까지 코스 요리가 나온 후였고 동민의 속도를 맞추기 위해 수정과 여은은 천천히 식사를 하고 있었다. 마음이 급한 건 동준뿐이었다. 얼른 여은이를 데리고 이곳을 나가고 싶었다.

"여은아, 너 몇 살이지?"

"저 스물셋이요."

"진짜 다 컸네. 우리가 너무 자주 안 본 것 같다. 앞으로 밖에서 종종 보자. 오빠가 맛있는 거 사줄게. 술은 좀 하나?"

동민은 별 생각 없이 건넨 말이었지만 동준에겐 그의 모든 언행에 심기가 불편해졌다.

"여은이 공부하느라 바빠."

"아무리 바빠도 나 만날 시간 정도는 있겠지. 그치? 여은아?"

여은이는 그저 미소를 지은 채 대답을 하지 않았다.

"동민이는 얼른 먹고 일어나야겠다. 집에 일찍 들어가는 게 좋겠어."

수정의 싸늘한 목소리에 그제야 동민이 눈치를 살피며 조용히 식사를 이어갔다. 덕분에 룸 안의 분위기는 싸해졌고 여은이가 불편하진 않을까 동준은 내내 마음이 쓰였다.

"여은이 유학 생각은 없니?"

"안 그래도 오빠한테 얘기 듣고 생각해 봤는데요. 유학 말고도 해외 인턴이나 워킹홀리데이 같은 방법도 있어서 복학하고 나서 고려해 보려고요."

"그래도 그런 건 공부에 집중하기 힘들잖아."

"실은 딱히 외국에서 뭔가를 배우고 싶은 생각은 없어서요."

"그렇구나. 아줌마는 그런 거 잘 모르니까 동준이랑 잘 상의해서 결정해. 근데 저 녀석이 도움이 되긴 하니?"

"그럼요. 조언 많이 받고 있어요."

잔소리를 조언이라고 포장해줘서 고마웠다. 동준의 웃는 낯과 시선이 마주치자 여은도 밝게 웃었다.

"여은이는 좋겠다. 대학 보내줘, 유학도 보내줘. 나한테는 그렇게까지 안 해줬는데."
"넌 공부를 안 했잖아."
"말이 그렇다는 거지, 형은. 엄마가 생판 남한테 하도 정성을 쏟으니까 배가 아파서 그래. 오빠가 좀 속이 좁아. 여은이가 이해해."
동민이 여은의 얼굴을 빤히 보았다.
"머리 검은 짐승은 거두는 게 아니라던데."
"신동민!"
한계에 달한 동준이 결국 자리를 박차고 일어섰다.
"잠깐 얘기 좀 하자. 너 나와."
동민에게 막 다가가려는데 수정이 동준의 손목을 잡아챘다.
"여은아, 미안하다. 아무래도 날을 잘못 잡은 거 같아. 아줌마가 다음에 더 맛있는 거 사줄게. 그땐 할머니랑 다 같이 보자. 오늘은 동준이랑 먼저 가는 게 낫겠어."
"죄송합니다."
"아니야! 여은이가 죄송할 일 전혀 없어. 내가 너무 미안해. 정말 미안하다."
수정은 여은에게 진심으로 미안해하며 그녀의 뺨을 어루만졌다.
"신동준. 여은이 데리고 먼저 일어나."
"엄마."
"어서."
동준에게 단호하게 말한 수정은 동민을 빤히 보고 있었다. 하는 수 없이 동준은 수정과 동민을 남겨두고 여은의 손을 잡아 일으켜 룸을 빠져나갔다.

움켜쥔 손목에 힘이 없었다. 너무 미안해서 얼굴을 볼 수가 없었다. 동준은 앞장 선 채로 묵묵히 걷기만 할 뿐 그 어떤 말도 건넬 수가 없었다.

엘리베이터 앞에 멈춰 선 동준은 엘리베이터 문에 비친 여은의 표정을 살폈다. 여은은 무슨 생각을 하는 건지 멍한 얼굴로 시선은 바닥에 두고 있었다.

"미안해."

"괜찮아요."

담담한 목소리. 평온한 표정.

괜찮을 리가 없는데, 여은은 괜찮다고 말했다.

"데려다주셔서 감사합니다."

동준의 차에서 내린 여은은 최대한 밝게 미소를 지으며 인사를 건넸다. 하지만 그는 대답을 하지 않고 이내 시동을 끄고 차에서 내렸다.

더는 미안해하지 않았으면 좋겠는데 그는 좀처럼 아까 전 상황을 털어내지 못하고 있었다.

"이 근처에 공원도 있나?"

"네. 조금만 걸어 내려가면……."

"가자. 속이 답답해서 좀 걸어야겠어."

여은은 그의 곁에서 함께 걸었다. 인도에 드리워진 가로수 그늘에는 약하게나마 바람이 불고 있었다. 가방을 손에 꼭 움켜쥔 여은은 그의 그림자에 시선을 고정한 채로 발을 맞춰 걸었다.

"동민이 때문에 기분 많이 상했지? 미안해. 내가 대신 사과할게."

"아니에요. 원래…… 그런 오빠잖아요."

여은이 웃자 그도 그제야 피식 웃으며 굳어 있던 표정을 풀었다.

"다른 건 모르겠고, 솔직히 조금…… 창피했어요."

그의 앞에서 벌거벗은 기분이 들었다. 지금 자신의 상황을 확인 사살당한 거나 다름없으니까. 정신 차리라고. 네 주제를 알라고. 꿈에서 깨라고. 언감생심 꿈조차 꾸지 말라고.

한데 그것들은 분명 자격지심이었다. 그 순간 그런 생각들에 짓눌려 자존감을 잃었던 제 자신이 부끄러웠다.

"학교 다닐 땐…… 나의 가난을 증명해야 하는 온갖 서류를 떼러 다닐 때마다 조금 창피했거든요. 근데 이젠 그런 걸 창피해 하는 제 자신이 부끄러워요. 누구보다 정직하고 성실하게 살았다고 자부하면서도 결국은 내 가치판단 역시 돈이 되어가는 것 같아서, 그런 어른이 되어가는 것 같아서 그게 너무 창피해요."

아무리 마음가짐을 달리해 봐도 여전히 세상은 팍팍하고 나는 나약하다. 그걸 인정하면 내가 초라해질까 봐 어른스러운 척을 하고 있는 건지도 모른다. 막연하기 짝이 없는 '행복'이라는 꿈을 좇는 철부지. 똑똑한 척, 현실을 잘 아는 척하며 계획을 세우고 실천하면서도 한편으론 불안했다. 아무것도 달라지지 않을까 봐.

여기가 끝일까 봐. 그래서 멈출 수가 없었다. 1분 1초도 그냥 보낼 수가 없었다.

허무해. 여기까지 와놓고…….

그가 우뚝 멈춰 섰다. 두어 발자국 좀 더 걸었던 여은도 멈춰서서 돌아보았다. 그는 아무 말 없이 여은을 바라보고 있었다. 왜 그러나 싶어 여은은 그의 앞에 다가섰다.

"너는 참…… 서른 먹은 나보다도 더 어른 같다."

그가 옅게 웃었다. 그 모습에 가슴이 두근거렸다. 그의 등 뒤에서 빛나는 여름의 뜨거운 태양에 눈이 부셨고, 여은은 눈매를 찡그리며 이마 위에 손을 얹어 작은 그늘을 만들었다.

그때 그가 두 팔로 여은을 끌어안았다. 널찍한 그의 가슴이 와 닿았다. 예상치 못했던 행동에 여은은 그대로 얼어붙었다.

"한 번 안아주고 싶었어."

나직한 그의 목소리가 맞닿은 가슴에서 울렸다. 여은은 조심스레 팔을 뻗어 그의 등을 감싸 안았다.

"실은, 한 번 안아보고 싶었는지도 모르겠다."

의미를 알 수 없는 그의 말을 들으며 여은은 생각했다.

그에게 책을 선물한 건 정말 잘한 일이었다고.

07

너의 의미

가게 문을 닫자마자 동준은 동민이 매일 밤마다 드나드는 클럽을 찾아갔다. 직원으로 보이는 한 남자에게 신동민에 대해 묻자 남자는 여러 개의 룸 중 하나를 가리켰다.

문을 열고 룸 안으로 들어가자마자 눈에 들어온 건 여자들과 얽혀 있는 남자들이었다. 그중에 동민도 있었다. 룸의 문이 열려도 그들은 개의치 않았다. 그 누구도 신경 쓰지 않았다. 동준은 인내심을 가지고 기다렸다.

그때 한 남자가 동준을 먼저 발견해 고개를 숙이며 알은체를 했고 이내 동민과도 시선이 닿았다.

"어?"

술에 조금 취한 듯 동민은 느리게 눈을 끔벅이며 동준을 빤히 보았다.

"우리 형이다! 우리 형!"

자리에서 일어난 동민은 배시시 웃으며 두 팔을 활짝 벌린 채 동준에게 다가왔다. 예전에 동민이가 그런 말을 한 적이 있다. 술에 취하면 비틀거리며 걸을 수 있어서, 사람들에게 다리 저는 걸 들키지 않을 수 있다고. 그래서 술이 좋다고.

"나 여기 있는 거 어떻게 알았어?"

"잠깐 나와."

"나 여기…… 놀아야 되는데. 형도 같이 놀자."

동민은 동준의 허리를 두 팔로 감싸 안았지만 동준은 힘주어 그를 밀어냈다.

"나와."

먼저 룸을 빠져나간 동준은 아까 전에 들어왔던 출입구를 통해 클럽 밖으로 나왔다. 클럽 안이나 밖이나 사람들로 가득했고, 좀 더 조용한 곳을 찾아 건물 옆으로 돌아 인적이 드문 곳으로 향했다.

절대 화부터 내지 않겠다고 오는 내내 다짐했다. 자신과 여은이 자리에서 일어선 후 수정에게 꽤 오랜 시간 꾸지람을 들었다는 얘기도 들었고, 그것 때문에 자신의 전화도 받지 않고 단골 클럽에서 술과 여자를 끼고 흥청거리고 있을 거란 생각도 했다.

그런데 두 눈으로 직접 보니 화가 치밀어 견딜 수가 없었다. 대체 뭘 잘했다고 저러고 있는 건지. 반성의 기미라고는 눈곱만큼도 보이질 않아 더욱 화가 났다. 무엇보다 가장 화가 나는 건 동민이 스스로 뭘 잘못했는지를 인식하지 못해서 저러는 게 아니라 상대방에게 일부러 상처를 주려고 못된 마음을 먹었다는 것이다.

"혀엉."

여기까지 오는 동안 수없이 생각했다. 화내지 않고 차분하게, 정신이 번쩍 들도록 따끔하게 혼을 내주겠다고.

하지만 저렇게 술에 절어 있으면 말해봤자 소용이 없다. 동민은 마음에도 없는 '잘못했어' 소리만 수백 번쯤 반복하다 내일이면 까맣게 잊을 것이다. 지금까지 늘 그래 왔으니까.

"신동민. 너 언제까지 이러고 살래."

동준의 차가운 말에 동민의 눈빛이 방금 전보다 또렷해졌다.

"그러게. 내가 왜 이렇게 됐지?"

화살을 다른 곳을 향해 돌리며 동민이 옅게 웃었다.

"왜 이렇게 됐지? 네가 그렇게 네 인생을 산 거지 누가 그렇게 만든 적 없어. 언제까지 그렇게 피해의식에 젖어서 남 탓만 하고 살 거야?"

"형이 나에 대해 뭘 안다고……."

"너만 힘들었어? 너만 상처받았어?"

부모님의 이혼과 아버지의 부재. 동준은 그래도 다른 이혼 가정에 비하면 나쁘지 않은 편이라고 생각했다. 이혼 후로도 아버지와는 늘 가깝게 지냈고, 아버지 역시 아버지로서의 책임을 다하려고 노력하셨으니까. 어머니 역시 바쁜 스케줄 속에서도 가정을 최우선으로 두고자 하셨다. 그 노력들이 내 눈에는 훤히 보였는데 대체 얘는 그걸 왜 모를까.

다른 친구들의 어머니들과 비교하자면 수정이 가정에 소홀했던 건 사실이다. 그것을 받아들이는 것에 동준과 동민은 차이가 있었다. 비록 형제지간이라 할지라도 애초에 같은 인격과 성향을 가진 '한 사람'이 아니니 너는 왜 나와 같지 않냐고 따져 물을 수는 없었다. 신동준은 신동준이고, 신동민은 신동민이니까. 아마 평생을 가도 동생의 마음을 100% 이해하진 못할 것이다. 그건 동민이도 마찬가지고. 그래서 둘은 늘 다퉜고 말다툼은 반복되었다.

동준의 입장에선 백 번 양보를 해봐도 불운한 사고로 인해 다리를 다친 것까지 부모님의 이혼 탓으로 돌리는 건 답답한 노릇이었다. 물론 그 사고는 가슴 아픈 일이지만 그 여러 과정들 가운데에는 동민 스스로 내린 선택의 대가가 포함되어 있으니까.

시간이 이 정도 흘렀으면 이젠 그 시간들에게서 벗어나 현재에 충실했으면 싶었다. 나이가 어린 것도 아니고 해가 바뀌면 서른인데 언제까지 과거의 불운에 갇혀 남 탓만 하고 살 건지 답답하기도 하고 속이 상하기도 하고 가엽기도 했다. 바라는 건, 동생이 그저 좀 더 세상 앞에 당당해지고 자존감이 높아졌으면 하는 건데 동민은 노력조차 하지 않았다.

옛날 얘기까지 하자면 한도 끝도 없으니 일단 아까 일부터 짚고 넘어갈 생각에 동준은 화를 삭이며 숨을 골랐다.

"아까 여은이한테 그게 무슨 말이야? 너 제정신이야? 생각이 있는 놈이야?"

"내가 뭐 틀린 말했나? 다른 사람 도울 돈은 있고, 나랑 형은? 형은 화 안 나? 영국 가 있는 동안 형이 다 벌어서 살았잖아? 남들한텐 저렇게 재산 퍼줄 때 우리한테 해준 건 뭔데?"

"그게 그렇게 아까웠냐? 그런 걸 질투했던 거야? 네 손에 그 많은 걸 쥐고도, 그 많은 걸 누리고도 부족했어? 너한테 못 해준 건 또 뭔데?"

동준의 물음에 동민은 쉽게 답하지 못했다.

"넌 조금도 자라지 않았어. 스물셋 김여은보다도 한참 못해, 알아? 그 아이가 어떻게 사는지 네 눈으로 봤어? 하루 이십사 시간을 쪼개고 또 쪼개서 단 10분도 허투루 보내질 않아. 매 순간 얼마나 열심히 사는지, 얼마나 치열하게 사는지, 그래서 얼마나 최선을 다하는지 네가 알기나 해? 기특하다 해도 모자랄 판에 뭐가 어쩌고 어째? 머리 검은 짐승은 거두는 게 아니야? 가뜩이나 미안해 죽으려고 하는 애한테 네가 무슨 소릴 한지 아냐고!"

결국 목소리가 높아졌다. 그 좁은 주방에 웅크리고 앉아 묵묵히 과일을 몇 박스씩이나 손질하고, 할 일 없을 땐 허리 펴고 쉬었으면 좋겠는데 그 쉬는 시간이 아까워 손에서 책을 놓지 못한 채 꾸벅꾸벅 졸던 여은의 모습이 머릿속에 선명히 떠올라서였다.

"기회 속에 파묻혀서 기회인 줄도 모르고 사는 너같은 놈한테 그런 소리 들을 아이 아니야. 제발 정신 좀 차려, 이 새끼야."

동준은 동민에게 더 바짝 다가섰다.

"술 잔뜩 처먹었으니 내일 아침이면 지금 내가 한 얘기 기억도 못 하겠지. 그래서 더 화가 나. 아무리 달래고 어르고 화를 내면

뭘해. 술 깨면 또 제자린데."

동준은 고개를 숙이고 긴 한숨을 내쉬었다.

"나 이제 너 그냥 포기하려고. 네 인간성이 얼마나 바닥인지 오늘 제대로 알게 됐거든. 넌 구제 불능이야. 난 못 해. 아니, 안 해. 너한테 더 이상 시간 낭비 안 할 거야. 그러니까 네 멋대로 살아. 너 꼴리는 대로, 맨날 술 처먹고 여자 끼고 놀면서 그렇게 살아. ……난 몰라 이제. 너한테 더는 말 안 해."

동준은 이를 악물고 끝까지 밀어붙였다. 동민의 표정엔 당황한 기색이 역력했지만 이미 작정한 동준은 할 말은 다 했다는 듯 그를 그 자리에 세워두고 곁을 스쳐 지났다. 그러자 동민이 동준의 손목을 움켜잡았다.

"……형."

다행이다.

하마터면 눈물이 날 뻔했다. 정말 이대로 절벽 아래로 밀어낸 것일까 봐 마음이 조마조마했었는데.

하지만 동준은 내색하지 않고 동민을 노려보았다.

"놔."

"……잘못했어."

"놓으라고 했어."

동민의 손을 거칠게 뿌리친 동준은 그대로 걸음을 옮겼다. 마음이 무거웠지만 돌아보지 않았다. 매정하게 계속 걸었다. 내일 또 이 상황이 반복된다 해도 어쩔 수 없는 일이다. 그땐 또 다른 방법으로 동민을 세상 밖으로 끌어낼 것이다. 어떻게 해서든 혼자 날 수 있게 둥지 밖으로 밀어내고 또 밀어낼 것이다.

할머니를 도와 가게 문을 닫고 막 집으로 가려는데 문래에게서 근처에 있다며 연락이 왔다. 문래와 만나기로 한 곳은 가게 근처 편의점. 문래는 편의점 앞에 놓인 파라솔 아래 앉아 캔 맥주 서너 개와 새우깡 한 봉지를 놓고 좌우를 두리번거리고 있었다. 때마침 문래가 그녀를 발견하고 손을 흔들었고 여은은 달려가 그의 맞은편에 자리를 잡았다.

"시험 잘 봤어?"

여은이 시무룩한 표정으로 고개를 젓자 문래가 맥주 한 캔을 따서 건넸다.

"여기까지 어쩐 일이야?"

"아, 어…… 친구가 여기 근처에 자취를 하거든. 친구 보러 왔다가……."

"그렇구나."

평소 술을 잘 마시지 않는 여은이었기에 한 모금만 마시고 다시 캔을 내려놓았다.

"오늘 가게 많이 바빴지?"

"늘 그렇지 뭐."

"어휴. 미안해서 어떡해. 저녁에라도 출근하려고 했는데 오빠가…… 아니 사장님이 하도 나오지 말라고 해가지고."

여은이 멋쩍어하자 문래가 웃으며 빈 캔 하나를 꼼지락거리더니 주먹만 하게 구겼다.

"형님이랑은 언제부터 알던 사이야? 많이 친해 보이던데."

"내년이면 10년째."

"그래서 널 친동생처럼 잘 챙겨주시는 거구나."

"그런가?"

남들 눈에는 그저 친동생처럼 보인다는 그 말이 조금은 씁쓸하게 들렸다.

그에게도 나는 그런 의미인 걸까.

난 대체 그에게 어떤 의미일까.

난 대체 그에게 어떤 의미가 되고 싶은 걸까.

"시험 준비는 계속하는 거야?"

"고민하고 있어. 복학하는 쪽으로 생각 중이거든."

여은이 고개를 갸웃거리며 새우깡을 한 움큼 집었다.

"시험도 끝났는데, 내일 영화 보러 안 갈래?"

"내일?"

"일 끝나고 심야영화로."

"그러자. 다 같이 가는 거지?"

"어…… 아니. 우리 둘이."

문래가 원래 수줍음이 많긴 하지만 자신에게까지 저런 수줍은 표정을 짓는 아이는 아니라 의아했다. 뜸을 들이며 꺼낸 '우리'라는 단어가 왠지 낯간지러워 여은이 눈썹을 치켜세웠다.

"다 같이 보러 가기에는 시간 맞추기가 애매해서."

"알았어. 보러 가자. 영화는 진짜 오랜만이네."

"같이 보러 가고 싶었는데 너 공부하느라 바쁘니까 시험 끝나기만 기다렸어.”

“아이스크림 가게 알바랑 보러 가면 더 좋았을 텐데. 그치? 내 말이 맞지?”

여은이 팔뚝을 쿡쿡 찌르며 놀리자 문래가 볼을 붉히며 고개를 가로저었다.

“나…… 실은 좋아하는 사람 생겼어.”

“어? 그 알바 말고?”

“응.”

“완전 갈대였네. 갈대. 마음이 왜 그렇게 가볍냐?”

“그런 네 마음은 얼마나 무거운데?”

“난 아주아주 무겁지. 한 사람을 몇 년째 좋아하고 있거든.”

“좋아하는 사람이…… 있었어?”

누굴 목석으로 아나.

문래는 마치 ‘너도 이성을 좋아할 줄 알았냐?’라는 듯 의아한 시선으로 보았고 거기에 발끈한 여은은 힘차게 고개를 끄덕였다.

이젠 누군가를 좋아하고 있다는 것까지는 당당하게 말하고 싶었다. 물론 그 상대가 누구인지는 말해줄 수 없지만. 그를 좋아한다고 생각하는 것조차 욕심이라고 생각했었는데 더는 그렇게 생각하지 않기로 했다. 누군가를 좋아하는 것이 죄는 아니니 자신의 마음이 더 이상 초라하지 않았으면 하는 마음에서 말이다.

“근데 내 마음을 인정한 건 얼마 안 됐어. 이제 막 내 마음을 전하고 싶단 생각도 하고, 그 사람이 내 마음을 알아줬음 싶기도 하고 그래.”

"……그랬구나."

"짝사랑이자 첫사랑이라고나 할까. 뭐, 그래."

맥주 한 모금을 더 들이켠 여은이 깊은 숨을 내쉬었다.

누군가에게 처음으로 털어놓은 진심이 이토록 무거운 것인 줄 몰랐다. 그에게 직접 한 말도 아닌데 가슴이 뻥 뚫린 듯 시원하기까지 했다. 이렇게 조금씩 연습을 하다 보면, 언젠간 그에게 직접 말할 수 있는 날도 오지 않을까.

문득 그 사람 생각이 났다. 아까 낮에 날 안아주었던 그 사람 생각. 그의 너른 품에서 나던 그의 향기도 새록새록 떠오르고, 힘이 들어가던 팔도, 어깨에 닿았던 턱의 감촉도, 숨을 내쉴 때 나던 작은 숨소리도 모두 생생하게 떠올랐다.

여은은 저도 모르게 웃고 말았다. 그러느라 문래가 맥주 캔을 성급하게 비우는 걸 눈치채지 못했다.

■ □ ■

8월이 되니 연일 최고 온도를 경신하는 걸로도 모자라 쪄 죽일 생각인 건지 습도까지 더해져 짜증 지수는 하늘을 찌를 기세로 치솟았다. 이런 날엔 에어컨 빵빵하게 틀어놓은 가게 안에 가만히 앉아 얼음을 가득 갈아 넣고 자몽 에이드 한 잔 마셨으면 좋겠는데 문제는 이런 생각을 손님들도 한다는 것. 덕분에 동준은 충남청과에서 공수하는 과일의 양을 40% 가까이 늘렸다.

"강연홍 사장님! 저 왔어요!"

"빠께쓰 사장 왔어?"

"준비는 다 됐어요?"

"그람. 다 챙겨 놨지. 시원한 거 한잔 할텨?"

"어유, 그럼 감사하죠. 먼저 차에 싣고 올게요."

차 뒷좌석과 트렁크에 과일 박스를 가득 싣고 다시 가게 안으로 들어오니 그새 이마에 땀이 맺혔다. 할머니는 그런 동준을 향해 선풍기를 틀어주곤 사발 하나를 건넸다.

"와! 이거 미숫가루?"

"깜장콩 넣고 빻은 거라 음청 고소혀."

동준은 벌컥벌컥 끝까지 들이켰다. 평소에 사다 먹던 것과는 비교가 안 될 만큼 고소하고 맛있었다.

"이거 대박이다! 진짜 맛있는데요?"

"좀 싸줄 테니께 갈증 날 때마다 타 묵어."

할머니는 부랴부랴 미숫가루를 봉투에 옮겨 담았다.

"사장님, 이거 가게 가서 팔아볼까요?"

"에잉, 팔꺼까정 안 돼. 맛있는 게 쌔고 쌨는디 젊은 애들이 미숫가루 같은 거 사먹간?"

"파는 건 내가 잘 팔잖아. 어우 이거 진짜 대박인데."

동준이 도통 그 맛에서 헤어나지 못하며 입맛을 다시자 할머니는 흐뭇해하며 봉투를 건넸다.

"여은이 아직 안 나왔어요?"

"오늘 학교 댕겨 온다든디. 교수님이 오라고 했다나 어쨌다나, 새벽같이 나갔어."

"난 또 요것이 할머니 안 도와드리고 늦잠 자는 줄 알았지?"

동준의 말에 할머니는 그럴 리가 있냐는 듯 눈을 찡긋거리며 동준의 옆구리를 쿡 찔렀다.

요즘 여은이는 오전부터 프루트바스켓에서 일을 시작한다. 대신 이른 저녁에 일찍 퇴근을 시켜주는데 집에 가서 쉬지 않고 할머니 가게 일을 도와 마무리까지 하고 함께 들어간다고 했다.

"흠흠."

요 며칠 열대야 때문에 간밤에 문을 활짝 열어놓고 자서 그런지 새벽부터 목이 칼칼해 일찍 일어난 참이다. 동준이 잔기침을 하자 할머니는 걱정스러운 눈으로 동준을 보았다.

"워째 기침을 한댜?"

"그러게요. 목이 간질간질하고, 땀은 나는데 살짝 춥고 그러네요?"

"덥다고 이불 차 내버리고 자는구먼. 그러다 감기 걸릴라."

"설마 이 더위에?"

할머니는 동준의 뺨과 이마를 만져보더니 고개를 갸웃거렸다.

"뜨끈한데. 약 사다 먹어야겠어."

"괜찮아요, 이 정도는. 저 완전 건강 체질이잖아요."

과시를 하듯 어깨를 쫙 펴자 할머니가 웃었다.

"오셨어요?"

등 뒤에서 여은의 목소리가 들렸다. 돌아선 동준은 여은에게 손을 흔들었다.

"학교 다녀오는 길이야?"

"네. 지도교수님이 잠깐 와보라고 하셔서. 과일은 다 실었어요?"

"어. 바로 출발해도 돼?"

여은이 고개를 끄덕이자 동준은 과일 값을 할머니께 건네고 가게를 빠져나왔다.

"사장님, 내일 뵈어요."

"그랴. 조심해서 가."

동준은 할머니께 허리를 숙여 공손이 인사를 하고 차에 올랐다. 뒤이어 여은도 조수석에 올랐고, 차가 출발했다.

"학교 오랜만에 가니까 어때? 다시 다니고 싶은 생각이 마구마구 들지 않아?"

여은이 웃으며 젤리 하나를 입에 넣고 오물거렸다. 동준이 입을 벌리자 여은이 동준의 입에도 젤리 하나를 넣어주었다.

"복학하기로 마음 굳혔어요."

"잘 생각했어. 근래에 네가 한 생각 중에 제일 잘 생각한 거야."

"근데 이번 학기는 힘들 것 같고, 다음 학기에 하려고요."

"왜?"

"지도교수님께서 해외 인턴십 지원해 보라고 하셔서요. 우리 학교에서 스무 명 정도 선발하는데, 토익 스피킹 레벨도 높고 학과 성적도 좋아서 될 것 같다고……."

"되면 진짜 좋겠다! 어디로 가는 거야?"

"단기는 영국이랑 미국이고요. 장기는 말레이시아인데 셋 다

신청했어요. 비용은 학교에서 80% 부담하고, 나머지 비용이랑 생활비만 제가 충당하면 돼요.”

“좋네. 발표는?”

“서류 심사 합격은 10월 초에 나고, 바로 면접 보고 바로 발표 날 거래요. 만약에 합격하면 2월 말쯤 출국하게 되고요.”

“이거 꼭 됐으면 좋겠다. 정말 좋은 기회잖아!”

하지만 여은의 표정은 밝지만은 않았다. 신중한 아이니 아마도 고민을 하는 듯했다. 동준은 웃으며 여은의 어깨를 툭툭 건드렸고 그제야 여은이 웃었다.

“그렇게 좋아요?”

“넌 안 좋아? 심지어 학교에서 보내준다는데?”

여은이 입술을 쭉 내밀고 씰룩였다.

그래. 할머니. 할머니가 걱정돼서 그러는구나. 어이구, 효녀 아니랄까 봐. 기특하기도 하지.

“왜? 할머니 걱정돼서 그래? 걱정 마. 내가 매일 가게 가니까 내가 잘 챙겨드릴게.”

“그게 아니라.”

“그럼 가게가 걱정돼서 그래? 그것도 걱정 마. 사람 새로 구하면 돼!”

“아니…….”

“비용 때문에 그런 거야? 그런 거라면…….”

“어휴.”

여은이 땅이 꺼져라 깊은 한숨을 내쉬었다.

또 실수한 건가.

아, 괜한 얘길 했어. 돈 얘긴 왜 한 거야, 바보야.

동준은 입술을 입 안으로 말아 넣고 숨을 죽인 채 가게로 가는 내내 여은의 눈치만 살폈다.

이 답답한 남자를 어쩌면 좋지.

여은은 창밖에 시선을 고정했다.

뭐가 저렇게 신이 날까. 그래, 분명 좋은 일이긴 하지. 근데 아쉬운 마음이 눈곱만큼도 안 드는 거야? 내가 그에게 이 정도였던 건가?

그가 신이 나서 콧노래를 부를수록 여은의 기분은 축축 처지기 시작했다.

멀리 떨어져 있으면 많이 보고 싶어질 텐데…….

"될지 안 될지 모르는데 김칫국을 너무 많이 드시네요."

"왜 안 될 거라고 생각해? 당연히 될 거라고 생각해야지! 사람은 항상 긍정적으로 살아야 돼."

찌릿 노려보자 그가 눈치를 살피며 두 손으로 핸들을 움켜쥐었다. 그 모습이 귀여워서 여은은 결국 웃음을 터뜨렸다.

"오빠 저 보고 싶으면 어떡하시려고 그래요?"

"고작 몇 달일 텐데, 뭘."

"굉장히 허전하실 텐데. 원래 사람이 든 자리는 몰라도 난 자리는 티가 난다잖아요."

여은의 말에 그는 잠시 고민에 빠진 듯 진지한 표정으로 고개를 끄덕였다.
“그래도 난 네가 갔으면 좋겠어. 너라면 분명 많은 걸 얻고 올 거야.”
믿어주니 고맙긴 한데, 너무 그러니 이젠 섭섭해지려고 했다.
여은은 라디오를 켜고 볼륨을 한껏 높였다.
“우리 이번 달에는 뭐 할까? 놀이공원 어때? 시원하게 워터 파크? 동물원도 좋고.”
“스탠딩 공연 보러 가요.”
우발적이었다. 라디오에서 흘러나오는 음악이 마침 힙합 곡이기도 했고 그의 제안을 한 번쯤은 튕겨보고 싶기도 했고.
“그래. 가자. 골라봐.”
동준이 휴대폰을 건네자 여은은 티켓 어플을 열어 보고 싶은 공연을 찾기 시작했다.
“이거요.”
차가 신호 대기에 걸린 틈을 타 공연 정보를 보여주자 그가 눈을 크게 뜨며 읽었다.
“티켓팅 오픈이 내일이네?”
“꼭 성공하세요.”
“스탠딩이면 앞 번호를 예약하면 되나?”
“가능하면 앞자리가 좋은데 클릭 한 번 삐끗하면 뒷 번호 잡기도 쉽지 않을 거예요. 이 크루 공연은 순식간에 티켓팅이 끝나거든요.”
“그래? 그렇게 인기가 많아? 좋아. 내가 꼭 성공해 볼게.”

그는 자신 있게 말했지만 여은은 기대 반 걱정 반이었다. 별다른 생각 없이 사전 정보도 없는 상태로 오케이 한 것 같은데 잘할 수 있으려나?

진심으로 손이 네 개였으면 싶었다. 두 손으로는 과일을 깎고, 다른 두 손으로는 샌드위치를 만들고. 오후 1시와 6시가 가장 숨넘어가게 바쁜 시간대인데 그나마 여은은 덜 바쁜 축에 속했다. 여섯 개의 블랜더를 담당하고 있는 녹사평에게는 인공호흡이 절실해 보였다.

"연신내! 튜나 클럽 하나, 이탈리안 파니니 둘!"

"네!"

그런 생각을 하기가 무섭게 여은에게도 샌드위치 주문이 쏟아졌다. 밖이 더운 탓인지 손님들은 쉽게 움직이지 않았다. 이곳에서 간단히 식사까지 해결하고 가려는 손님들이 부쩍 늘어 테라스 테이블까지 웨이팅이 걸려 있을 정도였다. 테이크아웃 전문점이라는 타이틀이 무색해진 요즘이다.

"어우. 내일 가게 닫는 날 아니었으면 큰일 날 뻔했어."

"다들 기어서 출근했겠죠?"

포스 앞에서 주문을 정리하던 애오개의 우스갯소리에 여은이 답을 하자 다들 웃으며 여유를 찾았다.

내일은 한 달에 한 번 가게가 문을 닫는 날이다. 그렇다고 완전히 노는 날은 아니고 다 같이 모여 잼과 통조림을 담는 날. 그래서 다들 오후에 늦게 출근을 한다.

"근데 사장님 어디 가셨어요? 아까부터 안 보이네."

"일찍 들어가셨어. 몰랐구나?"

여은은 서브 주방에 박혀 샌드위치를 만드느라 미처 모르고 있던 소식이었다.

치사하게 인사도 안 하고 갔네.

"감기 걸린 것 같더라고. 몸살 기운도 있는 것 같고. 그래서 얼른 들어가시라고 했어."

"그랬구나……."

심지어 같이 출근까지 해놓고 몰랐다니. 아프다고 말이라도 하지. 다른 얘긴 잘도 하면서 왜 그런 얘긴 안 하는 거야.

"죽이라도 끓여서 퇴근길에 형님 집에 들러야겠어. 생전 어디 아프다 소리 하는 사람이 아닌데. 어휴."

동시에 돌아가는 블랜더 소리에 잠시 멍해진 여은은 눈만 깜박거렸다. 머릿속엔 온통 동준의 얼굴만 떠올랐다.

"죽 제가 가져다 드릴게요."

"네가?"

"그쪽에 갈 일이 있어서. 친구랑 약속이 있거든요."

"그래? 그럼 네가 갖다 드려. 주소는 알지?"

"네. 알아요."

거짓말까지 해가며 자진해서 혼자 사는 남자 집에 가겠다고 손을 든 건, 다른 거 생각할 겨를도 없이 불쑥 뱉어낸 말이었다. 여은은 고개를 저으며 다시 서브 주방으로 돌아갔다.

그는 전보다 좀 더 다정해졌고, 따뜻해졌지만 보이지 않는 선

안으로는 절대 들어오지 않았다. 그건 여은도 마찬가지였다. 그가 부담을 갖지 않을 만큼만, 그에게서 거절의 말을 듣지 않을 만큼만 다가갔다. 설마 내 진심을 보고서도 모른 척하는 건 아니길 바라면서 이대로도 좋다고 스스로를 위로하고 있었다.

딩동.

"누구세요?"

예상치 못한 초인종 소리에 현관으로 나가 문을 여니 그곳에 여은이 서 있었다.

"여은아!"

"죽 싸왔어요. 애오개 오빠가 사장님 갖다 드리라고……."

여은이는 종이가방을 불쑥 들이밀었다.

"들어와, 들어와."

동준이 문 옆으로 비켜서자 여은이 현관 안으로 들어왔다.

"지금 끝난 거야?"

"아뇨. 저만 나왔어요. 아마 마무리 중일 거예요."

"그렇구나. 저쪽에 앉아."

긴장을 한 건지 여은은 가방을 손에 꼭 쥔 채로 조심조심 걸으며 거실을 가로질렀다.

"가방 안 훔쳐 가니까 아무데나 내려놓고, 그렇게 살금살금 안 걸어도 돼."

여은이 멋쩍게 웃으며 그제야 조금 편안하게 움직였다.

"얘가 먼지예요?"

"어. 인사해."

여은이는 사람과 인사를 나누듯 먼지와 통성명을 나누었다. 사람과 살 부대끼는 걸 별로 좋아하지 않는 먼지가 웬일인지 여은에게는 그릉그릉 소리를 내며 호감을 표했다.

"뭘 이런 걸 다 가져왔어. 괜찮은데."

"혼자 살 때 아프면 괜히 서럽다잖아요. 이런 거라도 들고 가봐야 한대서."

"그렇긴 하지."

동준이 종이가방에서 죽통을 꺼내자 여은이 잽싸게 주방으로 달려왔다.

"제가 해드릴게요. 앉아 계세요."

"몸을 못 가눌 정도로 아프진 않아."

"그래도 가 계세요."

여은이 등을 떠밀자 마지못해 주방을 나선 동준은 테이블 의자에 앉아 여은을 보았다.

아주 사적인 공간인 자신의 집 안에, 그것도 주방에 여은이 있으니 뭔가 기분이 이상했다. 싱크대 앞에 서서 죽을 옮겨 담을 만한 그릇을 찾고, 냉장고 안에서 반찬을 찾으며 쭈뼛대기도 하고, 정수기에서 찬 물을 내렸다가 버리고 다시 따뜻한 물을 받는 모습을 지켜보고 있으니 대체 이걸 어떤 단어로 설명해야 할지 모를 낯선 감정이 밀려들어 조금은 당황스러웠다.

여은의 행동 하나하나가 평소 그녀의 성격을 닮아 있었다. 작은 쟁반 위에 죽 그릇과 반찬 몇 가지를 한 접시에 담아 물과 함께 가져왔다. 테이블 위에 올려놓고 숟가락을 들어 건네는데, 동준은 숟가락을 내민 그 작은 손에서 눈을 떼지 못했다.

"드세요."

"잘 먹을게. 고마워."

숟가락을 건네받다가 살짝 손끝이 스쳤을 뿐인데도 동준은 멈칫하고 말았다. 애써 아무렇지 않은 듯 죽 한 숟갈을 떠서 입에 넣었지만 무슨 맛인지도 모르고 그냥 삼켜 버렸다.

여은은 그런 제 모습이 불편해서 그런 줄 알고 자리를 비켜주며 일어나 집 안 곳곳을 둘러보았다. 책장 앞에서 책을 넘겨 보기도 하고, 먼지 장난감을 흔들기도 하고, 여기저기 기웃대며 두리번거리고 살폈다. 그 모습 역시 귀여워서 동준은 몇 번이나 혼자 웃었다.

한참을 돌아보던 여은이 다시 동준의 맞은편에 앉자 먼지가 그녀의 허벅지 위에 올라앉았다. 낯선 사람은 물론이고 동준의 무릎 위에도 앉는 법이 없던 녀석인데 오늘은 왜 이러나 싶을 정도였다. 여은은 그런 먼지가 귀여운지 몸을 쓰다듬어주며 둘만의 대화를 이어갔다.

"아프신 줄 전혀 몰랐어요. 말씀하시지."

"뭘 이 정도로. 조금 쉬면 금방 나아. 내가 워낙에 건강하잖아."

"운전이랑 건강은 장담하는 게 아니래요."

여은은 동준의 숟가락 위에 작게 썬 무장아찌를 올려주며 속상해 죽겠단 표정으로 훈계를 했다.

"그건 그렇고, 너 남자 혼자 사는 집에 불쑥 들어오는 거 아냐! 오빠가 너 그렇게 가르쳤어?"

"오빠잖아요."

"와! 난 남자 아닌가?"

여은이 뾰로통한 표정으로 슬쩍 눈을 치켜뜨며 시선을 맞추자 동준은 혼자 어쩔 줄을 몰랐다. 말 뉘앙스가 좀 이상했나 싶어 괜히 물을 마시고 헛기침을 해댔다.

"하나부터 열까지 가르칠 거 천지네."

"그럼…… 가르쳐 주세요. 전 뭐든 배우는 거 좋아하니까."

"교육열이 대단한데?"

여은이 어깨를 으쓱이며 먼지의 수염을 가지고 장난쳤다.

여은은 아주 조심스럽게 견고한 유리벽을 두드리고 있었다. 어느 부분이 가장 약한지, 그래서 어디를 깨야 깬 사람과 깨진 사람 모두 덜 아플지, 그곳을 찾고 있는 것 같았다. 오늘도 여은은 용기를 내어 조심스레 유리벽을 두드렸다.

여은이는 솔직하고 나는 비겁하다. 그 아이는 지금처럼 우회적으로 종종 마음을 꺼내 보이며 감추지 않았고, 나는 여전히 아무런 결정도 내리지 않았다. 마음을 어느 정도 눈치챘으면서도 받아주지도 않고, 그렇다고 밀어내지도 않았다. 그저 망설이고 고민만 할 뿐 용기를 내지 않았다.

더는 이래선 안 되겠단 생각이 들어 동준은 들고 있던 숟가락을 내려놓고 여은에게 손을 내밀었다. 그러자 여은이 눈을 동그랗게 뜨고 바라보며 손을 내밀었고 동준은 그런 여은의 손을 잡았다.

"여은아."

"괜찮아요."

예상치 못한 순간 여은이 밝게 웃으며 먼저 말했다.

"……뭐가?"

"다…… 괜찮다고요."

"내가 무슨 말을 할 줄 알고?"

"그냥…… 이대로도 좋아요."

"여은아."

웃고 있는 여은의 입술이 바르르 떨렸다. 여은은 먼지를 바닥에 내려놓고 의자에서 일어났다.

"늦었어요. 이만 가볼게요."

여은이 막 걸음을 옮기자 동준은 덩달아 일어서서 뒤를 따랐다. 그런데 여은이 갑자기 돌아서서는 잠깐의 설임도 없이 두 팔을 벌리고 동준의 품에 안겼다.

"그냥 저 혼자만 가지고 있는 마음일 뿐이에요. 그러니까 미안해하지 마세요. 그럼 제가 너무 미안해지거든요. 전 그게 정말 싫어요."

이 아이의 품이 이렇게 따뜻했었나.

감정을 숨기지 못하는 여은이의 순수함에 위로를 받는 기분이었다. 순간 코끝이 찡해질 만큼, 울컥할 만큼 가슴이 벅차올랐다.

……그래. 설렜던 거야.

이 아이를 볼 때마다 가슴이 설렜어.

웃는 모습이 예쁘고, 팔랑거리며 걷는 게 귀엽고, 밤새 공부하는 게 안쓰럽고, 씩씩하게 구는 게 기특하고, 세상에 상처 받진 않을까 마음 쓰이고, 그 아이의 미래를 걱정하면서…… 늘 그 아이를 지켜보고 생각하면서 마음이 설렜어.

그래서…… 날 좋아하는 그 아이에게 미안했고…….

"저 진짜 갈게요."

"데려다줄게. 기다려."

"싫어요. 저 지금 무지무지 창피하거든요. 혼자 갈래요."

여은은 발그레해진 두 뺨을 손으로 감쌌다가 이내 손을 흔들어 인사를 하곤 서둘러 집을 나섰다. 동준은 닫힌 문을 한참동안 바라보다 발코니로 향했다. 방충망에 발톱을 걸고 일어선 먼지가 아쉬운 듯 야옹거렸고, 동준은 그런 먼지를 안아 들었다.

총총거리며 달려가는 여은이 보였다. 저도 당황스러웠는지 제 머리를 자그만 주먹으로 콩콩 쥐어박으며 고개를 세차게 흔들어 대기도 했다.

동준은 마음에 확신이 없어서 망설였다. 이도저도 아닌 마음으로 희망을 주거나 실망을 주고 싶지 않았다. 그 어느 때보다 중요한 시간들을 보내고 있는 아이니까, 어쭙잖은 감정으로 흔들고 싶지 않았다.

다시 생각하니 그런 것들 모두 핑계나 변명에 불과했다. 난 그 아이보다 용기가 부족했던 거다. 저 아이는 이만큼이나 내게 다가왔는데 대체 난 뭘 두려워한 걸까.

더는 비겁해지면 안 돼.

"예쁜 별을 보면서 어둠을 두려워할 필욘 없지."

여은이 선물한 그 책 속 문장처럼, 어둠을 두려워할 필요는 없다.

별이 아름다운 것부터 생각하면 되니까.

08

내가 너를

오늘은 프루트바스켓의 정기휴일이자 잼과 통조림 만드는 날. 제철에 나는 신선한 과일들을 이용해 만드는 잼과 통조림은 소량으로 만들어 보통 20여 일 안에 전량을 판매한다. 잼에는 설탕을 넣지 않고, 통조림에는 소량의 유기농 설탕을 넣고 만드는데 시중에서 판매되는 제품과 차별화된, 과일 본연의 맛에 충실한 잼과 통조림을 한 번 맛본 손님들은 잊지 못하고 다시 찾곤 했다. 덕분에 정기 휴일 다음 날에는 잼과 통조림 판매량이 평소보다 두 배 가까이 뛰었다.

“주문하신 자몽 주스 나왔습니다. 맛있게 드세요.”

“감사합니다.”

영업을 하지 않는다고 해서 가게 문을 꼭꼭 걸어 닫지는 않는

다. 출입구 앞에 놓아둔 큼지막한 보드에 '정기 휴일'임을 공지하지만, 혹시나 하고 문을 열고 들어오는 손님들이 종종 있어 그런 분들에게는 테이크아웃으로 음료를 제공하고 있었다.

이런 날에는 여은이 주문을 받고 음료 제조까지 맡아서 한다. 각자 맡은 일을 하느라 다들 바빠, 상대적으로 가장 할 일이 적은 여은이 자연스레 담당하게 된 것이다.

애오개, 문래, 녹사평 모두 분담한 일을 능숙하게 해냈다. 녹사평은 서브 주방에서 제품을 담을 유리병을 세척하는 중이고, 문래는 메인 주방에서 과일 세척을, 애오개는 테이블에 앉아 세척한 과일을 손질했다. 여은은 여기저기를 기웃거리며 간섭하고 거드는 정도의 일을 하는데 그건 다른 직원들의 배려이기도 했다. 좁은 서브 주방에서 늘 과일 손질만 하는 게 안쓰러웠는지, 아니면 정말 도움이 안 되는 건지 돕겠다고 팔을 걷어붙이면 가만히 있는 게 돕는 거란 말만 반복할 뿐이다.

"우와. 자두 예술이네."

자몽 주스를 갈아주고 블렌더를 세척하는데 문래가 깨끗이 씻은 자두 하나를 건넸다. 여은은 한 입에 자두를 밀어 넣고 오물거리며 씨만 쏙 뱉었다.

"음. 좋은데."

"23년 동안 과일과 함께해 온 과일가게 집 손녀가 좋다면 진짜 좋은 거야."

애오개의 말에 다들 동의하듯 고개를 끄덕였다. 여은은 어깨를 으쓱이며 애오개 곁으로 다가가 그가 손질한 과일들을 점검

했다. 그의 주변에는 잼과 통조림으로 만들 청포도, 오디, 복숭아, 자두, 살구, 망고가 산더미처럼 쌓여 있었다.

"복숭아 다듬을까요?"

"어. 통조림 담을 거만 껍질 벗기고 조각내 줘."

여은은 라텍스 장갑을 끼고 백도가 가득 담긴 과일 박스 옆에 자리를 잡았다.

"다들 일찍 나왔네?"

돌아보니 동준이었다. 오늘 어쩌면 가게에 나오지 않을 수도 있겠다고 생각했는데 그는 어제 아팠던 사람이 맞나 싶을 만큼 멀쩡한 얼굴을 하고 나타났다.

"오셨어요? 그냥 쉬셔도 되는데."

"형님 몸은 어때요? 얼굴이 반쪽이 되신 것 같아요!"

직원들의 말에 그는 웃으며 손을 흔들며 주방으로 가 곧장 손부터 씻고 나왔다.

"벌써 많이 했네?"

왜 하필 내 옆에 와서 앉는 거야.

여은은 아주 작게 한숨을 흘리며 입술을 잘근잘근 깨물었다.

"죽 잘 먹었다. 고마워."

"에이, 형님은. 뭘 그런 걸 가지고 우리 사이에. 하하하!"

자리를 옮길까 잠깐 고민하던 여은은 애오개와 대화 중인 동준을 힐끔거렸다.

가까이에서 보니 얼굴이 조금 까칠해진 것도 같고……. 아침이랑 점심은 챙겨 먹었을까.

그러다 문득 어제 벌인 일이 떠올라 볼이 화르륵 달아올랐다.

대체 무슨 정신으로 그런 짓을 한 건지 모르겠다. 술도 안 마셨는데 그런 용기가 어디서 난 건지. 어깨가 부르르 떨릴 정도였다.

"제가 직접 가져다 드리려고 했는데 여은이가 지가 갖다 드리겠다고 하도…… 아얏! 하하하하!"

순간적으로 애오개의 정강이를 발끝으로 걷어찬 여은이 이를 악 다문 채로 눈썹을 찡긋거리자 눈치 빠른 애오개가 다행히 뒤에 말을 잇진 않았다. 그 후로 애오개가 자꾸 시선을 맞추며 무슨 일이냐고 묻는 듯 눈썹을 씰룩이며 입을 뺑긋거렸지만 여은은 철저히 외면했다. 너무 부끄러워서 고개를 들 수가 없었다.

"어제 많이 바빴지?"

"말도 마세요."

애오개뿐 아니라 문래와 녹사평까지 고개를 절레절레 흔들었다.

"전부터 생각했는데, 사람을 더 구할까?"

"그 정도는 아니고요. 새 사람 들어오면 호흡 맞추는 데 오래 걸리고 괜히 거치적거리니까. 그냥 우리끼리 하는 게 편해요."

문래의 말에 다들 동의하며 고개를 끄덕였다.

"그렇다면 직원 복지를 늘려줘야겠구나."

"오올! 형님!"

여기저기서 환호성이 터져 나왔고 여은도 아주 작게 박수를 쳤다.

"어제 집에 잘 들어갔어?"

그 순간 정말 뜬금없이 화살이 여은에게 돌아왔다. 깜짝 놀란 여은이 동준을 쳐다보았다.

"……네. 왜요?"

"왜긴."

그는 옅은 미소를 지으며 망고가 가득 든 바구니를 앞으로 끌어당기더니 칼로 망고 껍질을 벗기기 시작했다.

저 웃음은 뭐지. 무슨 의미가 담긴 걸까.

다시 힐끔거리며 동준을 보는데 시선이 딱 마주치고 말았다. 최대한 자연스럽게 시선을 거두었지만 가슴이 정신 사납게 두근거려 손끝이 바들바들 떨렸다.

"다 닦았다! 아이구, 힘들어."

서브 주방에서 유리병을 닦던 녹사평이 머리 위로 팔을 길게 뻗으며 매장으로 나왔다.

"뭐가 힘들어, 인마."

"저 밤 꼴딱 새고 나왔어요."

"왜?"

"티켓팅하느라고. 여자 친구가 꼭 보고 싶어 하던 뮤지컬이 있는데, 티켓팅 오픈하자마자 전석 매진이 돼서 취소표 풀릴 때까지 기다렸거든요."

"정성이다. 눈물겹네, 눈물겨워."

얼마나 힘들었기에 한국말이 서툰 녹사평이 저렇게 정확한 발음으로 하소연을 하는 걸까.

녹사평의 푸념을 들으며 여은은 피식 웃고 말았다.

"티켓팅이 그렇게 힘들어?"

동준이 묻자 마른 행주를 들고 다시 서브 주방으로 들어가던 녹사평이 한숨부터 내쉬었다.

"형님, 한 번도 안 해보셨어요?"

"어."

"역시, 우리 형님은 그런 거 해본 적 없을 것 같긴 했어. 클릭 한 번 잘못하는 순간 내 자리는 사라진다고 보면 돼요."

"그 정도야?"

"아이돌 낀 뮤지컬이나 아이돌 콘서트, 뭐 웬만한 인기 가수 공연들도 그래요."

"그래?"

그는 조금 당황한 것 같았다. 인기 뮤지션의 콘서트 티켓팅이 영화 예매와 비슷할 거라 생각했던 모양이다.

시계를 보니 티켓팅 시간까지 앞으로 남은 시간은 40여 분. 지금 이렇게 여유를 부릴 때가 아닐 텐데.

여은은 그가 어떻게 하는지 그냥 지켜볼 생각이었다.

"그럼 취소표가 풀린다는 건 무슨 말이야?"

마음이 조금은 급해진 건지 그는 녹사평의 뒤를 따라 서브 주방으로 들어갔다. 그리곤 한참동안 취소표를 줍는 노하우를 전수 받았다.

"저 형님은 은근히 빈틈이 많다니까."

"그게 매력이죠. 귀엽잖아요."

"……너!"

녹사평의 옆에서 그 긴 다리를 간신히 접고 쪼그려 앉은 그가 귀엽다는 생각을 하던 중 애오개가 툭 던진 말에 걸려들고 말았다. 흠칫 놀랐지만 여은은 입술을 꾹 다물고 자리에서 일어섰다.

"아…… 가서 문래 도와줘야겠네."

여은은 괜히 혼잣말을 하며 손질한 복숭아를 다른 테이블 위에 올려두고 메인 주방으로 슬금슬금 도망쳤다.

컴퓨터 앞에 앉은 동준은 초조한 듯 손끝으로 눈썹을 문지르며 초 단위로 넘어가는 시계와 모니터를 번갈아 보았다. 녹사평에게 배운 대로, 예매 사이트에 일찌감치 접속해서 로그인 마치고 다른 공연을 예매하며 실전 연습까지 한 번 해둔 참이라 크게 불안하진 않았다.

"이거 뭐 별거라고."

티켓팅 오픈 3분 전.

동준은 마우스 클릭 상태를 체크하며 손가락을 풀었다.

"할 수 있어! 나 꽤 손 빨라!"

티켓팅 오픈 1분 전.

아직까진 모든 것이 순조로웠다. 해당 공연 창을 열어두고 F5 키를 눌러 연신 새로 고침을 하며 티켓팅 오픈 시각이 되길 기다렸다.

"이게 뭐라고 긴장되냐. 나 참."

이게 지금 뭐하는 건지 웃음이 나왔다. 내가 진짜 나이 서른에 별짓을 다해보는구나 싶기도 하고.

"어!"

그러다 정각 2시를 맞이했다. 동준은 잽싸게 F5 키를 눌렀지만 다시 해당 공연의 예매창이 돌아오지 않았다. 불길한 기운이 엄습했다.

"어! 이게 뭐야!"

길어지는 로딩에 마음이 급해진 동준은 다시 한 번 F5 키를 눌렀다. 다행히 예매창이 떴고, 날짜와 시간을 고른 후 다음 단계를 눌렀다.

"흐읍."

이럴 수가.

앞 번호는 이미 전멸이었다. 무대와 가까운 A, B 구역은 전멸이었고 그 뒷 구역인 C, D 구역도 뒷 번호대만 남아 있었다. 어쩔 수 없이 C구역 중 그나마 앞 번호 두 개를 클릭하고 결제를 하려는데, 맙소사. 이미 예약된 좌석이란 팝업창이 튀어나왔다. 다시 좌석을 선택하려 돌아가 보니 그 잠깐 사이에 C, D 구역이 모두 매진되었다.

"이럴 순 없어."

책상 위에 철퍼덕 엎어진 동준은 쓰린 마음을 다독이며 다시 한 번 자리를 살폈다. 가장 뒤 구역인 E, F 중 가장 앞 번호 두 개를 예매했다.

이렇게 씁쓸할 수가. 패배자가 된 기분이야.

허탈함이 밀려왔다. 대체 이게 뭐라고!

"뭔 인기가 이렇게 많대."

결국 그 원망이 뮤지션에게까지 미쳤다. 동준은 신경질적으로 컴퓨터를 꺼버리고 터덜터덜 걸어 사무실을 빠져나왔다.

나오자마자 가장 먼저 여은을 찾았다. 예매 잘했냐고 묻는다면 딱히 할 말은 없지만, 어쨌든 예매를 하긴 했다고 말해주려 했는데…….

두리번거리던 동준은 메인 주방에서 피어나는 웃음꽃에 발길을 그쪽으로 옮겼다. 아주 가관이었다. 여은은 문래와 함께 알콩달콩 과일을 씻으며 재잘재잘 떠드느라 정신이 쏙 빠져 있었다.

저것들이. 가깝게 지내는 것부터 마음에 안 들었어.

한참을 노려보던 동준은 다시 사무실로 돌아왔다. 저절로 어깨가 축 처졌다. 앞자리 떡하니 예매해서 여은이를 기쁘게 해주고 싶었는데. 그랬으며 내 어깨도 으쓱했을 텐데.

호랑이를 잡아 오겠다고 사냥을 나갔다가 토끼를 잡아온 기분이었다. 성공하지 못했다는 사실보다 혹시나 상대가 실망하진 않을까 그것이 가장 신경 쓰였다. 나보다는 상대방의 만족감을 통해 내 만족감이 채워지는 것 같다고나 할까.

똑똑.

노크와 동시에 문을 열고 들어온 건 여은이었다.

"드세요. 배랑 도라지 넣고 달인 거예요. 할머니가 오빠 꼭 먹이라고."

여은이가 내민 건 보온병이었다.

"앉아."

바로 나가려던 여은을 잡아 세운 동준은 여은을 소파에 앉히고 보온병에 담아온 따뜻한 물을 컵에 가득 따랐다.

"아픈 건 좀 어때요? 정말 괜찮으세요?"

무척이나 궁금했는지 여은이는 초롱초롱한 눈으로 동준을 바라보았다.

"아니. 아직도 아파."

"병원 가야 되는 거 아니에요? 그러게 오늘까지 쉬지."

걱정하는 그 표정이 이상하게도 예뻐 보였다. 여은은 동준에게 좀 더 가까이 다가와 꼼꼼히 안색을 살폈다.

"눈에 아직 열이 들어 있는 거 같아요."

여은이 자그만 손으로 동준의 이마를 짚어보더니 자기 이마에도 손을 얹어 온도 차이를 확인했다. 고개를 갸우뚱하는 게 어찌나 귀여운지 동준은 웃음을 참기 힘들 지경이었다.

"열 있네. 아 진짜, 오빠도 좀 미련한 구석이 있다니까."

원래 여자가 투덜거리는 거 보면 이렇게 가슴이 뛰기도 하나?

동준은 여은이 입술을 삐죽 내밀고 잔소리를 쏟아내는 게 듣기 좋아서 한동안 말없이 여은을 바라보았다.

"여은아."

"네?"

"티켓팅 완전 실패. 제일 뒤에 있는 구역 예매했어."

여은이 동그란 어깨를 축 늘이며 배시시 웃었다.

"괜찮아요. 공연장 그렇게 안 커서 뒤에서도 잘 보인댔어요."

"미안해."

"정말 괜찮아요! 가서 보는 게 중요한 거죠."

착하기도 하지.

동준은 팔을 뻗어 손바닥 가득 여은의 뺨을 감쌌다. 여은이 깜짝 놀라 눈을 동그랗게 떴지만 동준은 손을 거두지 않았다.

"여은아."

"……네?"

"이렇게 네가 가까이 다가오면……."

"아, 죄송해요. 제가……."

여은이 뒤로 물러서려는데 동준이 그녀의 손목을 움켜쥐었다.

"내가 무슨 말을 할 줄 알고 자꾸 사과부터 해?"

할 말을 잃은 여은은 커다란 눈만 깜박거렸다.

"그……."

멋쩍게 웃던 여은이 손에 힘을 줘 비틀어 빼곤 천천히 일어나자 동준도 따라 일어나 다가갔다. 동준은 조심스레 여은이를 품에 안고 등을 다독였다.

"여은아. 나는 네가……."

똑똑.

"형님! 통조림에 쓸 청포도가 좀 부족……."

왜 우리 식구들은 노크와 동시에 문을 여는 걸까.

문을 열고 들이닥친 애오개 때문에 여은이 급히 동준을 밀어냈다. 어색함에 괜히 헛기침을 해대다가 여은이 먼저 사무실을 빠져나갔다.

"왜?"

"청포도가 부…… 아니에요. 허허. 청포도 뭐. 허허허."

애오개는 의미심장한 미소를 지으며 사무실을 나간 여은과 동준을 차례로 손가락으로 가리켰다.

"뭐라는 거야. 청포도 부족하다고?"

"아닙니다! 수고하십쇼!"

과장되게 허리를 숙여 공손하게 인사를 한 애오개가 사무실을 빠져나간 후 동준은 소파에 털썩 주저앉았다.

눈치챈 게 틀림없어. 아니라고 잡아떼기엔 정황상…….

아니지. 잡아뗄 필요가 있나?

"필요 없지."

동준은 터져 나오는 웃음을 억누르며 휴대폰을 꺼내 최근 통화목록을 뒤졌다.

"강연홍 사장님, 저 동준이요."

여은이 데리고 청포도나 사러 가야겠다.

애오개의 집중 추궁을 피하기 위해 간식을 사오겠다고 핑계를 대고 일단 가게를 벗어난 여은은 떨리는 가슴 위에 손을 얹고 깊은 한숨을 내쉬었다.

심장이 뻥 터져 버릴 것만 같았다. 자신이 끌어안은 것을 포함해 그의 품에 세 번째로 안겨보았지만, 신기하게도 매번 떨리고 설렜다.

"어휴. 이러다간 제 명에 못 살겠어."

이거 정상 맞나? 이러다가 그와 입이라도 맞추면 그대로 기절하는 거 아냐?

"어으, 미쳤어."

입맞춤이라니! 상상만 해도 볼이 붉어졌다. 양손 가득 분식을 사들고 돌아가던 여은은 손등에 뺨을 대보곤 수줍게 웃었다.

"어? 김여은 아냐?"

막 가게 문을 열고 들어가려는데 등 뒤에서 자신의 이름을 부르는 목소리가 들려 자연스레 뒤를 돌아보았다. 그곳엔 지난달에 학원 근처에서 한 번 보았던 과 동기 셋이 서 있었다.

"어, 안녕."

"너 여기서 일해?"

"응."

"나 여기 단골인데 너 한 번을 못 봤다?"

"아, 그랬어? 근데 오늘 우리 가게 쉬는 날이라 어쩌지?"

여은이 턱짓으로 보드를 가리키자 그녀들은 무척이나 아쉬워했다.

"그래? 여기 주스 마시고 싶어서 강남에 있다가 일부러 여기까지 왔는데. 어휴, 더워."

손 부채질을 하며 짜증스러운 표정을 짓자 여은은 하는 수 없이 문을 활짝 열어주었다.

"테이크아웃은 되는데. 해줄까?"

여은의 제안에 세 명 모두 고개를 끄덕이며 가게 안으로 들어갔다. 여은은 사가지고 온 간식거리를 테이블 위에 올려놓고 메인 주방으로 향했다. 카운터 앞에 서서 주문을 기다리는데 세 명 뒤로 두 명의 손님이 더 들어왔다. 하는 수 없이 애오개까지 주방으로 들어왔다.

"주문할래?"

메뉴보드를 살피던 동기들은 입술을 씰룩이며 신중하게 메뉴를 골랐다.

"라임 주스 하나, 자두 주스 하나, 키위 주스 하나. 키위 주스는 키위 씨 안 갈리게 신경 써서 해줘."

"어. 알겠어. 잠깐만 기다려."

애오개에게 주문서를 보내고 다시 카운터로 돌아온 여은은 그 다음 손님의 주문도 받았다. 고맙게도 그들은 하나의 메뉴로 통일을 해줬다.

동기들은 창가 쪽 테이블에 앉아 음료를 기다리며 대화를 나누고 있었다. 여은은 그런 그녀들이 못내 신경이 쓰여 포스 화면에 비친 제 모습을 확인했다. 화장기 없는 얼굴에 볼품없는 옷차림이 못내 마음에 걸렸다.

하필이면 이런 날 마주칠 게 뭐람.

여은은 한숨을 쉬며 흘러내린 머리칼을 귀 뒤로 단정히 넘겼다.

"친구들이야?"

"그냥 과 동기들이요."

"그런 거 같았어. 친해 보이지 않더라고."

역시 눈치 하면 애오개지.

빨리 내보냈으면 하는 여은의 마음을 읽은 건지, 애오개는 각기 다른 음료 세 잔을 재빠르게 제조해줬다.

"얘들아, 주스 나왔어."

"좀 갖다 주면 안 될까? 10분만 있다가 갈게."

여은이 난처해하며 고개를 돌려 애오개를 보았고 애오개는 어쩔 수 없다는 듯 고개를 끄덕였다. 여은은 쟁반에 음료를 담아 그들이 앉아 있는 테이블로 가져다주었나.

"맛있게 먹어."

"잠깐 앉아봐. 어떻게 지내는지 얘기 좀 듣자."

하는 수 없이 여은은 옆 테이블 의자를 끌어다가 걸터앉았지만 어색한 기색을 숨길 수 없었다. 이렇게 마주보고 앉아서 서로의 근황을 주고받을 만큼 가까운 사이도 아니었고, 서로의 이야기가 궁금하지도 않았다.

"승연이 다음 주에 어학연수 가."

"그렇구나. 너흰 그때 일한다던 그 은행에서 아직 인턴 하고 있어?"

"어. 곧 끝나."

여은은 별로 궁금하지 않은 것들을 꽤 궁금한 것처럼 물었고 그 대답에 적당한 리액션을 취했다.

"근데 여기 여직원도 뽑아? 여기 원래 잘생긴 남자 직원만 있는 곳으로 유명한 덴데."

"아, 나는 매장 일은 안 해."

"그럼?"

"저 안쪽에 서브 주방이 하나 더 있거든. 거기서 과일 손질해 주고 샌드위치 만드는 일해."

여은은 느꼈다. 동기들의 표정이 서서히 굳어지는 것을.

"……왜?"

"아냐. 아무것도."

여은은 그 표정 변화만으로도 자존감을 갉아 먹힌 기분이 들었다.

"그래도 이런 데서 일하고 그러려면 화장도 좀 하고 그러지. 넌 학교 다닐 때나 지금이나 여전하구나?"

"그러게. 좀 꾸미고 다녀라."

"여은이 원래 알뜰하잖아. 학교에 모르는 애들이 없을걸?"

그리고는 자기들끼리 깔깔거린다. 딱히 재미난 얘기도 아닌데.

사실 뒤에서 뭐라고 수군대든 여은은 별로 신경 쓰지 않았다. 자신의 잣대로, 자신의 가치 기준에 따라 남을 함부로 평가하거나 다른 사람의 이야기를 쉽게 하길 좋아하는 아이들과는 애초부터 어울리지 않았으니까. 그런 시선들은 워낙 어려서부터 받아왔기에 내성이 생길대로 생겨서 크게 휘둘리지도 않는다. 앞에선 기특하다며 머리를 쓰다듬어 주고 뒤에서는 흠을 잡고 흉을 보는 이중적인 어른들을 많이 보고 자란 터라 대수롭지 않게 여겼다.

하지만 여은 역시 사람인지라 그것들이 자꾸 반복이 되면 자존감에 상처를 입게 되는 건 어쩔 수 없는 일이었다. 여은은 입 안쪽 연한 살을 꾹 깨물며 마음을 다독였다.

"시험은 잘 봤어?"

"……어. 그럭저럭."

"그럼 이번 학기에는 복학하는 거야?"

“아니. 다음 학기에 하려고.”

“시험은 계속 보고?”

“생각 중이야.”

“너도 이제 현실적으로 생각해야지. 막연하게 공무원 시험에만 매달리면 어떡해. 시간 진짜 금방이야.”

난 지금도 이미 충분히 현실적인데.

여은은 쓴웃음을 지었다.

“계속 이렇게 알바만 하면서 살 순 없잖아.”

“공부에만 올인 해도 붙을까 말까인데, 이렇게 알바해서 되겠어?”

“차라리 과외 같은 걸 해. 왜 이런 몸 쓰는 일을 해? 네 머리가 아깝다, 야.”

한 마디씩 거드는 게 얄밉기도 하고. 이렇게 계속 들어주기만 하면 자존감이 탈탈 털려 조만간 먼지가 될 것만 같았다.

“나 돈 벌어야 되거든. 그리고 여기가 페이 제일 좋아.”

이제야 궁금증이 풀렸는지 동기들은 고개를 끄덕이며 빨대를 입에 물었다.

“너 교수님 추천으로 장학금도 받고 그랬잖아.”

“학비 때문이라면 학자금 대출 그런 걸 받지 그래?”

“학비가 아니라 생활비인가 보지.”

결국 돈 얘기가 듣고 싶었던 걸까. 돈 얘기라면 확실하게 짓누를 수 있다고 여긴 걸까.

그들은 애초에 내가 왜 복학을 하지 않는 건지 그 이유가 궁금한 게 아니었다. 그저 내가 왜 돈이 없는지, 왜 돈을 벌어야 하는지가 궁금한 것뿐.

여은은 입술을 다문 채 애써 미소를 지었다.

막 차 키를 들고 사무실을 나서던 동준은 창가 쪽 테이블에서 들려오는 대화를 듣고 그 자리에 멈춰 섰다.

"쟤들 누구라고?"

"과 동기들이래요. 딱 봐도 친구는 아닌 것 같잖아요."

그들은 너무나 무례했다. 그래서 화가 났다. 저기 가만히 앉아서 아무렇지 않다는 표정으로 듣고 있는 여은 때문에 화나는 게 아니다. 절대 그래서 화나는 게 아니다.

"자기 외모를 가꾸는 것도 경쟁력이야. 좀 더 신경 쓰고, 꾸밀 줄 알아야 해. 창피하라고 하는 말 아니니까 오해하진 마."

"부족하면 언제든지 말해. 부담 갖지 말고."

"언제든…… 더 필요하면 말해."

그런 말을 잘도 지껄였지, 신동준.

실은…… 스스로에게 가장 화가 났다. 그동안 여은에게 무심코 했던 말들이 너무나 아픈 말이어서, 상처가 되는 말이어서, 그딴 말을 충고랍시고 했던 제 자신에게 화가 났다.

그때도 지금처럼 저런 얼굴을 하고 자신의 이야길 말없이 듣고만 있었다. 괜찮을 리가 없는데도 늘 괜찮다는 말을 입에 달고 다녔다.

동준은 여은과 동기라는 사람들이 앉아 있는 테이블로 향했다. 여은은 동준을 발견하고 자리에서 일어서며 옅게 웃었다. 마치 나타나줘서 고맙다는 듯한 표정이었다.

"우리 사장님이셔."

"어! 안녕하세요. 저흰 여은이 과 친구들이에요."

좀 전과는 전혀 다른 애교 넘치는 목소리와 환히 웃는 얼굴임에도 전혀 예뻐 보이지 않았다. 좋은 옷을 입고 비싼 가방을 들고 잘 꾸민 모습이었지만 여은이보다 못나 보였다. 어쩌면 그들과 비슷한 말을 지껄이던 제 자신을 보는 것만 같아서 더 한심하고 미워 보였는지도 모른다.

"저 여기 자주 왔었는데. 기억 못 하시죠?"

"그러셨군요. 제가 손님들 얼굴은 꼭 기억하려고 하는데 기억이 잘 안 나네요. 죄송합니다."

"아아! 아니에요! 다음에는 기억해 주시면 되죠."

뭐가 그리도 즐거운지 별말도 아닌데도 그녀들은 손으로 입을 가리며 연신 까르륵 웃어댔다. 동준도 힘껏 환한 표정을 지으며 입가에 미소를 걸었다.

"다들 여은이랑 친한가 봐요?"

"네, 뭐…… 그렇죠. 같은 과라서."

"여은이가 학교 다닐 때도 이렇게 예쁘고 귀여웠어요?"

"……네?"

"아니, 제가 그동안 수많은 여자들을 만나봤지만 이런 아이는 처음이라서. 이렇게 예쁜 애가 성실하고, 착하고, 예의 바르고, 똑똑하기까지 하니 이거 완전 사기캐지, 사기캐. 안 그래요? 학교에서도 인기 엄청 많았죠? 따라다니는 남자들 굉장했을 것 같은데, 맞죠?"

여은이 난처해 하며 어색하게 웃었지만 동준은 해맑게 웃기만 했다.

"사장님은…… 여은이 같은 스타일 좋아하시나 봐요? 취향이 독특하시다."

"어우, 저한테 과분하죠. 저라면 아마 매일 같이 쫓아다니면서 사귀어 달라고 졸랐을 거예요."

동준은 여은의 어깨를 감싸 안았다. 그러자 동기들의 표정이 동시에 싸늘하게 변했다.

"직원을 참 많이 아끼시나 봐요."

"직원이라서라기 보단 다른 의미에서 많이 아끼죠."

동준이 어깨를 으쓱이며 여은을 따스한 시선으로 내려다보자 그녀의 얼굴에도 점차 포근한 기운이 돌았다. 그제야 마음이 편안해진 동준은 한껏 환히 웃을 수 있었다.

그러자 동기들은 주섬주섬 가방을 챙겨 매장을 빠져나갔다. 누가 시키지도 않았는데 애오개는 문을 걸어 잠가 버렸고, 저 멀리에서 문래가 툴툴대는 소리가 들리기도 했다.

"잠깐 얘기 좀 하자."

동준은 여은이 매고 있던 앞치마의 리본 고리를 홱 풀어버렸다.

"김여은 바로 퇴근한다. 난 청포도 가져올게."

"네! 형님!"

동준은 여은의 손목을 잡은 채로 가게를 빠져나갔다. 여은을 차에 태운 동준은 시동을 걸고 곧장 차를 출발했는데 골목길을 빠져나갈 때쯤 아까 그 동기들의 뒷모습이 보였다. 동준은 클락션을 살짝 눌렀고 그들이 뒤를 돌아보자 창문을 열었다.

"다음에 봐요!"

창문 밖으로 손을 흔들고 창문을 올린 동준의 표정이 순식간에 굳어졌다. 부글부글 끓는 속을 달래려 턱이 부서져라 이를 악다물고 있었다.

동준은 고개를 돌려 여은을 보았다.

생각에 잠긴 얼굴. 대체 무슨 생각을 하고 있는 걸까.

"김여은."

"네?"

"괜찮지 않다고 말해."

여은이 대답 대신 미소를 지었다.

"아무렇지도 않을 리 없어."

"오빠가 제 마음을 어떻게 알아요?"

"넌 상처 받은 거야. 널 시기하는 자존감 도둑들이 네 자존감을 갉아먹었잖아."

여은은 말없이 창밖을 내다보았다.

"속상하다고 말해."

여전히 답이 없었다. 동준은 손을 뻗어 여은의 손을 잡았다.

"진짜 네 마음을 얘기해. 나한테만이라도 솔직하게 말해. 그래도 돼. 그래야, 내가 널 안아줄 수 있거든."

여은이 천천히 고개를 돌려 동준을 바라보았다. 그 잠깐 사이에 여은의 두 눈에는 그렁그렁 눈물이 차올라 있었다. 빨개진 코끝을 보는 순간 동준도 가슴이 쓰렸다.

"……맞아요. 아까 하마터면 먼지가 될 뻔했어요."

"그래서?"

"하지만 위로받는 건 싫어요. 상처받았다고 인정하는 것도 싫어요. 안쓰러워 죽겠단 눈으로 보는 거…… 날 더 비참하게 만든다고요."

"그럼 계속 혼자서 세상 짐 다 짊어진 것처럼 굴 거야?"

여은은 또 다시 입술을 꾹 닫았다.

"마음에 벽을 그렇게 단단히 세워두고 날 좋아한다고 말할 거야? 내가 비집고 들어갈 틈조차 주지 않고서?"

"그건……."

"그럼 나는 어떻게 하면 될까? 네가 상처 받거나 말거나, 아프거나 말거나, 힘들거나 말거나, 그냥 내버려 둘까? 멀찌감치 서서 지켜만 볼까? 혼자 둘까?"

동준은 여은의 손을 더 꽉 움켜쥐었다.

"그게 정말 네가 원하는 거라면 그렇게 할게. 하지만 앞으로 난 네 마음을 믿지 않을 거야. 네가 벽 안에 가둔 마음을 내가 어떻게 알겠어. 네가 나한테 마음을 열지 않는데 나 혼자서만 내 마음을 줄 순 없지."

"오빠……."

동준은 도로 옆 주차 구역에 잠시 차를 세웠다.

"비참하게 만들려고 널 위로하는 거 아냐. 가여워서, 불쌍해서 널 안아주는 거 아냐. 다른 사람은 몰라도 내 진심은 매도하지 마."

위태롭게 매달려 있던 눈물이 후드득 뺨을 타고 흘러내렸다.

"나도 때론 네 위로가 필요하고, 네가 날 안아줘야 할 때도 있겠지. 그렇다고 해서 너한테 창피함이나 비참함을 느끼진 않을 거야. 그게 뭐 어때서."

동준은 여은의 눈물을 닦아주었다.

"그동안 내가 했던 말이나 행동 중에 너에게 상처가 되었던 것들이 있다면 진심으로 사과할게. 내가 잘못했어. 미안해."

"아니에요……. 그런 적 없어요."

"앞으로 내가 더 잘할게."

눈물로 번들거리는 여은의 말간 눈동자가 흔들렸다. 동준은 여은의 뺨을 쓰다듬으며 미소를 지었다.

"못 알아들은 건가?"

반듯한 눈썹이 일그러졌다. 여전히 긴가민가한 모양이다.

너무 돌려서 말했나.

동준은 여은의 눈썹을 손끝으로 살살 펴주며 천천히 둘 사이의 거리를 좁혔다.

"단도직입적인 건 좀 쑥스러우니까."

코끝이 맞닿았다. 떨리는 숨결이 서로의 입술에 닿을 만큼 가까운 거리.

동준이 살짝 고개를 틀자 여은이 눈을 질끈 감았다. 눈물에 젖은 속눈썹이 파르르 떨렸고 맞잡은 손에는 엄청난 힘이 들어갔다. 동준은 그런 여은의 모습을 두 눈 가득 담으며 조심스럽게 입을 맞추었다.

가슴 한 구석이 와르르 무너져 내리는 기분. 머릿속은 하얘지고, 저도 모르게 긴장을 한 건지 어깨가 딱딱하게 굳어서 아팠다.

왜 이럴까. 숙맥처럼.

어이가 없었다. 고작 입맞춤에 이렇게 얼어버리다니.

동준은 자세를 좀 더 편하게 고쳐 잡고 여은의 뺨을 감싸고 있던 한쪽 손을 어깨로 내렸다. 그러자 여은이 흠칫 놀라며 한쪽 눈을 떴다. 그 모습에 결국 웃음이 터져 버린 동준은 입술을 떼고 여은을 힘껏 끌어안았다.

"어으. 김여은 진짜."

그래. 천리 길도 한 걸음부터랬지.

동준은 라디오를 틀고 다시 차를 몰았다. 한 손으론 핸들을 쥐고 다른 한 손으론 여전히 어리둥절한 표정의 여은의 손을 잡은 채로.

■ □ ■

현관문을 닫고 막 계단을 내려오는데 애타게 기다리고 있었던 우체부 아저씨와 마주쳤다.

“201호 신동준 씨 맞으시죠?”

“네. 저 맞아요. 등기죠?”

등기가 배송될 예정이라는 문자 메시지를 받고 아침부터 내내 설레던 참이다. 아니, 좀 더 솔직히 말하자면 이 티켓이 배송되기까지 걸린 근 2주 동안 매일매일 손꼽아 기다리고 있었다.

“여기 있습니다.”

“감사합니다! 수고하세요!”

서명을 하고 봉투를 건네받은 동준은 그 자리에서 바로 뜯어 열어보았다.

봉투 안에 든 것은 바로, 공연 티켓.

몇 날 며칠 동안 새벽마다 예매 사이트를 드나드는 고행 끝에 동준은 결국 A구역 100번 대의 취소표를 건졌다. 그날 새벽 이 번호를 예매하고 나서 감격에 벅차 침대 위에서 방방 뛰기까지 했었다.

“아싸!”

충남청과로 향하는 동준의 발걸음이 무척이나 가벼웠다.

09

첫사랑

벌써 한 달째.

혼자 꿈꾸고 혼자 상상하는 것마저 욕심이라 생각했던 그와의 연애가 시작됐다.

아침 일찍 그가 할머니 과일 가게로 오면 과일을 가지고 함께 출근하고, 출근길에 아침 겸 점심을 함께 먹은 후 프루트바스켓에서 온종일 함께 일을 한다. 여은이 이른 저녁 퇴근을 하고 나면 그는 가게 문을 닫고 느지막이 여은의 동네를 찾아오는데 한 시간 남짓 동네 공원에서 별것 아닌 사소한 이야기들을 나누는 것이 둘의 데이트다. 집에 돌아온 후엔 아쉬운 마음에 쉽게 잠들지 못하다가 새벽 늦게까지 이어진 전화 통화 끝에 먼저 끊으라는 마음에도 없는 재촉을 반복하기도 하는 건 여느 연인들과 같았다.

쉬는 날에는 맛있는 것도 먹으러 가고, 영화도 보러 가고, 사람들로 북적이는 곳에서 다른 사람들과 섞이며 그렇게 남들과 다르지 않은 보통의 연애를 하고 있다.

여은은 가끔씩 이 모든 게 현실이란 사실이 놀라웠다. 그런 탓에 지금처럼 그를 떠올리거나 그와 함께 있었던 시간을 떠올리며 혼자서 웃는 일도 잦아졌다.

지잉.

손에 쥐고 있던 휴대폰에서 진동이 느껴졌다.

〈5분 안에 도착〉

기다리던 메시지가 도착했다. 여은은 책과 노트를 가방 안에 챙겨 넣고 서둘러 도서관을 빠져나왔다.

날씨 한 번 기가 막혔다. 말간 하늘에는 붓으로 그려 넣은 듯 귀엽고 앙증맞은 구름 몇 조각이 떠다녔고 햇살은 마주보기 힘겨울 만큼 눈이 부셨다. 서늘한 가을바람은 상쾌하기까지 했다. 여은은 아침에 걸치고 나왔던 타탄체크 셔츠를 허리에 둘러메고 길가로 나갔다.

지잉.

그에게서 전화가 온 건가 싶어 냉큼 휴대폰을 보았지만 아쉽게도 발신자는 지도교수님이었다.

"네. 교수님."

때마침 그의 차가 도서관 진입로로 들어왔다. 여은은 동준의 차를 향해 손을 흔들며 환하게 웃었다. 그러다 수화기 너머에서 건너온 몇 마디의 말에 멈칫하고 말았다.

"……정말요?"

순간 다리에 힘이 풀렸다. 여은은 한 손으로 이마를 감싼 채 고개를 떨궜다. 그때부턴 교수님이 건넨 말이 제대로 귀에 들어오지 않았다.

"교수님, 월요일 날 찾아뵐게요. ……네. 그럼 점심 때쯤 들르겠습니다."

통화를 마친 여은은 두 눈을 질끈 감고 주먹을 움켜쥐었다.

"왜 그래?"

차에서 급히 내린 동준이 여은의 어깨를 감싸 안았다.

"어디가 아파? 어지러워? 배가 아파?"

많이 놀랐는지 그는 눈을 동그랗게 뜨고 여은의 안색을 살폈다. 결국 여은이 피식 웃고 말았다.

"합격했어요."

그는 아주 잠깐 동안 의아한 듯 눈을 깜박이다가 여은의 말을 이해하곤 환한 미소를 지었다.

"인턴십? 1차 합격한 거야? 어디?"

여은이 눈썹을 치켜 올리며 어깨를 으쓱이자 동준이 입을 쩍 벌렸다.

"세 곳 다?"

동준은 대답을 다 듣지도 않고 여은을 끌어안았다.

"축하해, 여은아. 정말, 정말 축하해."

"다음 주 화요일에 면접이라고 학교로 오래요!"

무언가를 해냈다는 성취감……. 그간의 마음고생을 한순간에 날려 버릴 만큼 강렬했고 동시에 마음을 울컥하게 만들었다.

처음 지도교수님을 통해 해외 인턴십 권유를 받았을 때는 간절하지도 않았고 큰 기대를 하지도 않았다. 그래도 좋은 기회임이 분명했기에 부담 없이 넣었는데 이렇게 좋은 결과를 받게 되니 그간의 노력이 헛되지 않았음을 확인한 것 같아 코끝이 찡해졌다.

동준의 진심 어린 축하에 여은은 발을 동동 구르며 기뻐했다. 동준은 그런 여은의 어깨를 두 손으로 꼭 잡은 채 눈을 맞췄다.

"10월 첫 주에 발표한다더니 빨리 났네?"

"현지 사정상 선발 인원을 절반 가량으로 대폭 줄이는 바람에 발표가 빨라졌대요."

"인원을 반이나 줄인 와중에도 세 곳 다 된 거네? 대단해, 김여은! 2차 면접 합격하고 나면 당분간 공부 안 해도 되겠다. 그치?"

"아니죠. 영어 공부 더 열심히 해야죠."

그의 표정이 일순간에 굳어졌다. 실망하는 기색이 역력했지만 그마저도 귀여웠다. 여은이 동준의 손을 붙잡고 이리저리 흔들자 그는 못이기는 척 다시 미소를 지었다.

"세 곳 중에 어디가 가장 가고 싶어?"

행복한 고민이 시작되었다. 다른 지원자들은 대부분 미국과 영국을 선호하지만 먼저 다녀온 선배들의 이야기론 2주의 매칭 기간 동안 일자리를 찾기가 쉽지 않고 워낙에 단기라 허드렛일만 하다 돌아온 선배들도 꽤 있었다. 반면에 동남아나 중남미 쪽으로 다녀온 선배들의 이야기론 그쪽에선 '코리안 프리미엄' 같은 한국인에 대한 일종의 호의가 더해져 실무 경험에 가까운 일을 찾을 확률이 높고, 장기로 머문다 해도 비용이 그리 부담이 되지 않는다며 분명 좋은 경험이 될 거라 추천해 주기도 했다.

아직 2차 면접도 남아 있기에 선뜻 결정을 내릴 순 없지만 여은은 말레이시아 쪽으로 조금 더 마음이 기운 상태였다. 하지만 오랜 시간 할머니 곁을 떠나 있어야 하는 것이 여은을 망설이게 만들었다.

"할머니 걱정은 하지 말고. 내가 있잖아."

동준이 여은의 걱정을 눈치채고 딱 잘라 말했다.

"아, 내 걱정도 하지 마. 얌전히 기다리고 있을 거니까."

여은은 동준을 보며 고개를 끄덕였다. 그 답이 마음에 들었는지 그의 표정이 좀 더 밝아졌다.

이젠 더 이상 그에게 '당신에게 부담이 되고 싶지 않으니 신경 쓰이지 않게 혼자서 어떻게든지 해볼게요'가 담겨 있던 '괜찮아요' 소리를 하지 않기로 했다. 아프면 아프다고, 힘들면 힘들다고, 도움이 필요하면 도움이 필요하다고 소리 내어 말한다. '괜찮아요'라는 말로 자신의 마음을 속이지 않도록, 벽 안에 마음을 가두지 않도록 끊임없이 연습하는 중이다. 무언가를 결정하지 못하고 망설일 때 의지할 수 있는 누군가가 곁에 있다는 게 얼마나 큰 행복인지를 그를 통해 깨닫고 있었다.

"다 가보고 싶죠. 사실 나라는 전혀 중요하지 않거든요. 저를 필요로 하는 곳이라면 그 어디라도 좋아요. 이제야 비로소 쓸모 있는 인간이 된 것 같아서."

"지금도 충분히 쓸모 있거든?"

"근데 저 정말로 할머니 걱정, 오빠 걱정 안 해도 돼요?"

"넌 네 걱정만 하면 돼. 그거로도 벅찰 텐데?"

실은 낯선 환경에 덩그러니 홀로 떨어져 지내는 것에 대해 걱정이 되긴 했다. 하지만 두려움보단 설렘과 기대가 더 컸다. 그곳에선 내 한계를 제대로 알 수 있을 것 같아서, 내 자신에 대해 많이 알게 될 것 같았다. 내가 어떤 사람인지, 얼마만큼의 능력을 가진 사람인지 모두 말이다.

벌써 마음이 급해졌다. 떠나기 전까지 준비해야 할 것들이 머릿속을 어지럽게 떠다녔다.

일단은 영어 공부를 열심히 하면서 돈을 많이 벌어둬야 한다. 학교에서 지급되는 지원금이 작년까진 떠날 때 한 번에 지급이 되었는데 올해부턴 떠날 때와 인턴십을 마친 후 두 번에 걸쳐 지급하는 방향으로 결정이 나는 바람에 비용을 좀 더 마련해 둬야 하는 것이다.

이 사실을 최근에야 알게 되어 여은은 조금 난감했었다. 신경 써주신 지도교수님과 자신보다도 더 신이 난 동준에게 차마 지원금 지급 때문에 망설여진다는 말을 할 수가 없었다. 그래도 다행인 건 프루트바스켓에서 일을 시작한 후로 두둑한 월급 덕에 돈도 꽤 모았고, 올 여름부터는 할머니의 과일 가게 역시 매출이 수직상승해 생활비 부담이 줄어 그만큼 더 모을 수 있었다는 것이다.

결국은 돈.

돌고 돌아 또다시 결정권은 돈에게 돌아갔다. 여은은 입술을 굳게 다물었다. 이번만큼은 돈에게 지고 싶지 않았다.

"잠깐만. 근데 너 오늘 바지가……."

동준이 갑자기 한 걸음 뒤로 물러서더니 여은을 머리부터 발끝까지 훑어보았다. 마뜩찮은 표정이었다.

"왜요?"

"허리에 두른 셔츠는 풀지 않는 게 좋겠어."

짧은 바지가 마음에 들지 않은 모양이다. 그는 여전히 한쪽 눈썹을 구긴 채 고개를 절레절레 흔들었다. 여은은 일부러 셔츠의 매듭을 풀었다.

"다시 입을 건데요?"

"그럼 그 다리는 어쩔 건데? 그렇게 내놓고 다닐 거야?"

"시원하게 내놓고 다니라고 만든 건데 그렇게 해야죠."

동준이 다시 매듭을 꽁꽁 묶었다.

"너 감기 걸려."

"이렇게 따뜻한데 무슨."

"그런 소리 마! 9월하고도 13일인데! 완전 가을이라고. 나 봐. 긴팔에 긴바지 입었잖아."

그의 말대로 그는 가을 느낌이 물씬 나는 버건디색 니트에 빈

티지한 데님 진을 입고 있었다.

콩깍지가 단단히 씐 건지, 아니면 연애 초라 그런지 아직은 그의 간섭이 반가웠다. 여은은 못이기는 척 허리에 묶은 셔츠를 좀 더 아래로 끌어내렸다.

"자. 됐죠?"

그제야 동준이 만족스러운 표정을 지었다.

"일찍 출발하자. 주말이라 차 꽤 밀릴 거야."

여은은 동준과 손을 잡은 채로 자연스레 발맞춰 걸었다.

이젠 그와 손을 맞잡는 것이 일상처럼 자연스러운 일이 되었다. 참으로 놀라운 일이다. 손끝만 스쳐도 가슴이 뛰던 때가 있었는데. 그 길고 곧은 손을 보며 간절히 바라기만 했던 날들이 있었는데…….

공연은 두 시간 반 동안 진행되었다. 요즘 최고의 인기를 누리고 있는 힙합 레이블의 공연이라 그런지 열기가 남달랐다. 공연장을 꽉 메운 이천여 명의 팬들은 첫 곡부터 마지막 앙코르곡까지 시종일관 떼창을 하며 호응해 주었고, 누구하나 빼거나 수줍어하지 않고 팔을 흔들고 몸을 흔들었다. 분위기는 파티 그 자체였다.

여은은 콘서트 구경이 난생 처음이었다. 동준 역시 이런 역동적인 공연은 처음이라며 입장 대기에서부터 공연이 끝날 때까지 거의 4시간 가량 서 있는 바람에 다리 통증을 호소하기도 했다. 두 사람이 공연을 관람했던 자리가 무대 바로 앞인 A구역에서도 앞쪽이라 무대 위에서 뿌려대는 생수를 고스란히 맞아 옷은 살짝 젖었고, 스피커에서 쉬지 않고 뿜어내는 엄청난 사운드의 공격에 귀는 멍해졌으며, 공연 내내 팔을 하도 흔들어 어깨와 팔꿈치는 몸에서 떨어져 나간 듯했다.

여은은 동준이 기념품 삼아 사준 스냅백을 머리 위에 얹고 동준과 공연장 근처 곰탕집에 들어갔다. 둘은 마주 보고 앉아 곰탕 한 그릇씩을 금방 비워냈다. 바닥까지 떨어진 체력을 끌어 올리고 나니 이제야 살 것 같았다.

"오빠 고마워요. 오빠 덕분에 좋은 자리에서 재밌게 잘 놀았어요."

"다음엔 앉아서 보는 거 보자."

"네."

애초에 예매했던 곳이 뒤편이었던 게 마음에 걸렸는지 그는 A구역 앞 번호대의 티켓을 구해냈다. 우연히 취소표를 구했다고 말했지만 여은은 곧이곧대로 믿지 않았다. 자신이 미안해할까 봐 마치 별거 아니었다는 듯 말한다는 걸 알고 있었다.

여은은 웃음을 꾹 참고 고개를 끄덕였다. 그의 퀭해진 눈두덩을 보니 가슴이 아파 소리 내어 웃을 수가 없었다.

"프로 농구 개막하면 같이 보러 가요."

"진짜? 농구 보러 갈래? 너 운동 경기 별로 안 좋아하잖아."

"안 좋아한 건 아니고 관심이 없었죠. 이제부터 관심 가져 보려고요. 오빠가 좋아하는 거니까. 근데 제가 아직 룰을 잘 몰라서……."

"내가 가르쳐 줄게, 걱정 마!"

갑자기 기운이 펄펄 나는지 언제 피곤했냐는 듯 그의 두 눈이 말똥말똥해졌다.

"다음 주 쉬는 날엔 우리 뭐할까? 미술관 갈래? 예술의 전당에서 안토니 가우디전 하던데."

"그럴까요?"

"갑자기 마음이 급해졌어. 인턴 합격하면 우리 당분간 못 볼 테니까……."

"몇 년 동안 가 있을 것도 아닌데 뭐하러 그런 걱정을 하고 그래요. 금방 다녀올게요."

말은 그렇게 했지만 순간 여은은 마음이 휑했다. 막상 이 꿈같은 시간들을 두고 가려니 마음이 무거웠다. 떠나기 전까지 주어진 시간동안 최선을 다해야겠다는 생각을 하며 아쉬운 마음을 다독였다.

식사를 마치고 식당을 나선 두 사람은 잠시 바람 쐬며 소화도 시킬 겸 식당 앞 나무 옆에 놓인 벤치에 앉았다.

"아이스크림 먹을까?"

"네."

"잠깐 기다리고 있어."

길모퉁이를 돌아 편의점으로 달려가는 그의 뒷모습을 지켜보며 여은은 저도 모르게 배시시 웃고 말았다.

늘 고마웠다. 상대의 취향을 존중해 주고, 배려해 주는 일이 쉽지 않은 일인데 그는 고집을 부리는 법이 없었다. 오늘도 마찬가지였다. 평소 필굿 뮤직이나 재즈 풍의 음악을 즐겨듣는 그가 무려 힙합 공연에 와서 고개를 끄덕이며 손을 흔들어 주었다. 아는 노래 하나 없으면서도 함께 즐겨주니 그게 정말 고마웠다. 상대에게 맞춰주려 노력하는 그를 통해 여은도 배우고 있었다. 행복해하는 상대방의 모습을 통해 자신이 더 많이 행복해질 수도 있다는 사실을 말이다.

"이거 너 좋아하는 거 맞지?"

그가 비닐 껍질을 벗긴 아이스 바 두 개를 들고 옆자리에 앉았다. 그중 하나를 건네받은 여은은 그의 팔에 팔짱을 걸고 어깨에 머리를 기댔다. 고개를 조금만 들어 올리면 그의 턱에 입술이 닿을 만큼 아주 가까이 붙었다.

"〈그래도, 사랑〉 후속 작 나온 거 알아?"

"정말요?"

"제목이……."

책 제목 검색을 위해 주머니에서 휴대폰을 꺼낸 그가 웃으며 여은에게 내밀었다. 여은의 사진이 배경화면을 차지하고 있었다.

"이건 주근깨가 너무 적나라하잖아요. 다른 걸로 바꾸면 안 돼요?"

"응, 안 돼. 내 눈엔 제일 예뻐."

귀가 얇은 편은 아닌데 자꾸 예쁘다고 말해주니 정말 예쁜 건가 싶은 착각이 들기도 하고…….

그는 단 몇 마디의 말로 상대방의 마음을 흔드는 재주가 있었다. 그 다정함과 친절함 때문에 수많은 이성들에게 호감을 산다는 게 조금 문제이긴 하지만. 그래도 그런 그의 성격으로 인해 마음이 불안하다거나 못 견디게 질투가 난다거나 하진 않았다. 선은 칼 같이 지키는 사람이란 걸 잘 아니까.

"맞다, 〈다시, 사랑〉. 이거 해인이한테 가져다 달라고 부탁했어. 아마 내일 가져올 거야."

"매번 고마워서 어떻게 해요?"

"책 값 두 배로 내놓으래. 직원 배송비는 책값이랑 똑같다는 말도 안 되는 소릴 하는 거 있지? 같이 서점 갈 시간만 있었어도 내가 이런 바가지는 안 쓰는데."

"두 배가 아니라 스무 배는 드려야죠. 그동안 공짜로 얻은 책이 몇 권인데."

"그렇긴 하지?"

동준이 여은의 말에 동의하며 다시 주머니에 휴대폰을 집어넣었다.

"오빠."

"응?"

이번엔 여은이 가방 안에서 휴대폰을 꺼냈다.

"왜?"

"그게……."

나도 오빠 사진 찍어서 배경화면으로 하고 싶단 그 말이 왜 이렇게 안 떨어지는 건지.

수줍어서 입술이 떨어지질 않았다. 그는 궁금해 죽겠다는 듯 여은의 얼굴에서 눈을 떼지 않았고 그럴수록 가슴은 더욱 세차게 두근거렸다. 여은이 망설일수록 동준의 눈은 반짝거렸다.

"숨 넘어가겠네."

"오빠 사진 한 장 찍고 싶어서……. 보고 싶을 때 보려고요."

그의 사진이라곤 둘이 함께 찍은 사진뿐이었다. 지금도 배경화면에는 그와 함께 찍은 사진이 차지하고 있지만 좀 더 욕심이 났다. 시도 때도 없이 보고 싶은 그의 얼굴을 실컷 보고 싶은 욕심.

"한 장으론 어림없을 텐데. 자, 마음껏 찍어."

말을 꺼내기까지 한참 망설였던 것이 무색할 만큼 그는 활짝 미소를 지었다.

"나는 내 사진을 내가 잘 못 찍어. 셀카 찍는 거 좀 오그라들기도 하고. 잘 나온 거 있으면 보내주고 싶은데 내 사진첩에 내 사진은 한 장도 없어."

"그런 걸 얼굴 낭비라고 해요."

여은은 자신이 만약 남자로 태어났는데 신동준의 모습을 했다면 하루에 셀카만 만 장 이상도 찍을 것 같았다. 여은은 휴대폰 각도를 이리저리 재며 여러 장을 찍었다.

전부다 잘 나왔지만 그중 마음에 쏙 드는 사진 하나를 배경화면으로 지정하고 그에게도 보여주었다. 쑥스러운 듯 눈썹을 찡그리며 웃는 모습에 여은은 또 한 번 가슴이 두근거렸다.

"고마워요."

"별게 다 고맙다."

동준이 여은의 볼을 꼬집으며 흔들었고 여은이 인상을 쓰며 손으로 얼굴을 가리려는 찰나 그가 휴대폰으로 사진을 찍어버렸다.

"아, 안 돼요. 그런 못생긴 얼굴은."

그의 휴대폰을 빼앗으려 손을 뻗었지만 실패. 긴 팔의 그가 머리 위로 팔을 쭉 뻗어버리니 방법이 없었다. 여은이 팔짝거리며 손을 뻗어도 얄밉게 동시에 그도 함께 뛰니 닿질 않았다.

"왜! 귀엽기만 한데."

"지워주세요, 제발."

수백 장의 사진 중 가장 예쁘게 나온 사진을 고르고 골라 줘도 시원찮을 판에 저런 못생긴 사진을 주고 싶지 않았다.

"맨입으론 안 되지."

그가 정색을 하며 협상을 시도했다.

"뭘…… 드릴까요?"

여은의 어리바리한 표정과 소심한 물음에 그가 웃음을 터뜨렸다.

"뭘 줄 건데?"

그러게. 뭘 드려야 하나.

여은이 대답을 하지 못하고 눈만 끔벅거리자 그가 허리를 숙여 얼굴을 바짝 댔다.

……설마.

그는 고개를 옆으로 살짝 꺾으며 점점 더 가까이 다가왔다.

"여기서 어떻게……."

손으로 가볍게 그의 어깨를 밀며 저지했지만 그는 포기하지 않고 계속 거리를 좁혀왔다. 꼼짝도 하지 않고 버티는 동준 때문에 여은은 하는 수 없이 좌우를 두리번거리며 주변에 사람이 없는 것을 확인하고 동준의 볼을 향해 입술을 내밀었다.

하지만.

"아, 진짜!"

역시 '사랑꾼' 신동준은 달랐다. 최적의 타이밍에 고개를 돌려 입술끼리 맞닿은 것이다.

"하루에 한 번 정도는 해줘야지. 오빠 서른이다. 네가 너무한 거야."

동준은 그제야 만족스러운 표정을 하며 여은에게 손을 내밀었다. 여은은 동준을 흘겨보며 그의 손을 잡고 다시 길을 걸었다.

차로 향하는 내내 두 사람은 맞잡은 손을 앞뒤로 내저으며 아까 공연에서 나왔던 곡을 흥얼거렸다. 아직도 흥을 버리지 못한 여은은 장난스럽게 고개를 좌우로 흔들었고 동준은 그런 여은을 빤히 바라보며 '그 오빠들이 그렇게도 좋았냐'는 말도 안 되는 질투를 하면서도 음악이 좋았다며 찾아 들어야겠다고 말했다.

"오늘 정말 고마워요, 오빠."

"나도 고마워. 네 덕분에 재밌는 경험을 했어."

무언가를 함께 공유한다는 것.

내가 아끼고 좋아하는 것들을 내가 가장 좋아하는 사람과 나누는 것.

그리고 내가 좋아하는 그 사람이 아끼고 좋아하는 것을 내가 받아들이는 것.

앞으로 그가 좋아하고 아끼는 것들을 하나둘 알아갈 생각을 하니 여은은 그와 처음 손을 잡을 때만큼이나 가슴이 떨렸다.

■ □ ■

9월은 그야말로 과일의 계절. 수확기를 맞이한 제철 과일들의 단맛이 절정에 달했다.

요즘 프루트바스켓 시그니처 주스는 배, 블루베리, 사과다. 가게에 들어서자마자 과일 낱개 판매 코너 쪽에서부터 시작된 과일 향기가 가게 전체를 달콤하고 상큼하게 만들었다.

오픈 30분 전.

문래는 전면 폴딩 도어를 활짝 열고 매장 청소를 하며, 녹사평은 제빙기와 블렌더를 비롯한 각종 기계들을 세척, 소독하며, 애오개는 조리기구와 매장에서 사용하는 컵 등을 세척하며 오픈을 준비했다.

여은은 오늘도 평소와 다름없이 서브 주방에서 오늘 사용할 과일 손질 중이었다. 샌드위치 재료로 사용할 채소 손질을 마치고 싱크대 수조에 물을 가득 받아 토마토 한 상자를 쏟아 부었다.

"도와줄까?"

뒤에서 나타난 동준이 갑자기 한 팔로 허리를 감싸 안자 깜짝 놀란 여은이 뒤를 돌아보며 주변부터 확인했다.

"아, 좀! 누가 봐요."

"그게 뭐."

타박에도 아랑곳 않고 동준은 여은의 뒤에 바짝 붙어 섰다.

물 흐르듯 자연스러운 동준의 스킨십에 여은은 종종 놀라곤 했다. 교제 중이라는 것을 아직 직원들에게 말하지 않았는데 느낌상 알면서도 모른 척을 해주는 것 같았다. 특히 눈치 빠른 애오개는 100% 눈치챘을 듯싶었다.

그는 '우리 사귀어'라고 온 동네방네 알리는 것보다 주변 사람들이 자연스럽게 알게 되는 게 좋다고 말했고 여은 역시 그의 생각에 동의했기에 굳이 연애를 소문내지 않았다.

"오늘 날씨가 완전 김여은이던데."

"네?"

"완전 좋다고."

여은이 웃으며 옆구리를 팔꿈치로 쿡쿡 찔렀지만 그는 여전히 팔을 풀지 않은 채로 웃기만 했다.

연애를 하면서 그에 대해 알게 된 것 하나.

그는 연애에 꽤 대담하고 솔직하다. 다른 사람들의 시선에 크게 신경 쓰지도 않고 그때그때 감정에 충실한 편이고 마음을 꼭 표현하곤 한다.

"이러다 진짜 누가 보겠다. 오빠, 공과 사는 구분하세요."

"여긴 공과 사 둘 다 내 건데 뭘 구분해."

반항이라도 하듯 그는 여은의 허리를 더욱 꽉 끌어안으며 어깨 위에 턱까지 올려놓았다.

"연신내, 많이 바빠?"

"아, 아뇨!"

"그럼 주름 빨대 좀 가져다줄래?"

메인 주방 쪽에서 애오개가 불러 여은이 동준의 품에서 빠져나오려는데 그는 쉽게 놔주질 않았다.

이럴 때 보면 그렇게 어른스럽고 듬직하던 사람이 아이 같아 보이기도 했다.

“아, 왜 이래요. 변태처럼.”

“……뭐? 변태?”

그는 뜨악한 얼굴로 여은을 바라보았다.

“잠깐만 다녀올게요. 정 심심하면 토마토 꼭지 좀 따주세요.”

그의 품에서 틈을 비집고 간신히 빠져나온 여은은 창고에서 주름 빨대 한 봉지를 꺼내 애오개에게 가져다주었다.

“왜 실실 웃고 난리야.”

“아니에요. 아무것도.”

“수상해. 아무리 봐도 수상하단 말이지.”

애오개가 의미심장한 미소를 지으며 눈매를 찡그렸고 여은도 딱히 부정하지 않았다.

“다들 안녕하세요!”

그때 해인이 매장 안으로 들어왔다. 그녀의 활기찬 인사에 직원들 모두 화답했다.

“오늘은 일찍 오셨네요?”

“이 근처에 외근 나왔다가 들렀어요. 동준이 어디 있어요?”

“나 여기.”

그는 젖은 손을 마른 행주로 닦으며 서브 주방을 빠져나왔다. 순간 여은과 시선이 닿았지만 여은이 먼저 휙 돌아섰다. 자꾸 웃음이 나와서 보고 있을 수가 없었다.

"왜 거기서 나와?"

"누가 나보고 변태 같다기에 구석에 숨어 있었어."

말도 안 되는 소리에 여은은 결국 웃음이 터져 손등으로 간신히 입술을 가렸다.

"무슨 헛소리야. 빨리 이거나 받아."

오늘도 역시 해인의 양손에는 책 꾸러미가 들려 있었다. 그중 가장 눈에 띈 건 그가 부탁했다는 〈다시, 사랑〉 두 권. 책을 건네받은 동준이 자꾸만 여은을 흘겨보았다.

"차 한잔 하고 가."

두 사람이 그렇게 사무실로 들어간 후 여은도 서브 주방으로 향했다.

"아주 입이 귀에 걸렸어, 김여은."

지나가면서 툭 던진 녹사평의 한 마디에 여은은 입술을 입안으로 밀어 넣고 킥킥거렸다.

동준은 사흘 전에 담근 레몬청을 따뜻한 물에 타 해인에게 건넸다.

"그렇게 좋냐?"

"당연한 걸 물어."

해인의 맞은편에 털썩 앉은 동준은 〈다시, 사랑〉 표지를 넘겼다.

해인에게 여은과의 교제 사실을 가장 먼저 알렸다. 해인이 해줬던 진지한 충고 덕에 내 마음을 깨닫고 돌아볼 수 있었으니, 어찌 보면 그녀가 바로 그들 연애의 일등공신이라고 해도 과언이 아닐 것이다.

"아주 예뻐 죽겠어."

"닳을까 봐 어떻게 본대? 아까워서?"

"그러게. 나만 볼 수 있는 곳에 숨겨 놓을까 봐."

해인이 입술을 꽉 물며 한 대 칠 기세로 주먹을 움켜쥐자 동준이 웃으며 도망쳤다.

연애를 하게 되면서 알게 된 김여은의 또 다른 모습.

마냥 어른스러운 줄만 알았던 김여은도 영락없는 스물세 살이라는 사실. 때론 투정도 부리고 연애에 서툰 모습도 보이고, 또 어떨 땐 정반대로 적극적으로 다가오는 걸 보일 때마다 동준은 마냥 기뻤다. 어쩌면 그런 모습들이 반가웠던 것 같기도 하다. 자신만이 볼 수 있고, 자신에게만 보여주는 그 모습들이 정말 사랑스러웠다. 그래서 다른 이성에겐 계속 보여주고 싶지 않은 욕심이 들기도 한다.

"완전 푹 빠졌네, 저 사랑꾼."

"내 마음이 너무 급한 거 있지? 여은이 볼 때마다 어쩔 줄을 모르겠어."

"연애가 원래 그런 거지. 하지만 그렇게 불타오르는 것도 얼마 안 가잖아. 그러니까 지금을 즐겨."

해인의 말대로, 지금의 이 미칠 듯한 설렘과 떨림도 언젠간 익숙해지고 자연스러워질 것이다. 하지만 그만큼 관계는 단단해지고 깊어지겠지.

그 모습 또한, 동준은 무척이나 기다려졌다.

가게 문을 닫은 그가 어김없이 집 근처로 찾아왔다.

메시지를 확인하고 집을 나선 여은은 할머니의 과일 가게 앞에서 기다리고 있는 그를 발견하고 달리듯 걸어 그에게로 향했다. 그러자 동준도 머리 위로 양손을 들고 흔들며 여은을 반겼다. 불과 네 시간 전까지도 같이 있었으면서, 한 나흘은 못 본 사람처럼 반가워했다.

여은이 다가가니 그는 손부터 내밀었다.

"피곤하지 않아요?"

"응. 피곤해."

막 동준의 손을 잡으려던 여은이 멈칫했다.

"그러니까……."

그는 말끝을 흐리며 두 팔을 활짝 벌렸다.

"안아줘."

난 또 뭐라고.

안도의 한숨을 쉰 여은은 두 팔을 뻗어 동준에게 다가가 그대로 품에 쏙 안겼다.

가끔씩 걱정이 되기도 한다. 그가 지쳐 버릴까 봐. 처음의 열정이 끝까지 지속되는 건 불가능한 일이고, 언젠간 우리의 관계도 시간의 흐름에 따라 다른 모습으로 변해갈 텐데, 그때가 되면 지금의 열정에 익숙해져 버린 내가 그에게 서운하다고 말을 할까 봐 걱정됐다. 고마운 것들을 당연한 것이라 여기고 결국은 속 좁은 사람이 되어버릴까 봐.

하지만 지금은 솔직히 앞으로 일어날지 안 일어날지 모르는 일을 걱정하느라 지금 이 순간들을 허비하고 싶지 않았다. 그런 걱정들은 잠시 접어두고 열정적인 현재의 연애를 누리고 싶었다.

늘 그가 보고 싶으니까. 늘 이렇게 함께 있고 싶으니까. 손을 잡고 동네 공원을 거니는 이 시간이 무척이나 소중하니까.

“이제 안 피곤해요?”

“아니.”

여은의 등을 감싸 안은 그의 팔에 더욱더 센 힘이 들어갔다. 여은도 지지 않고 동준을 꽉 끌어안았다. 크큭대며 웃는 그의 웃음소리가 귀를 간지럽혔다.

“이제 된 거 같은데요.”

“아직 멀었다니까.”

간신히 품에서 떨어진 여은이 동준을 흘겨보자 마지못해 여은을 품에서 놓아주었다. 여은은 그런 동준의 팔에 팔짱을 끼고 천천히 걸음을 옮겼다.

“이거 들어봐요. 방금까지 듣고 있던 노랜데 오빠랑 같이 듣고 싶어서…….”

여은은 휴대폰에 꽂아둔 이어폰 한쪽을 그에게 건네고 나머지 한쪽은 자신의 귀에 꽂은 후 음악을 재생했다.

“루시드 폴이네.”

지금 이 순간과 잘 어울리는 곡을 함께 들으며 두 사람은 공원으로 향했다.

고요한 공원 안에는 동준과 여은뿐이었다. 여은은 깊게 숨을 들이마시며 슬쩍 고개를 돌려 동준을 올려다보았다.

같은 공간을 걸으며 같은 음악을 듣고 있는 것이 이다지도 환상적일 수 있을까.

"종잡을 수 없는 취향이야."

그의 취향을 따라가는 것 같다. 그가 좋아하는 것들이 궁금해져서 하나둘 찾기 시작하니 금세 그의 취향에 빠져 버리게 되는 듯했다. 그가 좋아하는 것들을 좋아하게 되는 건지, 아니면 그가 점점 더 좋아지는 건지…….

가로등 아래 벤치에 자리를 잡고 앉은 두 사람은 이어폰을 빼고 스피커로 앨범 트랙 전부를 듣기 시작했다.

"우리 아버지가 이 사람 노래 좋아했어."

"정말요?"

"딱딱하고 차가운 글을 쓰는 사람이었지만, 노래는 서정적인 걸 좋아하셨어."

그는 잠시 아버지를 떠올렸는지 나지막이 웃었다.

"어떤 분이셨어요?"

그는 어떤 단어로 아버지를 설명해야 할지 잠시 망설이는 것 같았다.

"맥가이버이자 슈퍼맨 같았어. 적어도 나한텐."

그를 통해 그의 아버지에 대한 이야기를 듣는 건 처음이었다. 인기 소설가였고, 부모님의 이혼으로 오랜 시간 떨어져 지내다가 영국에서 대학 생활을 하게 되면서 잠시 가까이 살았다는 것 정도가 전부였다.

"뭐든 잘 고치셨어. 자전거도 고쳐주고, 손목시계도 고쳐주고, 전구도 잘 갈고. 아빠 뭐 해줘, 하면 뚝딱뚝딱 다 해내셨어. 힘도 세서 목마도 자주 태워주셨고. 그러고 보니 다 옛날 기억뿐이네. 에이. 영국 있을 때 그냥 같이 살 걸 그랬어."

"글 쓰는 데 방해될까 봐 따로 산 거라고 했잖아요."

"그래도 그게 마지막 기회였는데……."

그것이 후회스러웠는지 그의 표정이 조금은 무거워졌다.

"엄마가 촬영 마치고 늦게 들어와서 피곤해하면 그 앞에서 테니스 공 두 개 들고 엉성한 저글링을 해주던 게 아직도 생각이 나. 그래서…… 사실은 아직도 잘 이해가 안 가. 두 분은 왜 이혼을 했는지. 꼭 그래야만 했는지."

미소를 지었지만 그 끝에 걸린 쓸쓸함이 마음에 걸렸다. 무슨 말로 위로를 해야 할지. 이럴 땐 내가 좀 더 큰 사람이었으면 싶었다. 그저 손을 꼭 잡아주는 것 밖에는 할 수 있는 게 없어서 속상했다.

"지금도 후회되는 게, 아버지 혼자 너무도 오랜 시간동안 쓸쓸히 시간을 보내게 한 거……. 나는 아버지한테 어떤 아들이었을까, 혹시 내가 아버지를 외롭게 하진 않았을까…… 그런 생각들이 들어. 가끔, 아주 가끔."

그는 애써 웃었다.

"그러니까 너도 할머니한테 잘해."

늘 밝고 유쾌한 모습, 긍정적인 모습으로 좋은 기운만 불어넣어 주던 그가 무겁게 자신의 내면을 꺼내 보여주니 여은의 마음 한구석이 묵직해졌다. 아픔이 무엇인지 알기에 누군가의 아픔을 다독일 줄 아는 사람이란 생각이 들었다.

여은은 동준을 빤히 보았다. 그는 왜 그러나 싶은지 눈썹을 치켜세웠고 여은은 망설임 없이 그의 뺨에 입을 맞췄다.

쑥스러운 마음에 여은은 고개를 떨궜다. 볼 순 없지만 그가 아주 작게 웃고 있는 듯했다.

"정말 종잡을 수가 없네."

동준이 팔을 뻗어 여은의 어깨를 감싸 안았다. 어김없이 떨려오는 가슴. 최대한 작게 숨을 내쉬려 해도 정신 사납게 두근대는 통에 호흡이 절로 빨라졌다. 내색하지 않으려 했지만 결국 들켜 버려 볼이 빨갛게 달아올랐다.

그의 얼굴이 천천히 아주 가까이 다가왔다. 여은은 살짝 고개를 들어 그를 올려다보았고 이내 입술이 맞닿았다. 따뜻한 숨결이 고스란히 느껴졌다. 여은은 감았던 눈을 조심스레 떠 그의 감은 눈을 보고 다시 눈을 감았다. 어깨를 감싸 안았던 그의 손이 등에 닿자 여은은 허리를 곧게 세우며 좀 더 가까이 다가갔다. 그리곤 그의 허리에 양손을 올리고 있다가 용기 내어 끌어안았다.

내일이면 또다시 만나겠지만 그와 함께하는 지금 이 순간이 지나는 게 아쉬워서 여은은 오늘을 좀 더 붙잡아 두고 싶었다.

10

너의 하늘을 보아

버스를 기다리는 내내 여은은 웃고 있었다. 자꾸만 씰룩거리는 입술을 꾹 깨물어도 봤지만 그럴수록 바보처럼 웃음이 새어 나와 손등으로 입을 막고 눈까지 질끈 감았다.

"다음 주 월요일에 최종 합격 연락 갈 거야. OT랑 직무 면접 준비하면서 기다리면 돼."

2차 면접을 마치고 나오다가 지도교수님을 만나 듣게 되었던 말이다. 여은의 머릿속엔 계속해서 그 말이 맴돌았다.

괜히 김칫국만 마셨다가 떨어지면 창피해서 복학 못 한다고 여은이 농담 삼아 말하자 교수님은 학과 성적, 인터뷰 점수 통틀어

0순위라며 진지하게 답을 주기까지 하셨다.

여은은 기업 리스트를 확인한 후 말레이시아 장기 인턴으로 마음을 굳혔다. 미디어 기업이 포함된 나라는 말레이시아가 유일했고, 인턴을 마친 후 돌아와 방송사 시험 준비를 하기로 한 여은이기에 계획대로만 된다면 더 할 나위 없이 완벽한 수순을 밟게 되는 것이다.

방송사 시험 준비를 하기로 마음먹은 데는 동준이 해준 조언이 가장 영향이 컸다. 그는 주어진 좋은 기회에 미안한 마음을 갖는 것보다 그것을 감사히 받아들이고 최선을 다하는 것이 더 기쁘다고 말했다. 기회를 제공해주신 분에게는 보답을, 자신에겐 동기부여를 하자, 그렇게 마음가짐을 조금 달리했더니 생각의 넓이 또한 달라졌다. 다른 시각으로 자신을 돌아보고 더 먼 곳을 내다보는 여유 또한 갖게 되었다.

버스에 올라탄 여은은 창가에 자리를 잡고 앉아 창문을 반쯤 열었다. 상쾌한 가을바람이 훅 밀려 들어와 머리카락이 어지럽게 휘날렸지만 여은은 창을 닫지 않고 계속 바람을 맞았다. 두 눈을 감고 깊게 숨을 들이쉬며 이 기분 좋은 순간을 가슴속에 꼭꼭 담았다.

그리고 그려 보았다. 손에 잡힐 듯 가까워진 꿈을.

수정의 집에서 배부르게 점심을 얻어먹은 동준은 거실 소파에 앉아 단감을 깎고 있었다. TV에선 요즘 한창 인기리에 방영 중인 드라마가 나오는 중이었고 그 화면 안에 수정도 있었다.

"역시 우리 엄마가 제일 예쁘네."

뜬금없는 칭찬에 웃음이 터진 수정이 동준의 등짝을 때리며 쑥스러워했다.

"이게 엄마를 놀려?"

"어! 진짠데."

진심인데. 아무리 젊고 예쁜 여배우들이 널렸어도 내 눈엔 여전히 조수정 씨가 제일 매력적인데.

동준은 수정의 입에 조각 낸 단감 하나를 넣어주었다.

"참, 여은이 인턴 거의 확정적이래."

"당연하지! 우리 여은이가 어디 내놔도 빠지는 애가 아니잖아. 말레이시아로 가겠다고 했었지?"

동준이 고개를 끄덕이자 수정은 나지막이 한숨을 내쉬었다.

"혼자서 잘 지내려나……. 막상 보내려니까 걱정스럽네. 거기 날씨는 어떤가? 치안은 안전하겠지? 숙소는 확인해 봤니?"

동준도 수정과 비슷한 걱정을 했었다. 그래서 더 열심히, 더 꼼꼼히 현지 사정을 파악하는 중이었다.

"쿠알라룸푸르는 안전해. 숙소는 학교에서 건물 전체를 몽땅 빌린 거라 같이 가는 학생들도 있고 해서 지내기 힘들진 않을 거고. 시설도 꽤 좋다던데? 여은이 똑 부러진 애라 잘 지낼 거야. 걱정 마."

"어떻게 걱정을 안 하니. 엄마가 일일이 말 안 해도 네가 알아서 잘 챙겨줘. 넌 유학 생활 해봤으니까 잘 알 거 아냐."

"안 그래도 내가 잘 챙겨보고 있어. 걱정 그만하셔."

아무리 달래도 수정의 표정은 좀처럼 나아지질 않았다. 아무래도 다른 얘길 해야 할 것 같았다.

"여은이, 돌아오면 학교 다니면서 방송국 입사 준비하기로 했어."

"아휴, 잘됐다. 잘 생각했네."

"다 내가 설득한 거야."

동준은 과도를 내려놓고 어깨를 으쓱였다. 그러자 수정이 기특하다는 듯 머리를 쓰다듬어주었다.

"여은이가 네 말은 곧잘 듣는 모양이다?"

말 속에 뭔가가 담긴 듯했다. 수정이 눈썹을 추켜올리며 미소를 짓자 동준은 수정의 기분부터 살폈다. 실은 얼마 전부터 여은과의 교제 사실을 말하려고 기회를 엿보는 중이었는데 오늘이 가장 좋은 타이밍인 듯했다.

"……엄마."

"응?"

"나 엄마한테 할 말 있는데."

"해봐."

마치 준비가 끝났다는 듯 수정은 자세를 바로 잡으며 동준을 빤히 보았다.

"엄마, 여은이 많이 예뻐하지?"

"뭐 그런 당연한 걸 물어."

그렇다. 너무 당연한 걸 물었다.

동준은 얼굴 가득 미소를 지으며 가장 환한 표정으로 수정을 바라보았다.

"나도…… 여은이 많이 예뻐하고 있어."

수정은 아무 말하지 않고 계속 동준의 얼굴을 보았다. 멋쩍어진 동준이 주섬주섬 단감 한 조각을 입에 넣고 오물거리자 그제야 수정의 얼굴에도 옅은 미소가 번졌다. 그 순간부터 심장이 미친 듯이 뛰었다.

"그래서?"

"그냥…… 그렇다고. 애가 참 보면 볼수록 괜찮은 거 같아. 착하고, 예의바르고, 성실하고, 영리하고……."

"그러니까 네가 여은이를 좋아한다 이 말이잖아?"

"엄마는 너무…… 급해."

정곡을 찔린 동준은 괜히 쑥스러운 마음에 수정의 어깨 위에 머리를 기댔다.

"남자답게 말해봐. 그렇게 빙빙 돌리지 말고."

동준은 다시 바로 앉아 수정을 마주보았다. 말을 할까 말까 고민할 때마다 돌려보았던 수많은 경우의 수. 일어날지 안 일어날지 모를 걱정들 때문에 마음은 늘 복잡했다.

과연 어떻게 받아들이실까, 어떤 반응을 보이실까, 그 반응들에 대해 어떻게 대응해야 할까를 고민하느라 마음은 물론이고 머리까지 무거웠다.

"맞아. 나 여은이 좋아해. 그래서 내가 사귀자고 했어."

수정은 잠시 생각에 빠진 듯 눈꺼풀을 깜박이며 동준을 물끄러미 바라보았다.

"무슨 말이라도 해봐, 엄마."

"가볍게 생각하는 거라면 당장 그만둬."

예상했던 경우의 수 중 하나.

동준은 수정의 단호한 말에 정신을 바짝 차렸다.

"그런 거 아냐! 절대로 그런 거 아냐. 그럴 거면 그렇게 오랫동안 고민하지도 않았을 거야. 나 정말 생각 많이 하고 결정한 거야. 엄만 아들을 그렇게도 몰라?"

우리 엄만 다를 거라 생각했는데…….

씁쓸해지려 할 때쯤 수정이 대뜸 동준의 볼을 꾹 꼬집었다. 그리곤 재밌어 죽겠다는 듯 배를 부여잡고 큰 소리로 웃었다.

"엄만 네가 뭘 걱정했는지 알 것 같아서 웃음만 난다."

아직까지 상황을 이해하지 못한 동준이 고개를 갸웃거리자 보기에 답답했는지 동준의 이마에 톡 꿀밤을 놓았다.

"아!"

"이놈 자식아! 넌 대체 엄마를 뭐로 보고!"

그리곤 그 다음 말은 입 밖에 내지 않았다. 그것은 여은에 대한 예의였고, 엄마에 대한 예의였으며, 우리 관계에 대한 예의이기도 했다. 혹시나 했던 우려들, 만약에 대비해 준비했던 이야기들은 입 밖으로 꺼낼 필요가 없었다. 꿀밤 한 대로 엄마의 진심이 고스란히 전해졌다.

"고마워, 엄마."

"여은이한테 고마워해. 한창 젊고 예쁜 여은이가 일곱 살이나 많은 너랑 사귄다니 내 가슴이 다 아프다."

수정의 난데없는 공격에 벌어진 입이 다물어지질 않았다.

"엄마, 그런 소리 마. 나 어디 가도 사람들이 서른으로 안 봐!"

"그래. 좋겠다."

동준이 발끈했지만 수정은 영혼 없는 대답으로 응수했다. 그리곤 뭔가를 곱씹어 생각하는 듯 한참동안 입술을 굳게 다물고 있었다.

"신동준."

"응?"

"엄마가 부탁 하나만 하자."

긴 침묵을 깨고 수정은 꽤 진지한 얼굴로 동준을 바라보았다. 동준 역시 진지하게 받아들일 준비를 했다.

"나는 내 아들을 믿으니까 다른 걱정은 안 해. 여은이, 물론 씩씩한 아이지만 마음속에 감춰둔 상처도 많고 네가 생각하고 있는 것보다 훨씬 더 여린 아이야. 남녀 사이에 연애를 하다 보면 상처주고 상처받는 일이 수도 없이 반복되겠지만 너는 그러지 마라. 엄마 말 무슨 말인지 알지?"

동준은 그녀가 무엇을 걱정하시는지 알 것 같았다. 원래 연애를 하다가 싸울 땐 서로의 가장 아픈 부분을 누구보다도 잘 알기에 그곳에 일부러 상처를 내기도 하니까.

말뜻을 이해한 동준이 고개를 끄덕였다.

"그래도 마음이 놓이네. 우리 아들이라서. 여은이 힘들게 하면 내가 줘 팰 수 있으니까."

다른 이유도 아니고 그런 이유에서 마음이 놓인다고 하시니 동준은 웃음만 났다.
"내 아들은 사랑에 빠지면 앞뒤 재지 않고 간이고 쓸개고 다 빼주는 놈이던데."
"이젠 이성도 잘 챙기니까 걱정 마요."
"그렇다면 다행이고."
이렇게 멋진 분이 나의 어머니라니. 감동 그 자체였다.
편견과 선입견 없이 진심을 진심으로 받아주시는 분이라서, 오히려 여은이를 더 걱정해주고 아껴줘서 말로 표현할 수 없을 만큼 고마웠다. 동준은 수정의 허리를 두 팔로 꼭 끌어안으며 품으로 파고들었지만, 다 큰 녀석이 징그럽게 왜 이러냐며 타박을 하는 통에 오래 안겨 있지 못하고 품에서 떨어져 나왔다. 그래도 전혀 서운하지 않았다.
"저녁에 여은이 만날 거지? 이거 여은이 전해줘."
수정이 건넨 건 카드가 남긴 하얀 봉투였다.
"이게 뭔데?"
"다음 주에 있을 후원의 밤 초대장. 여은이한테 축사 부탁했거든."
"그랬어?"
매년 10월에 열리는 '도담회'의 후원의 밤 자선 행사. 그날은 후원자들과 후원 가정 아이들이 다 같이 모여 함께 식사를 하고 이야기를 나누는 즐거운 자리였다. 축사는 보통 아이들에게 멘토가 되어 줄 수 있는 명사나 후원받는 아이들 중 귀감이 될 만한 아이가 맡았는데, 이번엔 여은이에게 그 차례가 돌아온 모양이다.

"너도 올 거니?"

"당연하지!"

동준이 어깨를 으쓱이자 수정이 혀를 차며 팔불출 나셨다고 놀려댔다.

엄마가 놀리거나 말거나 동준은 단상 위에 서서 멋지게 축사를 해낼 여은의 모습을 그리며 미소를 지었다. 여은이의 지난 노력들이 또 다른 누군가에겐 희망을 품는 동기가 된다면 여은이가 얼마나 뿌듯해 할까. 동준은 생각만 해도 가슴이 벅찼다.

■ □ ■

그는 비오는 날마다 칼국수, 칼국수 노래를 불렀다. 밀가루를 좋아하는 그는 삼시 세끼 면만 먹을 수도 있다고 했고 실제로도 주식이 빵 아니면 면, 늘 밀가루였다. 그런 동준에게 늘 잔소리를 하는 여은이지만 오늘만큼은 부추와 바지락이 듬뿍 들어간 할머니 손맛 칼국수를 대접했다. 특별히 매콤달콤한 주꾸미볶음도 함께.

"좋은 날인데 소주 한잔 해야지?"

"그럴까요?"

여은의 대답이 끝나기가 무섭게 동준이 식당 주인에게서 소주 한 병과 잔 두 개를 받아 왔다.

"축하해, 김여은."

"감사합니다."

소주를 가득 채운 유리잔이 맞부딪히며 기분 좋은 소리를 만들었다. 단숨에 잔을 비운 여은은 동준의 입에 주꾸미 하나를 넣어주고 제 입에도 하나 넣었다.

날아갈 듯 홀가분한 이 기분은 어떻게 설명하면 좋을까. 오늘 같은 날은 소주 한 병을 혼자 다 마셔도 취하지 않을 것만 같았다.

오늘, 해외 인턴 최종 합격 발표가 났다. 무난히 합격할 거란 지도교수님의 말은 현실이 되었고, 특혜까지 받게 되었다. 보통은 해당 지역에 가자마자 2주간 어학연수를 받으며 기업과 매칭하게 되는데 여은은 운 좋게도 1지망이었던 미디어 콘텐츠 기업에서 바로 합격 연락을 받아 한류 콘텐츠 담당 부서에 배정된 것이다.

"다다음 주에 OT라고 했지?"

"네. 그날 비행기 티켓 예매도 미리 해두려고요."

열심히 모았던 적금 통장 하나를 깨버리려니 아쉬운 마음도 들었지만 아깝진 않았다. 정말 꼭 필요한 곳에 쓸 수 있게 되어 기쁘기까지 했다.

"직무 면접은?"

"이달 마지막 주예요. 아, 떨려!"

"돈 주고 경험 사오는 거나 마찬가지니까 악착같이 배워와."

"당연하죠!"

"정말 잘됐어. 너한테 분명 좋은 경험이 될 거야."

진심으로 같이 기뻐해줘서 고마운 마음뿐이었다. 솔직히 그가 서운해하는 게 더 기분은 좋지만 말이다.

뜨거운 김이 폴폴 올라오는 칼국수를 후후 불어가며 열심히 먹던 여은은 자신의 얼굴에서 눈을 떼지 못하고 있는 그를 뒤늦게 알아챘다. 꿀이 뚝뚝 떨어질 것만 같은 말간 눈으로 빤히 바라보는 것에 절로 얼굴이 달아올랐다.

"왜 그렇게 봐요?"

"내 거니까 내가 보고 싶을 때 실컷 보는 중이야."

여은은 동준에게 손을 내밀었다. 그러자 그가 여은의 손을 꼭 잡고 손등을 만지작거렸다.

"시간 금방 갈 거예요."

"여기 걱정은 말고."

"다녀오면 밀린 데이트 실컷 해요, 우리."

정말 잘된 일이라고 노래를 부르던 그가 이렇게 한 번씩 솔직한 한숨을 내쉴 때면 여은은 마음이 편안해졌다. 서운한 기색이 서린 눈빛으로 자신을 볼 때면 미안하면서도 동시에 안심이 되기도 했다.

"가기 전에 실컷 하는 것도 괜찮은 방법이지."

"맞네. 그럼 되겠다."

여은은 미소를 지으며 동준의 잔을 가득 채워주었다.

"우린 그저 지금 이 순간에 최선을 다하면 돼."

그의 말이 옳았다. 나중에 후회하는 일 없도록, 함께 시간을 보내는 그 모든 순간들에 최선을 다할 생각이었다.

동준이 잔을 비우자 여은은 안주 삼아 주꾸미를 동준의 입에 넣어 주었다.

"위로도 해주고, 맞장구도 쳐주고, 같이 술도 마셔주고…… 우리 애인 최고네. 다 컸어, 우리 애인!"

그의 입을 통해 우리의 관계를 정립하니 일종의 책임감이 느껴졌다. 여은은 그에게 어떤 사람이고 싶은지 다시 한 번 생각하게 되었다.

"오빠. 이번 달에 하고 싶은 거 지금 말해도 돼요?"

여은은 말레이시아에 가기 전 꼭 해보고 싶은 일이 있었다. 고맙게도 동준은 흔쾌히 고개를 끄덕였다.

"기차 타고 여행 가요, 우리."

"……여행?"

무슨 상상을 한 건지 그의 눈이 휘둥그레졌다.

"우리 할머니랑 같이 셋이서요."

그 순간 그의 이마에 '절망'이라는 글씨가 써진 듯했다. 사진을 찍어두고 싶을 만큼 굉장한 표정 변화에 여은은 간신히 웃음을 삼키며 태연한 얼굴로 동준을 보았다.

"할머니랑…… 셋이……."

"할머니가 아직 기차 한 번을 못 타보셨거든요. 같이 가줄 거죠?"

고향에 내려가 보고 싶다는 말을 하신 적도 있고, 단 한 번도 기차를 타본 적 없다고 하셨던 것도 기억이 나서 여은은 멀리 떠나기 전 할머니에게 좋은 추억거리 하나 드리고 떠날 생각이었다. 거기에 그를 끼워주려고 한 건데 그는 아무래도 다른 생각을 한 듯했다. 마지못해 고개를 끄덕인 동준이 또 한 번 술잔을 비웠다.

"고마워요, 오빠. 진짜, 진짜 고마워요."

동준은 알았다는 듯 대충 고개를 끄덕이곤 잔 비우는 속도를 높였다.

반주로 몇 잔 마신다는 게 결국 한 병 반을 혼자 다 마셔 버리고 말았다. 집에 들어오자마자 동준은 바닥에 대자로 누웠다. 그러자 먼지가 슬금슬금 다가와 알은체를 하더니 어서 자기 머리를 쓰다듬으라는 듯 동준의 손바닥에 제 머리를 들이밀었다. 마지못해 먼지의 머리와 등을 쓰다듬던 동준은 주머니에서 휴대폰을 꺼내 해인에게 전화를 걸었다.

[왜.]

통화 연결과 동시에 불친절한 답이 건너왔다.

"자냐?"

[자면 네 전화를 받았겠어? 뭔데?]

"후우."

여은이와 5개월 동안 떨어져 지내야 한다는 것이 문득 실감이 나서 긴 한숨이 절로 나왔다. 혹시나 나를 걱정할까 봐, 미안해할까 봐, 괜찮다고 호기롭게 말했지만 실은 괜찮지 않았다. 솔직히 보내기 싫은 욕심도 조금 있었다. 좋은 기회라고 부추겨놓고서는 지금에 와서 굳이 거기까지 가야 하는 건가 싶은 생각도 들고, 여기서도 충분히 인턴 생활을 할 수 있을 텐데 하는 속 좁은 생각까지 들려 했다. 이런 생각을 하는 자신이 너무 못마땅해서 누가 욕이라도 좀 해줬으면 싶어 해인에게 전화를 건 것이다.

지난 몇 년간 열심히 노력해 온 여은에게 선물처럼 다가온 소중한 기회를 두고 어쩜 그리 불경한 생각을 할 수 있지? 가라고 등 떠밀어 놓고 나 정말 왜 이러니. 설렘 가득한 여은이 얼굴을 보고도 그런 생각이 드냐? 못났다, 정말 못났어.

[너 술 마셨지?]

"어. 마셨다."

[으이구.]

"여은이 최종 합격했어."

[해외 인턴? 와! 잘됐네! 진짜 잘됐다!]

막상 또 해인이가 축하해 주니 내 어깨는 왜 으쓱해지는 건가.

동준은 피식 웃고 말았다.

"그래서 축하주 한잔 했지. 우리 애인이 술도 잘 마시더라고. 후훗."

[뭐야. 근데 왜 그렇게 축 처져 있어?]

"아무래도…… 난 어른이 덜됐나 봐. 막상 다 결정 나니까 보내고 싶지가 않다."

으이그, 멍청이라고 말해줘. 너 정말 못났다고 욕 좀 해주라. 정신 들게.

[그런 마음 들 수도 있지. 많이 좋아하니까. 가까이에서 보고 싶고 떨어져 지낼 게 걱정되고, 그건 당연한 거야, 이 맹추야.]

너한테 그런 말을 듣자고 전화한 게 아니란 말이다! 왜 하필 이럴 때 내 마음을 헤아려주고 그러니.

바닥에서 일어난 동준은 냉장고로 가 캔 맥주 하나를 꺼냈다.

[어른스럽게 굴고 싶겠지만 그게 네 진심인 걸 어쩌겠어. 그리고 꼭 어른스러울 필요는 없잖아?]

"난…… 여은이한테 늘 믿음직스럽고, 듬직하고, 그 어떤 상황에서도 믿고 기댈 수 있는 단단한 사람이고 싶거든. 근데……."

[연애하면서 어떻게 네 한쪽 면만 보여줄 수 있겠냐. 앞으로 여은 씨는 신동준이라는 사람 전체를 알게 될 텐데. 다 보여줘야지, 네가 어떤 사람인지. 어떤 생각을 가지고 있고, 어떻게 사랑하고 있는지. 여은 씨는 그 모습들까지도 더 많이 좋아해 줄 거야. 네가 여은 씨의 모든 모습을 좋아하는 것처럼.]

얘가 원래 이렇게 말을 잘했나 싶었다. 하긴 내 진심을 들여다보게 만든 것도 이 친구니까. 그래도…… 위로를 받으니 마음이 한결 편안해졌다.

인간 참 간사하네.

동준은 맥주에 긴 빨대를 꽂고 쭉 들이켰다.

"난 있지. 다시 사랑이 오면 내가 한눈에 알아볼 줄 알았거든? 근데…… 너무 오래 걸렸어. 그래서 그 시간들이 너무 아까운 거야. 이렇게 곁에 가까이 두고서 헤맸던 그 시간들이……."

좀 더 일찍 알아봤더라면 얼마나 좋았을까. 그랬다면 말 같지도 않은 훈계를 하며 상처를 주지도 않았을 텐데. 나에 대해 좋은 기억만 가질 수 있었을 텐데. 그건 진짜 욕심이겠지? 해인의 말대로, 나의 모든 모습을 보여주는 게 옳은 거겠지?

[인생 길다, 동준아. 이제 시작인데 뭐가 그렇게 아쉽냐?]

모든 걸 초월한 듯한 해인의 말투에 동준은 또 한 번 웃고 말았다.

[그래도 다행이지. 제대로 사랑할 줄 아는 사람을 만났으니까.]

“칭찬 고맙다.”

[너 칭찬한 거 아닌데? 여은 씨 칭찬한 거야.]

아……. 여은이 얘기한 거구나.

동준은 사레가 들려 한참을 콜록거렸다.

“끊자!”

통화를 마친 동준은 호로록 소리가 날 때까지 맥주를 끝까지 빨아 먹곤 옷을 훌렁 벗으며 욕실로 향했다.

■ □ ■

후원의 밤 행사에는 한 자리에서 보기 힘든 정재계 유명 인사들이 참석했지만 위화감이 조성될 만큼 화려한 분위기는 아니었다. 자신들이 후원하는 학생들과 한 테이블에 둘러앉아 식사를 하며 이야기를 나누는 화기애애한 분위기인데 거의 모든 테이블에서 연신 웃음소리가 넘쳐났다.

“멋진 축사를 들려준 우리 김여은 양에게 박수 부탁드립니다.”

오늘 행사의 사회를 맡은 ‘도담회’의 총무, 모 로펌 대표이사의 말에 박수갈채가 쏟아졌다. 단상에서 내려온 여은은 사람들을 향해 허리를 숙여 공손히 인사를 드리고 테이블로 돌아왔다.

“잘했어. 아주아주 멋졌어.”

수정이 엄지를 치켜세우며 진심으로 뿌듯한 표정을 지었다. 한 테이블에 앉은 수정의 다른 후원 학생들도 박수를 보냈다.

아직 이렇다 할 멋진 길을 걷고 있지 않은데 이 친구들에게 어떤 이야기를 들려줘야 할지 여은은 며칠 고민했었다. 초등학생부터 대학생까지 다양한 나이의 친구들이 참석하기에 주제를 정하는 것도 쉽지 않았다.

그래서 여은은 오래된 기억들을 꺼냈다. 처음 수정이 자신을 찾아왔던 날, 자신의 손을 잡고 동네 문방구로 가서 늘 사고 싶었던 크레파스와 예쁜 연필, 스케치북과 공책을 양손 가득 사서 안겨주었던 일. 그날 밤, 자신의 것이 된 새 크레파스로 그렸던 그림 한 장을 여기 있는 친구들에게 보여주었다. 그림 안에는 키가 훌쩍 자란 자신이 활짝 웃으며 키 작은 아이들 앞에 서서 두 팔을 벌리고 있었다. 마치 수정이 자신에게 두 팔을 활짝 벌리며 웃어주었던 그날처럼……. 고작 열 살이었지만 여은은 수정과 같은 어른이 되고 싶었다.

“떨려 죽을 뻔했어요.”

“에이, 엄살은.”

세상에 이렇게 멋진 어른들이 많다는 건 참으로 감사한 일이었다. 그래서 언젠간 그들과 같은 어른이 되고 싶었다. 세상을 따스한 눈으로 바라볼 수 있게 인도해주고, 힘내라고 손 내밀어주고, 지쳐 포기하려 하면 뒤에서 밀어주는 어른. 사회적인 성공뿐 아니라 남에게 자신의 온정을 베풀 수 있는 그 여유로운 마음을 갖고 싶었다.

"동준이 거의 다 왔단다. 에이그, 조금만 더 일찍 왔으면 좋았을 걸. 저 위에서 멋지게 말하는 거 할머니께도 직접 보여드려야 하는데. 아쉬운 대로 동영상으로 보여드려야겠다."

수정은 휴대폰에 담은 여은의 축사 동영상을 다시 한 번 돌려보며 아쉬워했다. 쑥스러운 마음에 여은은 샴페인 한 잔을 단숨에 들이켜곤 달아오른 볼을 손바닥으로 꾹꾹 눌렀다.

"늦었습니다."

귀에 익은 목소리에 뒤를 돌아보니 동민이었다. 방금까지 자다가 나온 건지 머리는 부스스했지만 그래도 전보단 얼굴이 한결 좋아 보였다. 전엔 정말 술에 절은 폐인 같았는데 오늘은 조금 피곤해 보이는 정도였다.

그래도 엄마가 무섭긴 한 모양이다. 가족 행사에는 절대 빠지지 않고 나오는 것을 보면.

여은은 웃으며 동민에게 인사를 건넸고 그는 멋쩍어 하며 눈썹을 들썩였다.

"와줘서 고맙다, 아들."

수정의 말에 그가 옅게 웃었다. 그가 진심으로 웃는 모습은 정말 오랜만에 보는 듯했다.

수정은 타박을 하기 보다는 다정한 말을 먼저 건네는 분이었다. 여은은 그런 점이 참 존경스러웠다. 항상 사람을 볼 때 단점

보다는 장점을 먼저 보고, 상대방과 나의 다름을 인정하고 받아들인다는 것. 그게 결코 쉽지 않기 때문에 수정에 대해 알면 알수록 존경심이 커졌다.

그래서 그가 이토록 다정하고 따뜻한 사람인가 싶다. 그렇다면 동민도 기본 인성은 그러해야 하는데 왜 저리 가시를 바싹 세우고 사는지…….

"오빠 식사 못 하셨죠?"

"지금 막 일어나서……. 아직 생각 없어. 괜찮아."

아무래도 지난 번 일이 있어서 그런지, 조심스러워하는 듯했다. 아니면 잠결이라 가시가 덜 돋은 것일 수도 있고.

"그러게 일찍 오면 좋았잖아. 이따 할머니 오시면 식사 다시 부탁할 거니까 그때까지 기다려."

동민은 고개를 끄덕이곤 샴페인을 먼저 받았다. 여은은 자신의 바로 옆 자리에 앉은 동민 때문에 조금 긴장이 되었다. 언제 어디로 튈지 모르는 요주의 인물인지라 주변 분위기를 살피느라 말이 없는 그를 힐끔거리며 입술을 깨물었다. 다행히 아직까진 기분이 나빠 보이진 않으니 별다른 자극이 없다면 오늘은 무사히 넘어갈 듯싶었다.

"오늘 축사 제가 했는데."

"그랬어? 네가 벌써 축사 할 짬밥이 됐구나?"

여은은 먼저 용기를 내어 말을 걸었다. 먼저 마음을 열어야 상대방도 마음을 연다는 걸 동준을 통해 배웠기 때문이다. 서두를 마음은 없지만 그래도 동민과는 좀 더 가까워지고 싶었다.

"너도 한잔 할래?"
"네. 주세요."
여은은 동민이 건넨 샴페인 잔을 받았다.
"해외 인턴 됐다며? 어디랬지?"
"말레이시아요. 내년 2월 말에 떠나요."
"그래? 잘됐네. 나까지 당부 안 해도 네가 알아서 잘하겠지."
동민이 여전히 톡톡 쏘는 말을 했지만 이젠 적응이 돼서 그 정도로 기가 죽진 않았다. 여은은 고개를 끄덕이며 답을 대신했다.
"요즘에도 형 가게에서 일해?"
"네. 가기 전까진 계속 할 거예요."
"돈은 많이 주냐?"
"감사하게도…… 네. 많이 주세요."
여은이 멋쩍어 하자 동민도 고개를 끄덕였다.
"둘이 그렇게 친하게 지내다가 눈 맞는 거 아닌가 몰라."
별 의미 없이 툭 던진 말에 여은과 수정이 동시에 얼어버렸다. 죄를 지은 것도 아닌데 순간 둘 다 멈칫한 것이다. 여은은 저도 모르게 수정의 눈치를 살폈고 수정은 미소를 지었지만 그 사이의 분위기를 읽어낸 동민의 얼굴은 점점 굳어졌다.
"뭐야. 설마…… 너 형이랑 연애라도 하냐?"
여은이 대답을 못하자 동민의 표정은 싸늘해졌다. 가슴이 마구 뛰었다. 여기서 무슨 말을 해야 할지, 어떻게 말을 해야 동민이 곡해하지 않고 자연스럽게 받아들일지 몰라 당황스럽기도 했다.
"와……. 너 진짜 양심도 없다. 너 정말 형이랑 사귀어?"

"신동민. 목소리 낮춰."

주변 테이블의 사람들이 보내는 시선조차 알아차리지 못할 만큼 여은은 머릿속이 복잡해 애꿎은 식탁보만 만지작거렸다.

"엄마도 알고 있었어? 엄만 그걸 듣고도 가만히 있었어?"

동민은 뜨악한 얼굴로 언성을 높였다.

가시방석이 따로 없었다. 얼굴이 화끈거려 앉아 있을 수 없었다. 여은은 마지못해 자리에서 일어섰다. 일단은 흥분한 그를 밖으로 데리고 나가 차분히 대화하는 게 좋을 것 같아서였다.

"김여은. 적당히 해. 형한테까지 빨대 꽂는 건 너무한 거 아냐?"

"오빠, 말씀이 지나치시네요. 여기서 이러지 마시고 저랑 밖에 나가서……."

"말씀이 지나쳐? 난 네가 더 지나친 거 같은데? 왜 자꾸 사적으로 엉겨? 솔직히 말해봐. 너 일부러 형한테 접근한 거지?"

"오빠!"

여은은 저도 모르게 목소리를 높이고 말았다. 둘 사이에 불꽃이 튈 듯 따가운 시선이 오고갔다. 여은은 주먹을 불끈 쥐었다. 가장 입장이 난처해진 수정이 동민을 데리고 밖으로 나가려 팔을 잡아당겼지만 동민은 꼼짝도 하지 않았다. 좋은 날 벌어진 일련의 소란에 사람들의 시선은 이쪽으로 집중되었다.

"어쩐지…… 이상하다 했어. 형이 정신 못 차리고 네 편 들 때부터 이상했지. 착한 사람 그렇게 이용하면 안 되지. 어린애가 약아 빠져가지고. 너 그러라고 후원해 준 거 아냐. 남의 등 처먹고 인생 편하게 살려고…….”

짝!

그 순간 동민의 뺨을 향해 손이 날아들었다.

“우리 애기는 그런 아 아니어유.”

그곳엔…… 손을 부들부들 떨고 있는 할머니가 서 계셨다. 얼굴은 하얗게 질렸고 가느다란 입술도 바르르 떨고 있었다.

하필이면…….

여은은 억장이 무너졌다. 막을 새도 없이 눈물이 쏟아졌다.

“없이 살았어도, 그렇게는 안 살었어. ……내가 그렇게는 안 가르쳤어. 내가 아무리 못 배우고 멍청해도…… 우리 아는 그렇게 안 키웠어. ……절대로 그렇게 안 키웠어. 참말이여.”

“할머니…….”

누군가 여은의 손을 잡았다. 고갤 돌리니 그곳엔 동준이 서 있었다. 망연자실한 얼굴. 미간은 잔뜩 일그러져 있었다.

“우리 여은이, 누구보다 열심히 살었어. 밤 잠 안 자며 공부허구, 일허구, 월매나 기특한지 내가 눈물이 나서 설명을 다 못햐. 설마 허니…… 남의 등이나 처먹을라고 그렇게 아등바등 살았겄어? ……절대로 그런 아 아녀.”

비록 울먹이고 있었지만 할머니의 말투는 단호했다. 손등으로 눈물을 훔치고 다시 꼿꼿하게 선 할머니는 눈물로 흠뻑 젖은 여은의 두 볼을 두 손으로 감쌌다.

“할머니. 죄송해요. 제가 자식을 잘못 키워서. 정말 죄송합니다. 얼른 사과드려, 신동민. 얼른!”

동민은 이를 악문 채로 멍하니 서 있었다.

"나한테 사과할 거 없어유. 이 가여운 거…… 저거 가슴에 또 상처 생겼을까비……."

할머니는 결국 눈을 질끈 감으며 눈물을 흘렸다. 여은은 어느새 제 품에 쏙 안길 만큼 작고 말라 버린 할머니를 품에 안았다. 가슴이…… 미어졌다.

할머니는 이내 여은의 품을 벗어나 수정에게 다가가 두 손을 꼭 붙잡았다.

"제가 헤어지라고 할 테니께 걱정 마셔유. 사모님 걱정 안 끼치게 잘 타이를 테니께, 신경 안 쓰이게 해드릴 테니께 아무 걱정 마셔유. 그동안 베풀어주신 은혜가 있는디 그람 안 돼쥬. 동준이가 마음이 착해가지구 좀 잘 챙겨주구 하니께, 어린 마음에……."

"아니에요, 할머니. 여은이가 어때서요. 둘이 왜, 뭐 때문에 안 되겠어요? 전 절대로 그런 마음 없으니까 그런 말씀 마세요."

수정이 타일러 봤지만 할머니는 긴 한숨을 내쉬며 고개를 가로 저었다.

"죄송해유. 순간 너무 화가 나가지구 아드님 뺨을……. 정말 죄송해유. 지는 이만 가봐야 쓰겄네유. ……가자, 여은아."

어젯밤 장롱 깊숙이 넣어두었던, 정말 중요한 날에만 입으시는 분홍색 스웨터를 꺼내시며 오늘 입고 갈 거라고, 촌스러워 보이지 않냐고 물으시던 할머니의 설렌 얼굴이 떠올랐다. 분도 바르고 입술도 바르고 오라는 여은의 말에 '남사시러워서 그런 거 못햐'라고 말하며 수줍게 웃던 것도 떠올랐다. 발길을 재촉하는 할머니의 구부정한 뒷모습을 보며 여은은 차마 이대로 갈 순 없다고 생각했다. 게다가 1년에 한 번 모이는 이 귀한 자리를 이런 분위기로 만들어 놓고 떠날 순 없었다.

"할머니, 잠깐만요."

여은은 동민에게 다가갔다.

"오빠. 저랑 잠깐 이야기 좀 해요."

여은은 애써 미소를 지으며 동민의 손을 잡아끌었다.

"여은아."

동준이 다가와 말렸지만 여은은 괜찮다고 눈짓했다.

"우리 둘이 할 얘기가 있어서 그래요. 잠깐 할머니 좀 부탁드려요. 그리고 이 분위기도 좀 어떻게 해줘요. 부탁할게요."

마지못해 일어선 동민은 여은이 이끄는 대로 순순히 걸었다. 홀을 빠져나가는 동안에도 동민은 군말 없이 여은을 따랐다.

아직도 손이 바들바들 떨렸고 참담함은 이루 말할 수가 없었다. 동준은 깊은 한숨을 쉬며 마른세수를 했다.

"아이고……."

가슴에 손을 얹은 할머니가 그대로 주저앉으려 하자 동준이 얼른 다가가 부축을 해드렸다.

"여기 앉으세요, 사장님."

의자에 할머니를 앉혀드리고 나니 그 옆에 수정도 털썩 주저앉았다. 고맙게도 다른 사람들은 주위를 환기시키며 다시 각자의 대화를 이어갔다. 관심을 갖지 않으려고 노력해 주니 어떻게 감사의 인사를 해야 할지 모를 지경이었다.

"할머니, 정말 죄송합니다. 제가 자식을…… 저렇게밖에 못 키워서."

수정이 결국 눈물을 보였다. 할머니는 오히려 그런 수정의 손을 다독여 주었다.

"저 때문에 마음이 곧게 자라지 못해서 그래요. 죄송합니다. 정말 죄송합니다."

"자식 겉 낳지 속 낳나유. 그런 말씀 마셔유."

한숨 섞인 할머니의 말에 수정은 눈물을 닦고 이를 악물었다.

"제가 여은이 단속을 잘 했어야 했는디……. 둘이 좋아헌단 얘기 듣구서, 참 바르고 따뜻한 청년이라 제가 순간 탐을 냈네유. 죄송헙니다. 은혜도 모르고……."

"할머니, 제발 그런 말씀 마세요. 제가 여은이를 얼마나 예뻐하고 아끼는지 아시잖아요. 저한텐 여은이 무척 각별한 아이예요. 동준이한테 여은이랑 사귄단 얘기 듣고 제가 얼마나 가슴이 설렜는데요. 제가 동준이한테도 그랬어요. 참 잘됐다고. 다른 사람 아니라 제 아들이라 정말 다행이라고 생각했어요. 우리 여은이 힘들게 하면 제가 가서 두들겨 패줄 수도 있으니까요."

수정은 자세를 낮춰 할머니를 올려다보았다. 그리고 진심을 다해 사과했다.

"은혜요? 무슨 은혜를 갚아요. 저렇게 올바르게 자라준 것만 해도 기특해서 눈물이 날 것 같은데 무슨 은혜요."

결국…… 할머니가 다시 눈물을 흘렸다. 동준은 그런 할머니

앞에 무릎을 꿇고 앉아 손수건을 건넸다.

"참말로 고맙습니다. 우리 여은이…… 이렇게 예뻐해 주셔가지고……."

동준은 고개를 떨어뜨린 할머니를 아무 말 없이 안고 한참을 그렇게 있었다.

코끝이 찡할 만큼 찬바람이 불었다. 덕분에 샴페인 두 잔으로 약간 멍했던 정신이 되돌아오는 듯했다.

호텔 입구 계단에 걸터앉은 여은과 동민은 한참 동안 입을 열지 않았다.

"오빤 너무 삐딱해요. 완전 꼬였어."

먼저 말을 꺼낸 건 여은이었다. 하지만 동민은 답이 없었다.

"오빤 자꾸 남 탓만 해요."

듣기만 하던 동민이 주머니에서 담배를 꺼내 물었다.

"오빤, 세상에서 오빠가 제일 불행하다고 생각하죠?"

동민이 스윽 고개를 돌려 눈을 맞췄다. 차갑기 그지없었다. 어쩜 형제가 이렇게 다를 수 있을까.

"오빤 그래서 안 되는 거예요."

"……뭐?"

"일부러 가시 돋친 말만 하잖아요. 진심을 꺼내는 게 그렇게 부끄러워요?"

동민은 아니라고 반박하지 못했다. 여은이 먼저 웃었다.

"저한테 샘내는 거죠?"

더는 듣고 싶지 않은지 동민이 담배를 비벼 끄곤 자리에서 일어섰다.

"제 얘기 아직 안 끝났어요."

"시답지 않은 말장난 들을 이유 없어."

결국 여은이 일어나 동민의 팔을 붙잡았다.

"오빤, 솔직하지 못해요."

"솔직하지 않아도 잘 살고 있어."

"그래서 오빤 지금 행복해요?"

동민은 여은의 얼굴을 빤히 쳐다보기만 했다.

"내내 제 물음에 하나도 대답 못한 거 알아요?"

미안한 기색이 역력해 보였다. 후회하는 것도 같았다. 하지만 끝내 고집을 부리고 있었다. 그걸 자존심이라고 믿는 건지…….

여은이 한숨을 내쉬었다.

"오빤 지금 마음에 벽을 쌓고서는 왜 내 마음을 몰라주냐고 투정 부리고 있는 거예요."

진심을 감추고 겉에 벽을 쌓는 것, 자신이 그래왔기 때문에 한눈에 알아볼 수 있었다. 그래서 어쩌면 동민을 도울 수 있을 거라고 생각했다. 괜한 오지랖일 수도 있겠지만 동준이 자신을 일깨워준 것처럼 자신도 동민을 일깨워주고 싶었다.

뭐든지 괜찮다고 말하던 김여은과 뭐든지 삐딱하게 보는 신동민은 한끝 차이라고 생각했다.

"대체 무엇이 오빠 발목을 붙잡고 있는 건지 진지하게 고민해보세요. 저는 그걸 해결하고 나서 마음이 무척 가벼워졌거든요."

동민의 눈엔 지금 생각들이 가득해 보였다. 여은은 동민의 손을 잡았다.

"세상이 내게 주는 모든 일들은 내 탓도 아니고 남 탓도 아니래요. 그저…… 일어날 일이었던 것뿐이래요. 그러니까…… 감당해야겠죠. 저는 그렇게 생각하고 열심히 살 거예요."

행운이라고밖에 설명할 수 없을 것 같다. 내 곁에 이렇게도 좋은 사람들이 있어주는 건…….

그래서 지금 동민에게도 그런 사람들이 필요해 보였다.

"그러니까…… 오빠도 그랬으면 좋겠어요."

동민은 천천히 시선을 옮기며 발걸음을 뗐다. 동민이 시야에서 완전히 사라지자 여은은 그 자리에 털썩 주저앉고 말았다.

가슴이 뻥 뚫린 것 같았다. 이게 후련함인지 아니면 속상함인지 잘 모르겠지만.

동민이 진심으로 가여웠다. 비록 내게 아픈 말을 쏟아내긴 했지만 저 사람 속은 오죽할까 싶기도 했다.

"나쁜 놈."

그래도 아무도 안 들을 때 욕 한마디는 해줘야지.

여은은 자리를 털고 일어나 몸을 쭉 펴고 깊게 숨을 들이쉬었다. 유난히 밝은 별이 총총하게 박힌 까만 하늘을 올려다보며 괜히 손 한번 흔들어 보고 다시 홀 안으로 씩씩하게 걸어 들어갔다.

11

말하자면 좋은 사람

한 달에 한 번, 프루트바스켓의 정기 휴일.

프루트바스켓 식구들은 한 달 동안 판매할 만큼의 과일청과 통조림, 잼을 만들고 일찌감치 정리한 후 해질 무렵 한강공원 망원지구로 향했다. 이번 나들이는 예전에 여은이 동준에게 다 같이 한강공원으로 바람 쐬러 가서 '가볍게' 운동하면 좋겠다는 그 말 한 마디에서 시작되었다.

"여기! 여기!"

"패스! 이리 달라고!"

"야, 인마! 너 빨리 안 뛰어?"

"리바운드! 아이씨!"

어쩜 저렇게 넷 다 승부욕이 끓어 넘칠까. 환상의 조합이네.

몸풀기로 2:2 농구 경기를 하고 가볍게 배드민턴을 치겠다는 계획은 애초에 실현 불가능한 것이었다. 네 사람 모두 상의 탈의까지 하며 이를 악문 채 승리에 대한 열의를 불태웠고, 그들에게 여은은 안중에도 없는 듯했다.

한낮에는 제법 볕이 따뜻하더니 해가 지고 나니 완전 가을 날씨였다. 찬바람이 제법 불어 가만히 있으면 코끝이 시린데 저 남자들은 춥지도 않은지 땀까지 뻘뻘 흘리고 있었다. 공원에 운동을 나온 시민들은 이 추운 날 상의 탈의까지 하며 열정적으로 운동을 하는 젊은 남자들을 향해 관심을 보였고, 시간이 흐를수록 제법 많은 사람들이 농구 코트 주변에 모여들었다.

사람들의 시선이 집중될 수밖에 없는 그림이긴 했다. 같은 식구들이라서가 아니라 객관적으로 봐도 참 훈훈한 광경이었다.

넷이서 둘씩 편을 먹고 하던 경기가 어느새 다른 팀과 뒤섞여 4:4 경기가 되어버렸다. 다른 사람들과 한데 엉켜 도대체 어떻게 편을 먹은 건지 구분이 되지 않는 상황이었지만 여은에게 그런 상황들은 그다지 중요하지 않았다. 딱 한 사람만 보고 있으면 되니까. 여은은 흐뭇한 표정을 숨기지 못한 채 동그랗게 눈을 뜨고 동준만 바쁘게 좇았다.

그렇게 한참동안 경기가 계속 되다가 뒤늦게 합류한 다른 팀이 더 이상 못 뛴다며 나자빠지자 그제야 강제로 종료되었다. 당연히 경기 결과 같은 건 여은에겐 관심 밖의 일이었다. 여은은 땀에 흠뻑 젖은 채 자신을 향해 다가오는 동준을 보며 눈 둘 곳이 없어 괜히 우왕좌왕했다. 잔뜩 성이 난 듯 바짝 올라붙은 자잘

한 근육들이 농구 코트를 비추고 있던 조명 때문에 한층 더 부각되어 보여 저도 모르게 '어흐'하고 감탄을 하고 말았다.

"아이고, 힘들다."

여은은 자신의 옆에 털썩 주저앉은 동준에게 수건과 물을 건넸고 동준은 수건으로 얼굴과 목의 땀을 닦곤 어깨에 대충 걸쳤다. 그러곤 물을 벌컥벌컥 들이켰는데 꿀렁이는 목울대를 지켜보며 여은도 덩달아 침을 꿀꺽 삼켰다.

"연신내가 형님 보고 침 삼켰어! 야, 너는 돈 내고 봐."

이 남자 정도는 돈 내고 봐도 안 아깝겠지. 그럼. 이런 건 어디 가서 돈 주고 보기도 힘들걸?

애오개의 말도 어느 정도는 일리가 있었지만 수긍하고 싶지 않아 여은은 괜히 애오개를 째려보았다. 너무 뚫어져라 봤나 싶어 부끄럽기도 하고 그걸 또 콕 집어내는 게 얄밉기도 해서 여은은 애오개의 팔뚝을 툭 치고 수건을 건네주었다.

"다들 얼른 옷 챙겨 입어요. 바람이 차서 감기 들지도 몰라."

여은은 네 사람이 벗어 던졌던 상의를 챙겨 한 명씩 차례로 건넸다.

"여은이가 심심했겠다."

"아니에요. 구경하는 거 재미있었어요."

야심차게 준비해 온 배드민턴 라켓은 손에 쥐어보지도 못했지만 한강공원에 나와 바람을 쐰 것 자체만으로도 기분이 좋았다.

이제라도 자신의 걱정을 해주는 게 고마워 여은은 동준에게 빈 과자 봉지를 보여주었고, 동준이 씨익 웃더니 티셔츠에 머리를 밀어 넣었다. 그게 또 왜 그렇게 멋있어 보이는지…….

"그렇겠지. 구경 제대로 했겠지."

"재한텐 돈 받아야 된다니까."

녹사평과 애오개의 깐죽임에 여은은 또 한 번 눈을 흘겼다.

"우리 저녁 뭐 먹을까?"

동준의 물음에 애오개와 녹사평이 서로 눈짓을 주고받더니 가장 먼저 옷을 다 챙겨 입은 문래의 옷자락을 끌어당겼다.

"아, 저흰 한 게임 더 하려고요."

"예. 그럴 거예요, 형님. 여은이 데리고 먼저 가세요."

문래가 어리둥절해 하는 동안 녹사평이 다시 문래의 티셔츠를 벗겨 버렸고 그 모습을 지켜보던 여은은 웃음을 참을 수가 없었다.

"저녁 먹고 와서 더 뛰면 되지."

"에이, 몸 식기 전에 더 뛰어야죠. 여기 예쁜 누나들도 많이 모였는데."

애오개가 이쯤에서 그냥 두 분은 먼저 가라는 듯 눈짓을 보냈고 동준은 그제야 알았다는 듯 고개를 끄덕였다.

"알았다. 이따 니들끼리 기분 내라."

동준의 지갑에서 카드가 나오자 세 남자의 눈이 반짝반짝 빛났다.

"역시 우리 형님!"

"으이그, 예쁜 새끼들."

'우리 사귀기로 했어' 하고 공개적으로 연애를 하는 건 아니지만 눈치 빠른 애오개를 시작으로 나머지 두 사람 모두 얼마 지나지 않아 동준과 여은의 연애를 눈치챘다. 그들은 두 사람 사귀는 거냐고 꼬치꼬치 캐묻지 않았고 동준과 여은도 굳이 설명하지 않았다.

"우리 먼저 간다."

"연신내 잘 부탁드립니다."

서로 자연스럽게 받아들인 후 그들은 가끔 이런 식으로 자리를 피해주곤 했다. 물론 매번 이렇게 착하게 굴진 않았다. 다 같이 영화를 보러 가서는 기어이 동준과 여은 사이에 셋이 나란히 끼어든다거나, 괜히 여은에게 다정한 척 굴며 동준의 심기를 건드는 등 짓궂은 장난을 치기도 했다. 그런 소소한 재미를 누리며 여은과 동준은 공개 아닌 공개 연애를 하고 있었다.

세 사람과 인사를 나누고 돌아선 여은과 동준은 누가 먼저랄 것도 없이 손부터 맞잡았다.

"저녁 뭐 먹을래?"

"음. 시원한 거 먹을까요?"

"뭐든 먹자. 배고파 죽겠어."

얼굴 찡그리는 것마저 잘생겨 보였다. 오늘따라 왜 이러지 싶어 여은은 혼자 피식 웃으며 고개를 떨궜다.

"많이 힘들어요?"

"아니? 많이 힘들진 않은데? 상쾌한 정도?"

장난처럼 으스대는 모습이 무척이나 귀여웠다. 그렇게 한 시간 넘게 미친 듯이 뛰어다녀 놓고 힘들지 않다는 건 정말 거짓말일 것이다.

주차장에 도착해서 차에 올라탄 여은은 시동을 걸고 아주 잠깐 멍한 표정을 하고 있는 동준 때문에 또 한 번 웃고 말았다.

"제가 얼른 면허를 따야겠어요. 마음 같아선 대신 운전이라도 해주고 싶은데."

"그거 좋은 생각이다. 가기 전에 면허 따자. 내가 도와줄게."

"에이, 안 돼요. 연인 사이에 운전 가르치다가 싸우는 경우 엄청 많다고 하잖아요. 그런 걸로 오빠랑 싸우고 싶지 않아요."

동준이 웃으며 여은의 뒷머리를 쓰다듬었다.

"다른 남자한테 배우는 거보단 낫지."

그게 또 그런가?

"그래도 막상 면허 따면 불안하다고 운전 못 하게 할 거잖아요."

여은의 말에 그는 끝내 부정하지 못했다.

그럴 줄 알았어.

여은은 고개를 절레절레 흔들며 안전벨트를 채웠다.

좀 더 함께 있고 싶은 마음이 간절했지만 늘 그랬듯 그는 일찌감치 집 앞에 데려다주었다. 그 배려가 고맙기도 하고 때론 섭섭하기도 했다. 더 많은 시간을 함께 보내고 싶은 마음은 내 마음뿐인 건가 싶다가도 그의 진심을 알고 그가 어떤 사람인지 알기에 여은은 그에게 투정부리지 않았다.

아쉬운 마음에 두 사람은 손을 잡고 집 근처 공원을 걸었다.

"추워?"

"아뇨. 딱 좋아요."

"이럴 땐 춥다고 해야 내가 안아줄 핑계가 생기는데."

"우리 사이에 아직도 핑계가 필요해요?"

여은의 말에 그는 꽤나 놀란 듯 눈을 동그랗게 뜨고 미간을 찡그렸다.

"갑자기 이렇게 훅 들어오면……."

"좋죠?"

그는 고개를 끄덕이며 여은의 어깨에 팔을 둘러 안았다. 그의 솔직한 답이 좋아서 여은은 동준의 허리에 조심스레 팔을 둘렀다.

"마지막 주 화요일로 차표 예매했어요."

"내가 한다니까 또 말 안 듣네."

여은이 어깨를 으쓱이며 웃자 동준이 머리를 기울여 그녀의 이마를 콩 박았다.

우리의 첫 번째 여행이자 할머니의 첫 번째 기차 여행. 여행을 준비하며 여러모로 실망감 가득한 그의 표정을 보는 재미가 쏠쏠했다.

목적지는 할머니의 고향 충남 논산. 여은과 동준은 내려갈 때 모셔다드리고 그날 저녁에 다시 서울로 올라오기로 했다. 여행이라고 하기엔 무리가 있는 일정이지만 그저 그와 서울이 아닌 다른 곳에 함께 가본다는 것만으로도 마음이 설렜다.

"항공권 예매는 잘 했어?"

“그쪽 에이전시 통해서 단체로 예매했어요.”

“이제 직무 면접만 남았네.”

“네. 근데 어차피 저는 갈 곳이 이미 정해져 있어서 따로 상담할 건 없대요. 진짜 짐만 싸면 돼요.”

떠날 날이 얼마 안 남은 것 같아서 시간이 천천히 갔으면 싶다가도 차라리 얼른 다녀오는 게 나을 것 같아서 시간이 빨리 갔으면 싶기도 하고…….

하루하루 시간이 흐를수록 여은의 마음은 하루에도 열두 번씩 요동쳤다. 아마 그도 자신과 다르지 않을 것이다. 괜히 마음 흔드는 일이 될까 봐 내색하지 않으려 애쓰는 게 여은의 눈에도 훤히 보일 정도니까.

헤어짐이 아쉬워 발걸음이 느려졌다. 집으로 향하는 내내 두 사람은 서로의 눈치만 살피며 맞잡은 손만 만지작거렸다.

“어?”

여은은 할머니 과일 가게 앞에서 서성이는 한 남자를 알아보곤 저도 모르게 피식 웃었다

“저기 신동민 아냐?”

동준도 이내 가게 앞에 서 있던 동민을 발견했고 그를 향해 성큼성큼 걸어갔다. 여은은 황급히 동준의 팔을 잡아당겼다.

“왜?”

“그냥 둬요. 요 며칠 가끔 들르더라고요.”

“할머니께 사과는 했어?”

여은이 입술을 굳게 다문 채 고개를 젓자 그가 싸늘한 표정으

로 동민을 노려보았다.

“저 자식이…….”

“그래도 꽤 미안했나 봐요. 저렇게 찾아오는 거 보면.”

“그렇게 미안하면 먼저 사과를 해야지!”

“목소리 낮춰요.”

여은은 하는 수 없이 동준의 팔을 잡아끌어 길모퉁이로 돌아나갔다.

그날 밤 그 일이 있은 후 동준과 수정은 한동안 속을 끓였다. 두 사람은 동민을 대신해서 할머니와 여은에게 무척이나 죄송스러워 했고 할머니와 여은은 모든 게 시간이 흐르면서 자연스레 묻히길 바랐다.

자세한 건 알지 못하지만 수정은 동민을 집에 들이지 않고 출근도 못 하게 자리를 빼버렸다고 했다. 동민이 저렇게 모나게 자란 것이 자기 탓이라고 생각해 이렇게까지 세게 나간 적이 없었는데 그날 일에 꽤나 큰 충격을 받으신 건지 단호한 모습을 보이셨다.

한편으로 여은은 비뚤어진 동민의 마음을 조금은 알 것도 같아서 마음이 쓰였다. 그런 사람이 여기까지 온 것도 큰 용기를 낸 것일 것이다. 차마 발길이 떨어지질 않아 가게 안까진 들어가지 못하는, 딱 거기까지의 용기도 이해할 수 있었다. 그 모습에서도 미안함이 읽혔다. 여기서 조금만 더, 아주 조금만 더 용기를 내서 벽을 부순다면 스스로도 홀가분해지고 마음이 가벼워질 텐데, 그걸 한 번 느끼게 되면 그 다음 번엔 이번보다 분명 쉬워질 거라 생각했다. 그래서 동민이 안타까웠다.

"너 또 괜찮다 소리 하기만 해!"

"알았어요. 안 괜찮아요, 안 괜찮아."

동준의 한숨 섞인 엄포에 여은은 그의 팔을 꼭 끌어안으며 웃었다.

"안 괜찮긴 한데 그래도 천천히 해요. 서두른다고 동민 오빠가 하루아침에 다른 사람이 되진 않잖아요."

오랜 시간동안 스스로 닫았던 마음이다. 그 안에는 자기 스스로 만들어낸 상처 또한 많을 것이다. 혼자서 해내긴 버거울 테니 곁에서 많은 도움을 줘야 한다고 생각했다. 동준이 자신을 변화시켰던 것처럼 말이다.

"나쁜 새끼. 집 나가더니 때깔이 더 좋아졌네."

"그럼 오빠도 동민 오빠 어디서 지내는지 모르는 거예요?"

"알게 뭐야. 내일모레면 서른인 놈이 지 앞가림은 알아서 하고 있겠지. 그것도 못 하고 있으면 진짜 쓰레기고."

말은 그렇게 했어도 걱정스러운 마음이 고스란히 묻어나는 표정은 숨길 수가 없었다. 그가 얼마나 동생을 아끼고 안쓰럽게 여기는지 잘 알기에 여은은 동준의 얼굴을 바라보며 속상하다는 듯 일부러 입술을 삐죽거렸다.

"형이 이러면 어떡해요. 그 다정하고 상냥하던 홍대의 사랑꾼은 어디 간 거야?"

여은의 말에 동준이 마지못해 피식 웃었다. 여은은 까치발을 들어 동준의 뺨에 쪽 소리가 나도록 입을 맞췄다.

"얼른 가요."

여은은 동준을 향해 손을 흔들며 뒷걸음질 쳤지만 그는 다시 무거운 표정으로 바라보았다. 여은은 하는 수 없이 다시 그의 앞으로 가 폴짝 뛰어 이번엔 입술에 입을 맞췄다.

"이제 됐죠?"

동준이 고개를 가로저었지만 여은은 고갤 흔들며 다시 뒷걸음질로 걸음을 떼었다. 손을 흔들어줄 때까지 한참을 손을 흔들다가 그가 마지못해 손을 흔들어주자 그제야 뒤로 돌아섰다.

모퉁이를 돌아 다시 가게로 가보니 가게 앞에 서 있던 동민은 이미 사라지고 없었다.

■ □ ■

"오메, 출발한다, 출발해."

기차가 서서히 용산역을 벗어났다. 할머니는 창가에, 여은은 통로에 나란히 앉았고 할머니 맞은편에 동준이 자리했다. 한껏 들뜬 할머니는 창밖을 내다보며 설렌 마음을 감추지 못했다. 그 모습을 지켜보던 여은의 표정은 할머니보다도 더 기쁜 듯 보였다.

"한 시간 반 정도 가야 하니까 피곤하면 잠깐 주무세요. 어젯밤엔 설레서 잠도 못 주무셨을 거 같은데."

"그람. 잠이 안 와가지고 혼났지. 오늘도 새벽부터 인나서 부시럭 떨었다니께. 가게 시작한 뒤론 한 번두 쉬어본 적이 없어 가지구 맘도 불안허구…….”

“오늘이 우리 강연홍 사장님 첫 휴가네?”

“그려, 그려. 휴가지, 휴가. 우리 손녀 덕에 내가 휴가를 다 가 보네.”

할머니는 수줍게 웃으며 여은의 손등을 다독였다. 동준은 테이블 위에 가방을 올려놓고 하나둘 짐을 풀기 시작했다.

“제가 먹을 거 좀 준비해 왔습니다. 짜잔.”

아침 일찍부터 출발하느라 아침식사를 걸렀을 것 같아 가볍게 요기할 만한 샌드위치와 따뜻한 차, 과일까지 모두 챙겨온 참이다.

“우와! 이거 챙기느라 오빠 아침부터 바빴겠어요.”

“뭐 이 정도 가지고.”

동준이 어깨를 으쓱이자 여은은 엄지를 치켜세우며 예쁜 미소를 지어주었다.

“할머니 고향이 논산이셨어요?”

“응. 거서 나고 자랐지. 여은이 애비도 거서 낳았고. 서울 올라오믄서 떠났으니께, 한 40년은 넘었겄네.”

옛날 생각을 되짚어보는 듯 할머니의 눈시울이 조금은 촉촉해진 것 같았다.

“그럼 거기 친척들도 많겠네요.”

“친척들도 다 거서 살고, 친구들도 다 거기 있지. 다들 늙어가지고 쭈그렁방탱이들 됐겄네.”

먹고사는 게 바빠서 소홀할 수밖에 없었다고, 전화로 안부를 묻는 게 전부였다는 할머니의 푸념에 여은이 빙긋 웃으며 할머니의 손을 꼭 잡았다. 그 모습이 어찌나 예쁘고 사랑스러운지 동준은 눈을 뗄 수가 없었다.

"할머니 살던 때랑 완전 달라졌겠어요."

"다 변했겠지. 그래도 나 살던 시골은 아마 그대롤껴. 완전 시골 꼴짜기라."

창밖의 풍경을 하나도 놓치지 않겠다는 듯 할머니는 기대에 부푼 표정으로 창밖을 내다보셨다.

동준은 할머니가 항상 시골을 그리워하셨다며 나중에 꼭 할머니의 고향에 집을 마련해 마음 편히 시골에서 친척들, 친구들과 남은 여생을 즐겁게 보내도록 해드리는 게 소원이라고 말하던 기특한 여은이가 떠올랐다.

"어제 가게루 동민이가 다녀갔어."

몇 번이나 가게 앞에서 서성이다 돌아갔다더니 그놈이 드디어 용기를 냈던 모양이다. 동준은 입술을 꾹 깨물며 손끝으로 눈썹을 긁적였다.

"……그랬어요?"

"누구 갖다 준다고 단감을 한 봉지 사가드라구. 근처에 볼일이 있어서 들렀다믄서."

미친놈. 누굴 갖다 주긴 누굴 갖다 줘. 어렸을 때부터 단감이라면 떼를 쓰다가도 뚝 그치던 놈이었으니 지가 다 먹었겠지.

그놈의 속마음을 알겠다는 듯한 할머니의 미소에 죄송스러운 마음이 든 동준은 긴 한숨을 내쉬었다.

그때 서너 살쯤 되어 보이는 여자 아이가 아장아장 걸어와 동준의 옆자리에 앉았다. 낯도 가리지 않는지 자리를 차지하고 앉아 말똥말똥한 눈으로 동준을 바라보더니 동준이 까고 있던 귤을 달라며 손을 내밀었다.

"죄송해요. 하도 떼를 써서 내려놨더니……."

"아닙니다."

아이의 아빠가 냉큼 달려와 사과를 했지만 동준은 괜찮다고 손사래를 치며 아이의 양손에 귤 두 개를 쥐어주었다. 그러자 아이의 아빠는 고맙다며 인사를 했고 아이 역시 흡족한 미소를 지으며 다시 아장아장 걸어 떠났다.

그것도 잠시 아이는 다시 돌아와서는 이번엔 여은이 마음에 들었는지 여은의 무릎을 자그만 손바닥으로 쓰다듬었다. 여은이 결국 아이를 안아 무릎에 앉히자 또다시 아이의 아빠가 달려왔다. 여은은 잠깐 아이와 놀아줘도 되겠냐고 물었고, 아이의 아빠는 또 한 번 감사의 인사를 건넸다.

"되게 작다."

동준은 저도 모르게 툭 그 말을 뱉었다. 저렇게 작은 꼬마를 볼 일이 흔치 않았다. 가끔 수정과 함께 봉사를 가서 아이들을 만나곤 하지만 아이들 돌보는 것에 그다지 재주가 없는 동준은 주로 힘쓰는 일을 도맡아 했기에 이 또래의 아이들과 커뮤니케이션을 하는 것 자체가 낯설었다. 아이를 딱히 좋아하지도 싫어하지도 않았던 것 같다.

그런데 여은은 달랐다. 곰 세 마리, 내 동생, 옹달샘, 산중호

걸 등의 동요 메들리를 불러주며 아이를 웃게 만들었고, 너 참 예쁘다, 귀엽다 등 칭찬을 아끼지 않았다. 아이도 그런 말들을 알아들었는지 방실방실 웃으며 여은이 더욱더 활짝 웃게 만들었다.

두 사람의 모습이 참 사랑스러워서 동준은 차마 끼어들지 못했다. 꺄르륵 소리까지 내며 웃는 아이나 몸을 좌우로 흔들며 둥가둥가 아이를 어르는 여은 둘 다 눈을 떼기 힘들 만큼 귀여웠다.

"아이 좋아해?"

"귀엽잖아요. 애기들은 다 천사 같아요."

김여은이 저만 했을 땐 얼마나 예뻤을까.

여은이를 닮은 아이라면…….

문득 머릿속을 스친 생각에 깜짝 놀란 동준이 고개를 털며 창밖으로 시선을 옮겼다.

아직 앞길이 창창한 아이를 두고 애먼 상상을 한 제 자신을 나무랐다. 물론 먼 미래까지 꿈꿔 보는 건 연애의 과정 중 하나이자 아주 자연스러운 현상일 수도 있지만 동준은 순간 당황했다. 제 욕심이 거기까지 미친 줄은 미처 몰랐던 탓이다.

가만 보자. 여은이가 인턴 마치고 돌아와서 학교 졸업하고 자리를 잡고 나면 대략 스물일곱, 여덟쯤 되겠지? 그럼 나는 서른넷, 다섯이 될 테고. 앞으로 3~4년 정도 남은 건데…….

갑자기 생각이 많아졌다. 여은이 인턴 보내고 다시 돌아오면 방송사 시험 준비하고 학교 졸업하는 것만 생각했던 것에 비해 우리 관계의 미래에 대해선 진지하게 생각한 적은 그리 많지 않았던 것이다.

동준은 아이를 안고 산토끼를 불러주는 여은을 보며 좀 더 깊은 생각, 혹은 욕심, 혹은 상상을 이어갔다.

할머니의 말대로 할머니의 고향은 시골 산골짜기에 위치해 있었다. 논산역에 도착해서 오랜 기다림 끝에 버스에 올라 한참을 더 들어가야 했다. 어린 시절 드라마 '전원일기'에서나 보았을 법한 시골 풍경은 멋스럽고 포근했다. 타닥타닥 도리깨질로 콩 터는 소리와 고소한 깨 향이 그득한 작은 마을. 곳곳에서 하얗게 피어오르는 연기의 매캐함이 이상하게 맡기 좋았다. 추수를 마친 논과 무와 배추가 가득 자란 밭 사이로 난 시멘트 포장길을 여은과 함께 걸으며 동준은 몇 번이나 '여기서 살고 싶다'라고 말을 했다.

할머니는 오랜만에 재회한 친구들, 친척들과 긴 회포를 풀고 내일 올라오시기로 했고 동준과 여은은 일찌감치 저녁을 얻어먹고 다시 논산역으로 돌아가는 길이다. 내일 혼자서 기차 타고 오실 수 있겠냐는 걱정에 할머니는 누굴 바보로 아느냐며 알아서 올라갈 테니 걱정 말라 하셨다. 대신 도착 시간에 맞춰 역으로 마중을 나가기로 약속하고 돌아서는 여은과 동준의 발걸음을 가볍지만은 않았다.

하루에 세 대뿐이라는 버스 시간에 맞춰 정류장으로 걸어가는 동안, 이름 모를 들꽃을 배경으로 사진 몇 장을 찍었다. 난생처음 방문한 작은 동네에서 한 것이라곤 점심때 역 근처 시장에 들러 구경을 하며 이것저것 군것질을 한 것과, 할머니의 친구 집에서 푸짐한 시골밥상을 받은 게 전부였다. 그래서 사진이라도 잔뜩 남기고 싶었다. 아마도 차를 가지고 왔더라면 이 즐거움을 놓쳐 버렸을 것이다.

"오빠 이런 시골은 처음 와봤죠?"

동준이 고개를 끄덕이자 여은이 작게 웃으며 동준의 어깨 위에 머리를 기댔다.

"우리 5년 전에 소풍갔을 때도 이런 시골이었던 것 같은데."

"맞아요. 오빠 기억하는구나?"

"당연하지. 그 도라지꽃 잔뜩 피었던 곳 맞지?"

어떻게 잊을 수 있을까. 그날, 네가 얼마나 예뻤는데…….

저 멀리, 자전거를 탄 학생들이 하나둘 다가왔다. 차 한 대가 겨우 지날 만큼 좁은 길이었기에 동준과 여은은 손을 꼭 잡은 채로 길 가장자리에 붙어 섰고 교복을 입은 학생들은 괜히 저희들이 얼굴을 붉히며 지나갔다.

"그때 너 진짜 예뻤어."

"치! 거짓말."

"내가 언제 거짓말하는 거 봤어?"

"못난이라고 놀릴 땐 언제고?"

"진짜 못난이였으면 못난이라고 못 놀리지. 이렇게 예쁜 못난이가 어디 있냐?"

"치!"

여은은 고개를 가로저으며 부정했다.

참 답답한 노릇이다. 자신이 얼마나 예쁜지도 모르고 인정하려 하지 않다니.

"지금 생각해 보면 정말 신기해요. 오빠랑 눈도 못 맞추던 그 쑥맥이, 이젠 이렇게 오빠 손을 잡고 있으니까."

"손만 잡았나? 뽀뽀도 하는데?"

여은이 부끄러운 듯 볼을 붉히며 고개를 떨궜다.

"난 너랑 함께 하고 싶은 게 무지하게 많아. 그래서 시간이 빨리 지났으면 좋겠어. 상상할수록 자꾸 기대하게 돼. 1년 후엔, 3년 후엔, 10년 후엔…… 과연 우리가 어떤 모습을 하고 있을지."

"……저도요."

"네 미래에 내 자리도 있었으면 좋겠다. 아주 작아도 상관없어."

여은의 작은 손을 꼭 움켜쥔 동준은 떨리는 마음을 진정시키려 깊게 숨을 들이쉬었다. 가슴 깊숙한 곳까지 파고드는 시원한 공기 덕에 여은에게 긴장한 모습을 들키지 않은 것 같아 어찌나 다행인지, 하마터면 안도의 한숨을 내쉴 뻔했다.

밤 9시가 다 되어 용산역에 도착한 동준과 여은은 잠깐 쇼핑몰 안 서점에 들렀다가 책 구경을 하고, 동관과 서관 사이 야외 벤치에 앉아 바람을 쐰 후에 주차장으로 향했다.

주차장을 빠져나온 동준은 일단 여은의 집 쪽으로 차를 몰았지만 연신 여은의 표정을 살폈다. 무슨 핑계를 대서라도 같이 있고 싶은 마음이 굴뚝같았지만, 초롱초롱한 눈을 하고 자신을 바라보는 여은에게 차마 단도직입적으로 말을 꺼낼 수가 없었다.

"밤에 혼자 괜찮겠어?"

"괜찮아요."

"무십지 않아?"

"무섭긴요. 제가 어린앤가요."

"지금은 괜찮을지 몰라도 이따 새벽에 막 무서워질지도 모르잖아. 게다가 너 잠귀 밝다며. 신경 쓰여서 잠 못 자면 어떡해?"

너무 속 보이는 말이었나 싶어 동준은 정말 진심으로 걱정이 돼서 하는 말이라는 걸 강조하며 최대한 담백하게 말을 이었다.

"내가 같이 있어 줄까?"

"할머니가 집에 남자 들이는 거 아니랬어요."

"할머니도 나는 허락하실걸?"

동준의 말에 여은이 배시시 웃으며 고개를 갸웃거렸다.

"안 돼요. 그럼 먼지가 혼자 자야 하잖아요."

또 한숨이 나올 뻔했다. 동준은 어금니가 부서지도록 턱을 앙다문 채 핸들을 꽉 쥐었다.

"그냥 제가 갈까요?"

"어딜?"

"오빠 집으로요."

그런 엄청난 말을 왜 저렇게 해맑은 표정으로 하는 건지.

동준은 순간 얼어붙었다.

"그…… 럴래?"

"뭐, 별일 없겠죠?"

의미심장한 말에 동준은 차마 답을 하지 못하고 곧장 차를 돌려 자신의 집 쪽으로 몰았다.

아까부터 대체 무슨 말을 하려고 저렇게 뜸을 들이나 궁금하던 참이었다. 여은은 동준의 말에 계속 모르는 척 딴청을 부렸지만 실은 그의 의중을 단번에 알아차릴 수 있었다.

함께 있고 싶은 마음.

그도 나와 다르지 않은 마음이라고 생각하니 무척이나 기뻤지만 여은은 내색하지 않았다. 그의 집으로 가겠다는 자신의 말에 금방 표정이 변해서는 라디오에서 흘러나오는 노래를 흥얼거리고 핸들을 쥔 손가락을 까닥거리는 그의 모습을 지켜보며 웃음을 참기란 쉽지가 않았다.

그의 집에 도착하자마자 여은은 먼지와 인사부터 나누었다. 몸을 축 늘인 먼지는 여은의 손에 제 뺨을 비비며 두 눈을 지그시 감았고 동준은 배신감을 느꼈는지 '얄미운 계집애'라며 괜히 먼지의 이마를 콩 쥐어박았다.

"배고프지?"

"분명히 아까 많이 먹었는데 그새 다 꺼져 버렸어요."

"뭐 좀 시켜 먹을래?"

동준이 그동안 살뜰하게 모아둔 전단지를 여은에게 건넸고 한참을 고민하던 여은은 주방으로 가 냉장고 문을 열었다. 먹을 만한 거라곤 마른 반찬 몇 가지와 김치뿐이었다. 뭘 만들어 먹기도 애매하고 뭘 시켜 먹기엔 부담스럽고. 여은은 다시 고민에 빠졌다.

"나 씻고 나올 동안 뭐 먹을지 결정해."

씻는다고?

동준의 말에 깜짝 놀란 여은이 뒤를 돌아보았지만 동준은 이미 욕실로 들어가 버린 후였다. 먼지를 끌어안은 채로 욕실 문을 멍하니 바라보던 여은은 갑자기 욕실 문이 벌컥 열리자 잽싸게 뒤로 돌아섰다.

"오해하지 마! 나 그냥 씻는 거야! 나 원래 외출하고 들어오면 샤워 먼저 하거든."

"알았어요. 오해 안 해요. 얼른 씻어요."

속마음을 들킨 것 같아 괜히 머쓱했다. 뭐, 자기 집이니까 샤워하는 게 이상한 건 아닌데…… 외출하고 들어오면 샤워 먼저 하는 게 절대 이상할 것 없는 일인데…… 난 대체 왜 부끄러워하고 있는 것인지. 저 사람은 또 왜 굳이 설명을 하고 난리인 건가.

여은은 고개를 가로저어 헛된 상상을 털어내고 다시 주방 곳곳을 둘러보았다. 새콤하게 비빔국수나 해 먹을까 싶어 곳곳에 흩어진 재료들을 꺼내 모았다. 소면을 삶을 냄비를 가스레인지에 올리고, 냉장고 안에서 백김치를 꺼내 송송 썰어 커다란 볼에 담고, 양념장을 만들 작은 볼 하나를 꺼내 고추장, 식초, 설탕, 들기름 등을 넣어 휘휘 저었다.

"결정했어?"

삶은 소면을 찬물에 헹구고 있는데 욕실 문이 열리면서 동준이 나왔다. 곁눈질로 슬쩍 보니 다행히도 그는 옷을 다 챙겨 입은 상태였다.

여은은 물기를 쪽 짜낸 소면을 볼에 넣고 그 위에 양념장을 얹은 채로 동준에게 내밀었다.

"백김치 넣고 비빔국수 만들었어요."

"와! 맛있겠다!"

여은의 곁에 찰싹 달라붙은 동준은 젓가락으로 국수를 돌돌 말아 입에 넣고 '정말 맛있다' '잘 먹기만 하는 줄 알았는데 만드는 것도 잘한다' 등의 칭찬을 쏟아냈다.

하지만 여은의 머릿속은 온통 다른 생각들로 가득해서 칭찬이 귀에 들어오질 않았다. 물기가 남아 젖은 머리칼, 매끈하고 말간 얼굴, 촉촉해진 몸에서 나는 바디로션 향기……. 그제야 문득 실감이 났다. 겁도 없이, 호랑이 굴에 제 발로 걸어들어 왔다는 것을.

"TV 보면서 먹자."

"네? 네. 그래요."

그릇을 안은 채로 그가 먼저 거실로 향했다. 먼지가 대자로 뻗어 있는 침대가 잠깐 눈에 들어왔지만 여은은 다시 정신을 가다듬고 창가 쪽 테이블에 자리를 잡았다.

에이, 우리 오빠 그럴 사람이 아니야. 욕망에 사로잡혀서 정신 못 차리고 그런 남자 아니라고.

……아니지. 남녀가 연애를 하다 보면 이런 일도 생기고 저런 일도 생기고 뭐 그런 거 아니겠어? 전혀 마음의 준비가 안 되어

있다고 하기엔 내가 그렇게까지 아무것도 모르는 아이는 아니잖아?

"피곤하면 침대에 누워."

"아니에요! 괜찮아요."

너무 정색을 한 건가 싶어 민망해진 여은이 애써 미소를 지었다. 그는 잠시 갸우뚱하는 것 같았지만 이내 국수를 먹기 시작했다.

"맛있어요?"

"어! 신 김치로 비빔국수 만든 건 많이 먹어봤는데 백김치는 완전 새롭다. 훌륭해."

어깨가 으쓱해진 여은은 TV를 켜고 젓가락을 집어 들었다.

[하으읏! 하앗!]

하필이면 TV에선 남녀의 격정적인 몸의 대화가 한창이었다.

그래. 그럴 수 있지. 늦은 시간이니까 영화 채널에서 이런 영화 충분히 할 수도 있어. 우연의 일치란 게 바로 이런 거지.

여은은 태연함을 잃지 않고 채널을 바꾸었다.

[저를 뒤에서 끌어안는 겁니다. 가지 말라고 하더군요. 그렇게 저희는 한 침대에 누웠죠. 그 상태로 키스를 나누다가 자연스레 손을 아래로 뻗었는데……]

하필이면 또 그런 채널을……. TV에선 19금 연애 상담 프로그램 재방송이 한창이었고 여은은 또 한 번 채널을 바꿔야만 했다.

이쯤 되니 살짝 그의 눈치가 보였다. 다행히도 그는 먹는 데 집중하고 있는 듯했고, 여은은 그중 가장 밝고 유쾌한 프로그램을 방영 중인 채널을 찾은 후 안도의 한숨을 내쉬었다.

국수가 입으로 들어가는 건지 코로 들어가는 건지 모를 만큼 긴장한 상태로 먹고 나니 살짝 얹힌 듯 윗배가 더부룩했다. 여은은 윗배를 살살 쓰다듬으며 그의 집 곳곳을 정처 없이 걸었다.

"설거지 내가 할게. 씻고 나와."

"네?"

"씻고 자야 잠이 잘 온다며. 얼른."

뭘 그런 말까지 다 기억하고 있었을까.

동준의 재촉에 여은은 쭈뼛거리며 욕실 쪽으로 향했다.

"편한 옷 줄까? 입을 만한 게 있으려나 모르겠네."

순간 여은은 상상했다. 남자의 하얀 셔츠만 걸쳐 입고 남자의 집 안을 돌아다니는, 드라마나 영화 속 예쁜 여배우들의 모습을.

괜히 수줍어진 여은은 달아오르는 볼을 손바닥으로 누르며 그의 뒤를 따라 옷 방으로 향했다.

"이거랑 이거 입으면 되겠다."

하지만 그가 내민 건 트레이닝복 세트였다. 딱 봐도 팔다리 기장이 매우 길어 보이는, 어떻게 입어도 예뻐 보이지 않을 옷이었다. 마지못해 그 옷을 받아든 여은은 입술을 삐죽이며 욕실로 걸어갔다.

샤워를 마치고 나왔는데도 그는 여전히 주방에서 설거지 중이었다. 설거지거리가 몇 개 되지도 않는데 왜 그런가 싶어 여은은 그의 뒤로 살금살금 다가갔다. 동준은 아까부터 닦고 있던 그릇들을 계속해서 닦고 또 닦고 반복 중이었다.

"아직도 설거지해요?"

"다 씻었어?"

여은은 고개를 끄덕이며 자신의 손목을 그의 코앞에 불쑥 내밀었다.

"오빠 거 바디로션 썼어요."

그가 옅게 웃었다. 여은은 그게 보기 좋아서 싱크대에 허리를 기대고 서서 설거지 중인 동준을 마주보았다.

"내가 원래 설거지를 좋아해. 엄마 집에 가서도 설거지는 내가 다 하고. 뽀득뽀득 소리 나는 게 좋아. 하고 나면 기분도 좋아지고."

자꾸 주절주절 말이 길어지는 걸 보니 왠지 그도 긴장을 한 것 같았다.

왜 저렇게 귀엽지.

여은은 동준을 한참동안 바라보다가 그의 뒤로 가 허리를 덥석 안아버렸다.

"설거지 그만해요."

"……이러지 않는 게 좋을 텐데."

고개를 빼꼼 앞으로 내밀어 시선을 맞추고 배시시 웃자 그가 천장을 올려다보며 깊은 한숨을 내쉬었다.

"난 옷 방에서 잘 테니까 넌 침대에서 자. 대신 먼지도 네가 데리고 자."

여은은 고개를 끄덕인 후 거실 한가운데 놓인 침대로 향했다. 침대에 누워 목 끝까지 이불을 끌어 올린 후 여전히 주방에서 서성이는 동준을 바라보았다.

"오빠도 얼른 자요."

"잠이 올까 모르겠다."

여은은 한숨 섞인 그의 푸념을 모른 체하며 손을 흔들어 인사했다. 그러자 동준이 주방과 거실의 불을 모두 끄고 역시 손을 흔들어 준 후 옷 방으로 들어갔다.

천장을 올려다보며 한참동안 멀뚱멀뚱 눈만 깜박이던 여은은 이리저리 몸을 뒤척이다가 결국 벌떡 일어나 앉았다. 그 자세로 또 한참동안 망설이다가 베개를 끌어안고 그가 있는 옷 방으로 향했다.

"오빠, 자요?"

"아니 아직. 왜?"

여은은 대답 대신 그의 옆에 누웠다.

"잠이 안 와서요."

그는 나지막이 숨을 몰아쉬며 큭큭 웃었다.

"이러면 내가 잠이 안 와."

"왜 잠이 안 와요?"

"너 알면서 묻는 거지?"

여은이 고개를 끄덕이자 그가 두 눈을 질끈 감고 한숨을 몰아쉬었다. 그런 그의 반응을 지켜보는 게 재미있어서 자꾸만 장난을 걸고 싶었다.

"그럼 이렇게 계속 얼굴 보고 얘기할까요?"

여은의 제안에 동준은 단호히 고개를 가로저었다. 그리곤 여은에게 바짝 다가와 가볍게 입을 맞추고 그녀를 품에 꼭 끌어안았다.

"자, 얼른."

잠투정하는 아이를 어르듯 동준이 여은의 등을 부드럽게 다독여 주었다.

늘 느끼는 거지만 그의 품은 참 따뜻하고 아늑하다. 언제나 그립고 생각나는 그런 곳이다. 그의 품에 머물 때면 어느새 그에게 많은 부분을 의지하고 있는 자신의 모습을 새삼 깨닫게 된다.

항상 혼자 이겨내야 한다고 생각했다. 아무리 힘겹고 지쳐도 어떻게든 이 악물고 버텨야 한다고, 스스로를 강하게 만들려 애써왔다. 다른 사람에게 기대는 건 그 사람에게 부담을 주는 일이 될 것이라 생각했기에 혼자서 아등바등했다. 그 와중에 그를 만났다.

누군가에게 마음을 온전히 여는 일. 그 상대가 이 사람이라서 얼마나 다행인지……. 내겐 과분할 만큼 좋은 사람이라서 이렇게 가까이 있어주는 것만으로도 여은은 감사했다.

좋은 사람.

그는 정말 좋은 사람이다. 하나의 단어로 그를 설명해야 한다면 여은은 그 단어를 꼽고 싶었다. 어느 책 제목처럼…… 말하자면, 좋은 사람.

"……사랑해요."

입 밖으로 꺼내자마자 부끄러움이 밀려들어 여은은 그의 품에 더 깊이 안기며 그의 허리를 꼭 끌어안았다. 그가 짓궂게 방금 뭐라고 한 거냐며 다시 한 번 말해보라고 했지만 여은은 계속 못 들은 척하며 고개를 가로저었다.

곧 그의 눈을 빤히 보며 사랑을 말할 수 있는 날이 오겠지.

자신의 그 말에 그가 어떤 표정을 지어 보일지 그것을 상상하는 것만으로도 여은은 왠지 눈물이 날 것 같았다.

12

선물

"여은아. 이게 낫니, 아니면 이게 낫니?"

스카프를 고르던 수정이 양손에 각각 하나씩 들고 여은에게 보여주었다. 두 제품 모두 마치 하나의 미술 작품 같았다. 굉장히 화려한 색상들의 조화와 브랜드 특유의 에스닉한 패턴이 패션에 별 관심 없는 여은의 눈길까지 사로잡기에 충분했다.

"둘 다 좋은데, 오른쪽 색이 더 잘 받을 거 같아요."

평소 수정이 밝은 톤의 무채색 계열 외투를 즐겨 입는다는 것이 떠올라 여은은 베이지, 그린, 블랙, 레드 등의 색이 화려하게 어우러진 스카프를 선택했다.

"그럼 우리 여은이가 골라준 걸로 해야지."

여은이 고른 스카프를 들고 매장 전면 거울 앞에 선 수정은 스카프를 목에 둘러보곤 이내 직원에게 계산을 맡겼다. 수정이 다시 매장을 둘러보는 사이 여은은 한쪽에 자리한 소파에 걸터앉아 휴대폰을 꺼내보았다.

〈거의 다 왔는데 꽉 막혔어. 넉넉히 30분 정도 더 걸릴 것 같아.〉

동준이 보낸 메시지를 확인한 여은은 수정에게 다가갔다.

"오빠 좀 더 늦을 것 같아요. 길이 많이 막히나 봐요."

"그럼 난 좋지. 우리 여은이랑 단둘이 데이트할 시간이 늘잖아?"

수정이 여은의 어깨를 감싸 안으며 방긋 웃었다. 수정의 말대로 여은은 오늘 수정과 데이트를 하고 있다. 함께 영화나 한편 보자는 수정의 제안에 늦은 점심쯤 만나 영화를 보고, 차 한잔하며 이런저런 얘기도 나누고, 서점에 들러 책 구경도 실컷 했다. 단둘이 오붓하게 저녁까지 먹으려다 자기가 식사 대접을 할 테니 좀 끼워달라는 동준의 제안에 마지못해 허락하고는 그를 기다리는 동안 쇼핑을 하는 중이었다.

아주 가끔 엄마와 손을 잡고 맛있는 음식을 먹으러 다니거나 쇼핑을 하러 다니는 친구들을 부러워했었다. 하지만 그런 생각을 하는 것만으로도 할머니께 죄송스러워 마음속 깊숙이 담아두고 입 밖으로 꺼낸 적은 없었다. '소원'이란 단어도 붙일 수 없었다. 어차피 이뤄질 수 없다는 걸, 그저 욕심일 뿐이란 걸 알기에 탐내지도 않았다.

그런데 오늘 하루 수정이 그것들을 이뤄주었다. 속마음을 훤히 꿰뚫어보기라도 한 듯 온종일 엄마처럼 손을 꼭 잡고 이곳저곳을 함께 걸어주었다. 정말 꿈같은 하루였다.

"나는 딸이랑 쇼핑 다니는 엄마들이 그렇게 부럽더라. 에휴, 딸을 낳았어야 했어."

"그래도 오빠가 많이 살가운 편이잖아요."

"에이. 그래봤자 아들놈이야. 여은이 같은 예쁜 딸을 낳았어야 했는데."

"오빠가 들으면 서운해하겠는데요?"

"그래도 기특하지. 이렇게라도 여은이 내 딸 삼게 해주잖아? 그래, 안 그래?"

답을 채근하는 수정에게 여은은 수줍게 웃으며 고개를 끄덕였다.

"아드님 여자 친구인가 봐요?"

"아들 여자 친구 겸, 아들보다 더 예쁜 내 딸이기도 하죠."

계산을 끝낸 직원이 종이가방을 건네며 여은의 얼굴을 빤히 보았다.

"세상에. 친딸이라고 해도 믿겠어요! 안 그래도 우리 직원이랑 조수정 씨한테 딸도 있었나 했다니까요? 어쩜 이렇게 예쁘고 귀여울까."

말도 안 돼. 내가 예쁘다고? 게다가 이렇게 아름다운 여배우의 딸로 오해할 만큼? 아무리 기분 좋으라고 한 말이라고 해도 정도가 과했다.

처음 들어보는 칭찬에 여은은 몸 둘 바를 몰랐다. 뺨을 붉히며 입술을 깨물자 곁에서 뿌듯한 미소를 지으며 지켜보던 수정이 여은의 허리를 꼭 끌어안았다.

"착하고 똑똑하기까지 해요. 혹시라도 남한테 뺏길까 봐 이렇게 꼭 손 붙잡고 다니잖아요."

수정의 말은 분명히 자랑이었다. 할머니가 어디서 손녀를 자랑할 때 지어보였던 기분 좋은 표정과 으쓱한 어깨를 수정이 하고 있었다. 그런 수정의 모습을 보니 기분이 좋아 감정을 숨길 수 없었다.

그러는 사이 매장 주변에 수군수군 사람들이 모여들었다. 역시 유명 배우라 가는 곳마다 자연스레 사람들의 시선이 뒤따랐다.

"아드님 여자 친구랑 굉장히 각별하신가 봐요. 정말 보기 좋네요. 두 분 데이트하실 때 종종 저희 매장 찾아주세요."

"그럴게요. 그럼 수고하세요."

여은이 낯선 시선과 관심에 당황할 때 쯤 수정이 사람들과 가볍게 눈인사를 나누며 매장을 벗어났다.

"힘들지 않으세요? 늘 사람들 사이에 둘러싸여 있는 거."

"어렸을 땐 힘들었는데 이젠 괜찮아. 오히려 감사하지. 모든 일은 마음먹기 달린 거 아니겠어?"

역시 수정은 다른 사람들과는 마음가짐부터가 달랐다. 늘 느끼는 거지만 그녀는 존경하지 않을 수 없는 사람이다. 여은은 수정의 손을 꼭 잡은 채로 사람들의 시선으로부터 좀 더 편안해지려고 노력하며 움츠러든 허리를 바로 세웠다.

백화점 안 이곳저곳을 둘러보던 여은의 발걸음이 귀금속 매장을 지나면서 조금 느려졌다. 가뜩이나 아름답고 화려한 가지각색의 보석들이 조명을 받아 더욱 밝게 빛을 내고 있었다. 그들 중 여은의 눈길을 사로잡은 건 단연 시계였다. 가격을 확인하고 떡 벌어진 입술이 좀처럼 다물어질 줄을 몰랐다.

"시계 보려고?"

"네. 근데 엄청 비싸네요."

그냥 길음을 옮기려는데 수정이 여은의 손을 잡아당겼다. 수정을 알아본 직원이 다가와 친절하게 인사를 건넸고 여은은 마지못해 좀 더 구경하기로 했다.

"어떤 게 필요한데?"

"지금은 아니고 나중에 할머니 금시계 사드리기로 약속했거든요."

"어유, 기특하기도 하지. 우리 여은이 돈 많이 벌어야겠네?"

여은의 꿈이었다. 집을 사거나 차를 사는 건 아직까지 생각해본 적 없고, 그저 할머니 손목에 채워진 그 낡은 시계…… 도금이 벗겨진 가짜 금시계 대신 진짜 금시계를 채워 드리는 것. 여은이 쑥스러워 하며 웃자 수정은 사랑스러운 눈길로 여은을 따뜻하게 바라봐주었다.

"어, 오빠 도착했나 봐요. 식당 층으로 올라오라는데요?"

때마침 동준에게서 메시지가 도착했고 두 사람은 다시 발걸음을 재촉했다.

백화점 식당 층에 위치한 샤브샤브 전문점.

먼저 도착한 동준은 운 좋게 창가 쪽에 자리를 잡았다. 1층에서 구경 중이라고 금방 올라온다더니 올라오는 데 10분이 넘어가고 있었다. 저 멀리 손을 잡고 식당 안으로 들어오는 두 사람을 발견하곤 동준은 피식 웃으며 손을 머리 위로 흔들었다. 보고만 있어도 절로 웃음이 나는 흐뭇한 광경이었다.

"나도 못 하는 데이트를 엄마가 하고, 아주 신났네."

"부럽지? 여은이가 엄마 스카프도 골라줬다?"

어깨까지 으쓱이며 자랑을 하는 게 왜 그리 보기 좋은 건지. 동준은 부러 샘나는 표정을 지었지만 들뜬 기분을 감추진 못했다.

"여은이 동준이 옆에 앉아. 엄마는 훈훈한 투샷 보면서 밥 먹게."

역시 우리 엄마. 사랑하지 않을 수가 없다니까.

여은이 옆자리에 앉도록 의자를 빼주자 작은 목소리로 고맙단 인사를 건넸다.

"주문은 내가 먼저 해놨어."

"잘했다. 안 그래도 배고파서 음식 나올 때까지 어떻게 기다리나 했는데."

여은이 수저를 놓는 동안 수정은 흐뭇하게 그 모습을 바라보았다.

"동민 오빠한텐 연락 안 해봤어요?"

"안 된다니까. 우리가 다 같이 밥을 먹고 좋게 끝난 적이 없어. 안 돼, 안 돼. 절대 안 돼."

동석만 했다 하면 반드시 얼굴 붉히는 일이 생기고야 마는데 얘는 속에 부처님 반 토막이라도 든 건지 태연하게 동민의 이름을 입에 올렸다. 동준이 격하게 고개를 젓자 여은은 마치 꾸짖듯 눈썹을 구기며 동준에게 눈총을 줬다.

"연락이라도 해보지. 다 같이 밥 먹는 시간 빼는 것도 쉽지 않은데……."

"그놈 정신 차릴 때까진 그냥 내버려둬. 이번엔 엄마도 마음 독하게 먹었어."

수정이 단호하게 거들자 여은은 마지못해 고개를 끄덕였다.

"오빠는 잘 지내고 있대요?"

"계속 친구네 집에 빌붙어 있는 모양이야. 그 친구가 하는 호프집에서 주방일하면서 밥벌이는 하는 거 같고."

"오빠가 음식을 잘하나 봐요?"

"잘하긴 뭘 잘해. 미안하니까 뭐라도 하는 거겠지. ……서빙은 아무래도 힘들 테니까."

안 그래도 신경이 쓰여서 한 번 가본 참이다. 그 친구 말로는 안주 만드는 일이야 그다지 어렵지 않고 주방 이모가 계셔서 거드는 정도를 하며 잘 지낸다고 걱정 말라고 했다. 어디 하나 도와달라 손 뻗을 곳도 없는 놈인 줄 알았는데 그래도 그런 놈 곁에 저렇게 착한 친구가 있어서 참 다행이라고 생각하며 돌아왔었다.

단 한 번도 몸을 쓰며 일을 해본 적 없는 동민이다. 카드도 정지당하고 차도 뺏겨 무일푼으로 쫓겨나다시피 했는데 그래도 어딘가에서 밥은 굶지 않고 한데서 자지 않는 게 어딘가 싶었다. 걱정되는 마음이 크지만 한편으론 이번에야말로 정신 제대로 차렸으면 하는 기대를 갖고 있다.

"그놈 얼굴 더 좋아졌어. 엄만 걱정 안 해도 돼."

"걱정 안 해. 지 밥벌이 지가 하고 살면 됐지."

무관심한 듯 말했지만 수정 역시 동준의 마음과 다르지 않음을 누구보다도 잘 알고 있었다. 때마침 주문한 음식이 나왔다.

"자. 어서 먹자."

"맛있게 먹겠습니다."

여은의 밝은 목소리에 조금 가라앉았던 분위기가 다시 살아났다. 수정은 동준과 여은의 앞 접시에 먹을 것을 연신 담아주며 살뜰히 챙겼고 여은은 참 예쁘게도 잘 먹어주었다. 그런 여은에게서 수정은 좀처럼 눈을 떼지 못했다. 사랑이 담뿍 담긴 눈길로 바라보다가 오물거리는 여은의 입모양을 따라 하기도 했다.

그럴수록 동준의 욕심은 구체적으로 변해갔다. 진짜 한 가족이 된 모습을 그렸다. 서두르면 안 된다는 걸 알면서도 조바심이 났다. 이렇게 가다간 몇 년은 커녕 1년이나 참을 수 있을지 심히 걱정스러웠다.

"삼청동 가서 차 한잔 하고 헤어질까요?"

"도담회 기금 마련 행사가 있어서 거기 들러야 해. 이쯤에서 여은이 양보해 줄 테니까 두 사람마저 데이트하러 가."

수정이 일어나 외투를 챙겨 입자 여은이 덩달아 일어섰다.

"바로 가셔야 해요?"

"응. 매니저가 주차장에 도착했다고 연락 왔네. 여은이 오늘 나랑 데이트해줘서 고마워. 정말 즐거웠어."

"말레이시아 가기 전에 또 해요."

"그래, 그러자."

수정이 여은의 뺨을 다정하게 쓰다듬어주었다.

"그리고 이거."

수정이 여은에게 내민 건 작은 쇼핑백이었다. 여은은 그것을 선뜻 받지 못했고, 하는 수 없이 수정이 억지로 여은의 손에 쥐어주었다.

"아까 하나 더 샀어. 할머니 갖다 드려."

여은은 진심 어쩔 줄 몰라 했다. 하는 수 없이 동준이 일어나 건네받았다.

"나중에 할머니 금시계 살 때 엄마 것도 사와야 한다?"

"아…… 감사합니다. 네. 꼭 그럴게요."

"엄마 먼저 간다. 좋은 시간 보내."

수정은 여은과 동준에게 손을 흔들어주곤 빠른 걸음으로 식당을 빠져나갔다. 여은은 수정의 모습이 완전히 사라질 때까지 자리에 앉지 못하다가 옅은 한숨을 쉬며 겨우 앉았다.

"아니, 몇 배를 불려서 돌려받겠다는 거야. 완전 사채업자네."

동준의 장난스런 말에 여은이 그제야 설핏 웃었다. 동준은 쇼핑백을 여은에게 건네며 손을 꼭 잡았다.

"부담 갖지 마. 그러면 선물한 사람이 너무 미안해지니까."

"그래도 이거 엄청 비싼 건데……."

"엄마 마음이잖아. 못이기는 척하고 받아. 안 그럼 엄마 서운할 거야."

여은은 아랫입술을 꼭꼭 깨물며 쇼핑백을 건네받았다.

"그동안 너무 많이 받기만 해서……. 어떻게 다 갚아야 할지 모르겠어요. 얼른 성공해서 보답해야 하는데."

"네 성공보다는 네 행복을 더 바라시는 분이야. 그걸 몰라? 정 보답하고 싶으면 더 행복해져. 그럼 돼."

여은의 동그란 두 눈에 눈물이 그렁그렁 차올랐다. 그것이 창피했는지 여은이 고개를 떨궜다.

"이렇게 마음이 약해서야 이 험한 세상 어떻게 살아남으려고."

"생각보다 저 독해요. 그런 걱정 말아요."

"그래? 김여은도 독한 구석이 있다 이거지?"

여은이 고개를 힘차게 끄덕이는 그 모습마저 귀여웠다. 더 이상 말하기 입 아플 정도로 사랑스러웠다. 동준은 여은의 작은 어깨를 감싸 안았다.

딩동.

〈눈 온다〉

수정에게서 메시지가 왔다. 창밖을 보니 정말 눈이 흩날리고 있었다.

"나가자. 밖에 눈 온대."

"와! 진짜네?"

창밖 상황을 확인한 여은의 표정이 아이처럼 신이 나 있었다.

동준은 여은의 외투를 챙겨준 후 자신의 외투를 걸쳐 입었다.

식당을 빠져나와 엘리베이터를 기다리는 동안에도 여은은 설렌 마음을 어쩌지 못하고 발을 동동거렸다. 좀처럼 엘리베이터가 올라오질 않자 그 사이에 눈이 그칠까 봐 걱정을 하는 여은을 위해 결국 에스컬레이터로 10층에서부터 1층까지 내려왔다.

정문을 나서니 차가운 바람을 타고 새하얀 눈꽃이 뺨을 스쳤다. 길에 쌓일 만큼 펄펄 쏟아지진 않았지만 꽤 낭만적인 분위기를 낼 정도는 되었다. 백화점 정문 앞에 세워진 커다란 트리 앞에는 아이들이 사진을 찍느라 정신이 없었고, 길을 환히 밝힌 노란빛의 전구 조명 아래에서는 많은 연인들이 셀카를 찍어댔다.

동준은 고개를 돌려 여은을 보았다. 손을 내밀어 손바닥 위에 떨어지는 눈을 보며 조용히 기뻐하고 있었다. 그 모습에 동준의 마음도 덩달아 들떴다.

"첫눈 맞죠?"

"며칠 전 새벽에 잠깐 왔다던데?"

"그땐 제가 못 봤으니까 이게 첫눈 맞아요."

그렇게 대뜸 우기는 그것마저 귀여워서 동준은 여은의 볼을 살짝 꼬집었다.

"첫눈인 게 그렇게 중요해?"

"오빠랑 같이 첫눈을 맞는데 당연히 중요하죠! 특별하잖아요."

남들이 들으면 매년 겨울마다 쏟아지는 눈인데 왜 그리 유난이냐고 할 테지만 아마 그들도 지금 여은이 짓고 있는 벅찬 표정을 본다면 입도 떼지 못할 것이다.

"첫눈 오면 나랑 하고 싶었던 거라도 있어?"

여은이 기다렸다는 듯 고개를 끄덕였다.

"말해봐."

여은은 잠시 뜸을 들이더니 동준의 팔에 제 팔을 걸었다.

"그냥…… 이렇게 같이 있고 싶었어요."

"소박하네."

"그거면 충분하니까."

욕심이라는 것이 없는 이 순수한 아이를 어쩌면 좋을까.

여은을 바라보는 동준의 눈에 사랑이 담기지 않을 수 없었다. 동준은 찬바람에 금세 차가워진 여은의 뺨을 만지며 흩날린 머리칼을 귀 뒤로 넘겨주었다.

"우리도 사진 한 장 찍을까?"

"좋아요!"

동준이 재킷 주머니에서 휴대폰을 꺼내 화면 안에 두 사람의 얼굴을 담았다.

"하나, 둘, 셋……."

셋을 셈과 동시에 고개를 돌려 여은의 뺨에 기습 뽀뽀를 하려고 했는데 순간 마음이 통한 모양이다. 여은도 동시에 고개를 돌려 결국 입술끼리 닿고 말았다. 사진은 정확히 두 사람이 입을 맞춘 순간을 포착했고, 사진을 확인한 여은은 배를 잡고 까르륵 웃었다.

"김여은 아주 엉큼해졌어."

"그런 오빠는요?"

"오빠 서른이다. 좀 봐줘라."

동준은 여은을 품에 꼭 끌어안았다. 다른 사람들의 시선은 신경 쓰지 않았다. 지금 이 순간 여은이를 꼭 안고 싶었을 뿐이다.

이대로 시간을 붙잡고만 싶었다. 얼마 후면 여은을 멀리 보내야 한다는 걸 생각하니 벌써부터 마음이 무거워졌다. 과연 몇 달을 잘 버텨낼 수 있을지……. 떨어져 지내야 할 시간이 다가올수록 점점 자신이 없어졌다.

하지만 어쩔 수 없지. 버텨내야지. 여은이를 위한 일이니까.

■ □ ■

크리스마스이브.

오전에 잠시 날리던 눈발 탓에 많은 사람들은 화이트크리스마스를 기대했지만 그게 전부였다. 다른 날과 별다를 것 없는 그저 겨울날의 날씨였다. 그래도 크리스마스이브는 크리스마스이브였다. 거리에는 내내 크리스마스 캐럴이 울려 퍼졌고, 설렘 가득한 눈빛을 한 사람들로 넘쳐났다.

밤 11시.

프루트바스켓의 간판 불이 꺼진 후 가게 안에서는 크리스마스 파티가 시작되었다. 각자 요리 솜씨를 뽐내며 먹을거리를 만들어 냈고, 재주가 없는 사람들은 테이블을 모아 붙여 둘러앉을 자리를 만들었다. 캐럴과 뒤섞인 사람들의 목소리가 가게를 가득 메워 그 어느 때보다 활기가 넘쳤다. 노란 조명으로 뚤뚤 감은 커다란 트리가 가게 안을 환히 밝히며 분위기까지 잡아주니 그야말로 환상적인 크리스마스이브였다.

애오개와 문래가 야심차게 준비한 소세지볶음과 해물파전, 두부두루치기가 테이블 위에 놓였고 해인이 사온 막걸리와 맥주, 소주 등 각종 주류도 테이블 위에 잔뜩 놓였다. 그걸로도 모자라 이런 날 튀김이 빠져선 안 된다는 녹사평의 고집으로 치킨 두 마리에 탕수육까지 가져다 놓으니 네 개나 이어붙인 테이블에 먹을 것이 한가득이었다.

"자, 이제 먹을 거 그만 가져오고 일단 먹자!"

동준이 서둘러 사람들을 불러 모았다. 매해 크리스마스이브마다 시끌벅적한 파티를 즐겨왔지만 올해는 유달리 더 들뜬 것만 같았다. 특별한 하루를 보내고 난 후 그 다음 날이면 어김없이 찾아오는 허탈함과 일상의 삭막함이 벌써부터 두려웠지만 오늘만큼은 세상 마지막 날인 것처럼 고민과 걱정은 접어두고 놀 생각이다. 여은이 떠나기 전 다 같이 모여 시간을 보내는 마지막 파티가 될 것 같아서 더더욱 그러했다.

모두들 그런 마음이었기 때문일까. 떠들썩한 분위기는 좀처럼 가라앉을 줄을 몰랐다. 잔을 비우는 속도도 빨랐고 시답지 않은 농담을 가지고도 배꼽을 붙잡고 웃어댔다.

"내년에도 이렇게 다 같이 모여서 파티했으면 좋겠어요."

녹사평이 꺼낸 제법 진지한 말에 조금 분위기가 차분해졌다. 여기저기서 당연히 그래야지 하는 대답이 나왔다. 동준은 맞은편에 앉아 있는 녹사평의 빈 잔을 가득 채워주었다.

녹사평은 어렸을 때 프랑스로 온 가족이 이민을 갔다고 했다. 그러다 3년 전 배우의 꿈을 이루기 위해 혼자서 한국에 돌아왔는데 한국에 오자마자 사기도 당했다고 했다. 가족들의 반대를 무릅쓰고 한국행 비행기에 올랐던 녹사평은 빈손으로 절대 돌아갈 수 없었고, 지하 단칸방에서 온갖 고생을 하며 지내다 우연히 동준을 만나 일을 시작했다.

그때부터 녹사평에겐 많은 변화가 생겼다. 밝고 유쾌한 본연의 모습을 되찾았고 꾸준히 연기 학원을 다니며 서툴렀던 한국말도 많이 교정되었다. 진심을 다해 노력하는 녹사평이 언젠가 꼭 빛을 보게 될 거라고 동준은 장담하고 있다.

“난 아마 군대 가 있을 거 같은데.”

문래가 입술을 쭉 내밀며 시무룩해 하자 옆에 앉아 있던 여은이 어깨를 다독이며 잔을 채워주었다.

문래의 말대로 녀석은 내년 여름에 군에 입대할 예정이다. 예중, 예고를 나와 명문대 조소과를 다니며 엘리트 예술가 코스를 밟던 문래가 휴학을 한 건 작년 초. 예술가 집안에서 태어나 부족함 없는 재능 탓에 모두의 기대를 한 몸에 안고 대학에 진학했지만 문래는 재능과 꿈 사이에서 오랜 시간 고민했다. 그 꿈을 이루기 위해 고군분투중인 문래. 군대에 가서 정신 차리고 오겠다는 그 다짐을 동준은 믿고 있다.

“저 군대 제대할 때까지 애오개 형 2호점 차려두세요.”

“내가 요 앞에 리어카 하나 갖다 놓고 2호점 딱 써 놓으면 되는 거지?”

인간비타민 애오개. 단 한 번도 인상을 찌푸리거나 투덜거리는 걸 본 적이 없었다. 마냥 세상 편하게 사는 한량 같아 보여도, 그 어깨 위엔 감당하기 버거운 짐을 이고 있었다. 두 동생의 학비를 위해 생계전선에 뛰어든 젊은 가장. 언젠가 프루트바스켓 2호점을 내겠다는 야심을 숨기지 않는 귀여운 놈. 동준은 그날이 머지 않아 올 거라고 생각했다. 저렇게 성실하고 매사에 최선을 다하는 친구니까 분명 잘될 거라고. 하루 빨리 저런 친구들이 반드시 성공하는 세상이 되었으면 싶었다.

“문래 제대할 때쯤이면 여은 씨는 방송국 입사했겠지?”

“하아……. 그게 될까요?”

“당연히 돼야지! 나중에 책 소개해 주는 프로그램 제작하면 MC로 나 꼭 써주기다! 지난번에 한 약속 지켜야 돼!”

해인이가 새끼손가락을 내밀자 여은이 해인과 손가락을 걸고 약속의 도장을 찍었다. 그 모습이 어찌나 귀엽고 사랑스러운지 동준은 저도 모르게 피식 웃고 말았다.

방송사 교양국 피디가 꿈인 김여은. 인턴십을 마치고 돌아오면 본격적으로 입사 시험을 준비할 것이다. 그렇게 되면 지금처럼 자주 보긴 힘들어지겠지만 어떻게든 참아볼 참이다. 그래서인지 몰라도 내년, 내후년이 기다려진다. 과연 여은이는 어떤 모습을 하고 있을지가 무척 궁금했다.

“이해인, 내년에는 너 혼자 오면 안 된다.”

“알았어. 우리 집 강아지랑 같이 올게.”

연애하라는 채근에 해인은 능구렁이처럼 능숙하게 빠져나갔다. 연애에 대한 두려움이 큰 이해인. 동준은 그런 해인을 너른 품으로 안아줄 수 있는 사랑이 하루빨리 그녀에게 찾아오길 진심으로 빌었다.

동준은 애오개, 문래, 녹사평, 여은, 해인의 얼굴을 번갈아보며 생각했다. 난 이 자리를 변함없이 지켜야겠다는 생각. 모두가 힘들고 지칠 때, 기쁘고 신 날 때, 언제든 이곳에 들러 마음을 쏟아낼 수 있게 말이다. 적어도 이 사람들에게는 그런 존재가 되고 싶었다.

부디 모두의 소원이 이뤄지기를.

"메리 크리스마스!"

12시 정각.

동준이 잔을 들며 외치자 다들 잔을 높이 들고 건배를 나누었다. 단숨에 잔을 비운 동준의 얼굴엔 옅은 미소가 얹어졌다.

"다녀왔습니다."

집에 돌아온 여은은 아까 저녁 때 미리 사두었던 초코 케이크를 할머니에게 내밀었다.

"메리 크리스마스, 할머니."

"그려. 메리 크리스마스다. 근디 생각보다 일찍 들어왔네?"

운동화를 벗고 집안에 들어서는데 그제야 할머니께서 허리에 차고 계신 복대가 눈에 들어왔다.

"할머니 허리 다쳤어?"

"아녀, 괜찮어."

할머니는 웃으며 손사래를 쳤지만 표정엔 통증이 감춰지지 않았다. 여은은 아랫입술을 질끈 깨물고 이불 위에 앉는 할머니를 부축하며 깊은 한숨을 내쉬었다.

"뭐하다 다쳤는데? 많이 다쳤어?"

할머니는 또 한 번 고개를 저었지만 여은은 속지 않았다. 여은은 등 뒤로 감추려던 할머니의 손을 잡았다. 바닥에 쓸린 건지, 손바닥이 까져 긁힌 자국이 남아 있었다.

"요 앞에 쓸다가 살짝 미끌려가지구 자빠졌지 뭐여. 괜찮여."

오전에 잠시 내렸던 눈발이 문제였다. 손녀딸 걱정할까 봐 멋쩍은 웃음을 보이는 할머니 때문에 여은은 가슴이 쓰렸다.

"할머니……."

그것도 모르고 이때까지 실컷 웃고 떠들고 놀다 들어온 것이 너무나 미안하고 죄송스러웠다. 전화라도 하시지. 올 때 파스라도 사가지고 오라고, 조금 일찍 들어오면 안 되냐 말도 왜 안 하시는 건지, 괜한 짜증이 치밀었다. 앞으로 몇 달 간은 보살펴 드릴 수도 없는데 그것에 대한 걱정까지 뒤엉켜 마음을 울컥하게 만들었다.

떠날 날이 얼마 남지 않을수록 할머니에 대한 걱정은 날로 커져만 갔다. 하루에 수십 번도 더 갈팡질팡하는 마음. 그렇게 힘들게 마음먹어 놓고서도 매일 반복되었다.

그냥 가지 말까.

그냥…… 가지 말까.

고개를 떨궜던 여은은 흔들리는 마음을 애써 다독이며 천천히 고개를 들어 할머니를 살폈다.

"내일 병원 가자."

"내일 크리스마스라고 빨간 날이라 병원이 할라나 몰라."

"큰 병원 가면 되지."

"아유! 됐슈. 그거 쬐끔 넘어졌다고 안 죽어야."

"병원비 걱정하지 마."

"누가 돈 땜이 그런댜……."

말끝을 흐리던 할머니가 슬쩍 고개를 돌렸다.

내가 또 그 말에 속을 줄 알고?

여은은 쏟아지려는 눈물을 삼키며 이를 악물었다.

"할머니. 나 그냥…… 가지 말까?"

"야가 시방 뭔 소리여!"

"안 되겠어. 할머니 걱정돼서 못 가겠어."

이런 표현 우습지만 할머니가 나 없이도 씩씩하게 잘 계셨으면 싶었다. 마음 약해지지 말고 자기 몸 금쪽같이 아끼면서, 나 없는 동안 그렇게 지내셨으면 싶었다.

할머니는 그런 여은의 마음을 훤히 읽은 듯 고개를 저으며 여은의 손을 꼭 붙잡았다.

"나는 잘 있을 테니께 암 걱정 말어."

"나 없을 때 할머니 아프면 어떡해. 병원도 안 가고 혼자 끙끙 앓고 계시면 어떻게 하냐고. 나라도 옆에서 채근을 해야 마지못해 가잖아."

할머니는 단호하게 고개를 저었다. 붉어진 눈시울을 거칠게 손등으로 훔치며 연신 고개를 저었다.

"아가……. 뒤도 돌아보지 말고 가."

"할머니."

"너는 암 생각 말고 무조건 가는겨. 맘 약한 소리 하지 말어. 니가 어뜨케 먹은 맘인디. 내가 그걸 다 아는디……."

여은은 목이 메여 대답을 할 수 없었다.

"얼른 대답혀!"

할머니의 재촉에 여은은 입술을 꾹 깨문 채 고개를 끄덕였다. 그러자 할머니는 그제야 마음이 놓이는지 미소를 지으셨다.

"너 없을 땐 째끔만 아파도 병원 쫓아다닐 거니께 걱정 말어. 알겄지?"

나 없어도 병원 꼬박꼬박 잘 다니겠다는 그 약속 하나를 받아내려고 할머니의 마음을 무겁게 한 것이 가슴 아팠지만 이렇게라도 약속을 받아내서 다행이라고 생각했다. 쪼글쪼글한 주름이 가득한 할머니의 두 뺨을 여은이 자그만 두 손으로 감쌌다. 워낙 웃음이 많으셔서 생긴 주름들. 여은은 그렇게 생각하고 있다. 고생해서 생긴 주름이라고 생각하면 마음이 너무 아프니까…….

여은은 할머니의 잠자리를 챙겨드리고 제 방으로 갔다. 방에 불을 켜고 책상 앞에 앉는데 책상 위에 놓인 하얀 봉투가 눈에 들어왔다.

"이게 뭐지?"

그 봉투 안에는 두툼한 만원권 지폐 뭉치와 편지 한 장이 들어 있었다. 여은은 떨리는 손으로 편지를 펼쳤다.

-여은아. 가서 마싯는 거 만이 사먹고 조은 옷 사 입고 걸어 다니지 말고 항시 차 타고 댕겨라

맞춤법도 엉망에 비뚤비뚤한 글씨에 고작 두 줄짜리 편지가 결국 여은을 울리고 말았다.

품에 편지를 끌어안은 여은은 끅끅 울음을 삼킨 채 눈물만 쏟아냈다. 수건으로 입을 막고 소리 죽인 채 한참을 울었다.

나로 인해 한평생 고된 삶을 자처한 할머니. 허리 펼 날 없이 일하시며 날 키워낸 할머니. 말로 표현할 수 없는 사무치는 괴로움에 여은은 손바닥에 손톱이 박히도록 주먹을 꼭 움켜쥐었다. 간신히 마음을 달래고 방을 나선 여은은 할머니 방 앞에 서서 곤히 잠든 할머니의 모습을 바라보았다. 겨우 억누른 눈물이 또다시 흘러내렸고, 결국 집을 빠져나왔다.

차디찬 겨울바람에 긴 한숨을 흘려보냈다. 좀처럼 진정되지 않는 서글픈 마음을 스스로 다독이며 위로했다. 그리고 다시 한 번 마음을 굳게 먹었다. 그런 인턴십 굳이 무리해서 갈 필요 있을까 하고 흐트러졌던 마음도 바로잡았다. 할머니 말대로, 어떻게 먹은 마음인데…….

그때 건물 아래 멈춰선 택시가 눈에 들어왔다. 그 차에선 무척이나 낯익은 남자가 내렸다. 그 사람이다. 아까 지하철 타고 집에 바래다주고 돌아갔었는데 다시 돌아온 것이다.

동준이 재킷 주머니에서 휴대폰을 꺼내더니 어딘가로 전화를

걸었다. 이내 여은의 휴대폰이 지이잉 진동했다.

"오빠."

[뭐해?]

"일찍 자려고 누웠어요."

[아……. 그래?]

한숨을 내쉬었는지 그의 입에서 입김이 피어올랐다. 여은은 조심스레 계단을 내려갔다.

"오빤 뭐해요?"

[어? 나? 나는 지금…… 나도 지금 막 누웠어. 술을 좀 했더니 몸이 무겁네.]

계단을 내려와 건물 옆에 바짝 붙어 숨은 여은은 동준을 지켜보았다. 고개를 숙인 채 발등을 내려다보는 그의 뒷모습이 왠지 모르게 가슴을 두근거리게 만들었다.

"피곤할 텐데 어서 자요."

[그래야지. 너도 얼른 자.]

그는 머뭇거리며 뒷머리를 긁적였고 더 이상 참기 힘들어진 여은은 그대로 동준에게 달려가 와락 허리를 끌어안았다.

"어!"

깜짝 놀란 동준이 당황해서 뒤를 돌아보려 했지만 여은은 동준의 등에 얼굴을 묻은 채 참았던 눈물을 쏟아냈다.

"왜 그래? 무슨 일 있었어?"

여은은 대답 대신 고개를 흔들며 그의 허리를 더 꽉 끌어안았다.

"무슨 일 있었구나?"

"그냥…… 좋아서요."

"그렇게 좋으면 얼굴을 봐야지. 우리 얼굴 볼 날 많이 안 남았잖아."

조곤조곤한 그의 설득에 못 이겨 여은은 팔에 힘을 풀고 순순히 동준의 말을 따랐다. 그제야 마주 보게 된 동준은 눈물로 얼룩진 여은의 뺨을 손끝으로 다정스레 닦아주었다.

"내가 그렇게 좋다고? 이렇게 펑펑 울 만큼?"

여은이 고개를 끄덕이자 동준이 피식 웃더니 두 팔을 활짝 벌려 여은을 품에 안아주었다. 말로 설명하기 힘든 따스함이 가슴 한구석에서부터 뭉근하게 차올랐다.

"근데 왜 또 왔어요?"

"왜 왔겠어? 보고 싶으니까 왔지."

가슴이 벅차올랐다. 금방이라도 터질 것처럼 심장이 빠르게 뛰었다.

날 숨 쉴 수 있게 해준 고마운 사람.

고맙단 말로 표현하기에는 너무나 아까운 사람.

여은은 흐르는 눈물을 막지 못했다.

"내가 아무리 좋아도 울진 마."

등을 다독여주는 다정한 손길. 그 어떤 순간에도 따뜻하게 품어주는 너른 품.

여은은 가슴속 깊이 그를 새기며 고개를 끄덕였다.

"나 없는 데서도 울지 말고. 알았지?"

동준의 품에서 빠져나온 여은이 동준을 올려다보았다. 나에 대한 사랑을 충분히 느낄 수 있는 그의 반짝이는 두 눈. 따뜻함이 가득 담긴 애정 어린 시선에 또 한 번 코끝이 매웠다.

"실은 이거 주려고 왔어."

그가 바닥에 내려두었던 종이 가방을 내밀었다.

"그게 뭔데요?"

"선물."

"아까 크리스마스 선물 줬잖아요."

여은은 아까 동준에게 크리스마스 선물로 받은 목걸이를 옷 안에서 꺼내 보였다.

"그건 크리스마스 선물이고. 이건 네 생일 선물. 생일이 인턴십 일정 사이에 딱 끼어가지고 내가 챙겨줄 수가 없잖아. 미리 주는 거야."

여은이 고개를 갸웃거리자 동준이 억지로 가방을 여은의 손에 쥐어주었다.

"열어봐. 마음에 들지 모르겠다."

여은은 가방 안에서 종이 상자를 꺼냈다. 뚜껑을 열어보니 예쁜 운동화가 포개져 있었다. 어디서 봤나 했더니 그가 무척이나 아끼던 운동화와 같은 디자인이었다.

"와. 오빠랑 똑같은 거다."

여은의 말에 동준이 웃음을 참지 못했다. 쑥스러운 듯 그의 손은 정처 없이 떠돌며 턱을 긁적이기도 하고 눈썹을 만지작거리기도 했다.

"나도 내가 이런 걸 하게 될 줄 몰랐어."

"고마워요. 잘 신을게요."

사람 마음이란 게 참으로 간사했다. 이런 커플 아이템 같은 거 낯간지럽다고, 우린 절대 하지 말자고 해놓고 막상 선물 받고 나니 왜 이렇게 기분이 좋은지 모르겠다.

"하나 더."

"또요?"

동준이 재킷 안주머니에 손을 넣고 무언가를 찾았다.

"이건 어린이날 선물."

말도 안 되는 핑계에 웃음이 먼저 났다.

"어린이날 선물을 내가 받아도 되나?"

"주는 사람 마음이야."

그가 재킷 안주머니에서 꺼낸 건 한눈에 봐도 주얼리 케이스였다. 여은은 케이스와 동준을 번갈아보며 눈만 끔벅였다.

"아, 손이 부족하구나. 내가 열어줄게."

그가 연 주얼리 케이스 안에는 반짝이는 반지 두 개가 얌전히 놓여 있었다. 커플링이 분명했다.

"이건 내가 직접 공방에서 만든 거야."

그는 어깨를 으쓱이며 작은 반지를 꺼내 여은의 손에 끼웠다. 그리곤 하나 남은 반지를 여은에게 내밀었다. 여은은 들고 있던 상자를 잠시 내려두고 동준의 손가락에도 반지를 밀어 넣었다.

"좋으면 좋다고 해도 돼."

여은은 대답 대신 동준의 품을 파고들었다.

"이제 더는 고맙단 말도 못 하겠어요."

"그러니까 좋다고 해."

여은은 더욱 더 세게 끌어안았다.

"좋아요. 정말, 정말 너무 좋아요. 1년치 행운이 지금 몽땅 쏟아진 거 같아요."

"오늘은 크리스마스니까."

고개를 들어 동준을 바라보니 그의 눈동자에 제 얼굴이 아른거렸다. 옅게 웃고 있는 그의 입매가 미치도록 사랑스러웠다.

"실은…… 가지 말까 고민하고 있었어요. 혼자 가려니까 마음이 무겁고……."

여은의 말이 끝나기도 전에 동준이 여은의 작은 어깨를 단단히 부여잡았다.

"너도 한 번쯤은 욕심내도 돼."

그 말이…… 그렇게 고마울 수가 없었다.

여은은 고개를 숙인 채 입술을 깨물었다.

"준비 다 해놓고 이제 와서 마음 약한 소리 하면 어떻게 하냐. 자꾸 뒤돌아보지 마. 아무 걱정 말고 가. 내가 있잖아. 남자 친구는 이럴 때 써먹으라고 있는 거야."

"……고마워요. 정말 고마워요."

"세상에 쉬운 건 없어. 하지만 이런 시간들이 모두 다 지나고 나면…… 우린 꽤 행복해져 있을 거야."

이런 그가 곁에 있어준다는 게 얼마나 행운인지 여은은 순간 깨달았다. 뒤통수를 한 방 얻어맞은 것처럼 정신이 번쩍 들었다.

김여은 인생의 모든 행운이 쏟아져 그와 사랑을 나누고 있는 게 분명했다.

여은은 다시 한 번 동준을 바라보았다. 발꿈치를 들어 그의 목을 두 팔로 안아 당기자 그의 얼굴이 천천히 다가왔다.

맞닿은 코끝. 입술 위에서 오가는 숨. 가슴이 미친 듯이 뛰었다.

"나도 선물 주고 갈래요."

"무슨 선물?"

"그 무엇이 됐든……."

망설이지 않고 그대로 입을 맞췄다. 허리를 부드럽게 감싸 안는 그의 팔에 기대 그의 품 안에 깊숙이 안긴 채 숨을 나눴다.

그의 말대로 어서 이 모든 시간들이 흘러 꽤 행복해져 있을 우리의 모습을 보고 싶었다. 그날이 무척이나 간절했다.

■ □ ■

여은이가 말레이시아로 떠난 게 벌써 한 달 전.

시간이 언제 이렇게 갔나 싶기도 하고 왜 이렇게 더디게 가는 건가 싶기도 하고.

충남청과로 향하는 길목, 유씨 아저씨네 꽃집은 예쁜 꽃 화분들을 밖에 꺼내 놓고 봄 햇볕을 쐬고 있었다. 이따 꽃 화분 몇 개 사서 가게 테라스에 둬야겠다고 생각하며 동준은 발길을 재촉했다.

웬일로 가게 근처가 조용했다. 평소보다 10분 정도 일찍 온 탓인지 할머니는 아직 가게 문을 열지 않으신 듯했다. 동준은 가지고 있던 비상 열쇠로 문을 열고 들어가 불을 환히 밝히고 문도 활짝 열어 환기를 시켰다. 또 혹시 어디 고장 난 물건은 없는지 두리번두리번 살폈다.

"시계가 조금 늦나?"

동준은 손목시계와 가게 벽에 걸린 시계를 번갈아가며 보다가 가게 시계가 조금 늦다는 걸 발견했다. 내일 올 때 건전지를 사가지고 올 생각에 시계를 내려 어떤 사이즈의 건전지가 들어가는지를 확인했다.

"아이고, 우리 빠께쓰 사장님 일찍 왔네?"

"간밤에 안녕하셨죠? 강연홍 사장님?"

동준은 시계를 다시 제자리에 걸어두고 할머니에게 다가갔다.

"물리치료는 다녀오셨어요?"

"응. 오늘은 무릎만 혔어. 식혜 한 잔 주까? 호박식혜 기가 막히게 됐는디."

"어유, 그럼 당연히 먹고 가야죠."

할머니가 부랴부랴 냉장고로 향하자 동준은 알아서 컵 두 개를 챙겨 할머니의 뒤를 따랐다.

"다다음 주면 벚꽃 핀다던데 저랑 벚꽃놀이 한번 가시죠?"

"벌써 벚꽃놀이 할 때가 됐구만. 그려! 좋지!"

"섬진강 쪽으로 갈까요?"

"어이구, 그 멀리꺼정? 운전하기 힘들어서 어쩔라구."

"동민이 시키죠 뭐."

"맞네. 그럼 되겠네."

할머니는 손뼉을 치며 즐거워했고 동준은 식혜 한 컵을 단숨에 들이켰다.

최근 동민은 동준만큼이나 이곳에 자주 들렀다. 지난 달 여은이 말레이시아로 떠날 무렵 그만 하면 이제 정신 차렸지 싶어 동민을 집에 데려다 놓았는데 그간 꽤 마음고생을 하긴 했는지 조금씩 변하고 있는 것 같았다. 물론 아직까지 성에 차진 않지만 조금의 변화라도 반가웠다. 수정의 회사에서 착실하게 일을 다시 배우고 있다는 얘길 듣기도 했다.

여전히 꿀밤 한 대 놓고 싶을 만큼 얄미울 때도 있고 못된 말을 할 때도 있지만 자주 할머니 가게에 들러 안부를 살피기도 하니 참는 중이다. 그놈은 제 스스로 제 자신을 사랑할 수 있어야만 그 벽을 깨고 나올 수 있는 놈이기에 좀 더 기다려주기로 했다. 마음에 돋아난 가시가 하나둘 사라지길. 제 몸에 그어댄 흉터가 조금이나마 아물길.

오늘 싣고 갈 과일 상자를 카트에 잔뜩 쌓아 차로 끌고 가는데 인기척이 느껴져 옆을 보니 동민이 박스를 들고 동준의 뒤를 따르고 있었다. 웃음이 났지만 동준은 이를 꽉 다물며 입가의 미소를 지우려 애썼다.

"너 이렇게 여기 매일 드나들 거면 알바를 해."

"이거 다 실을 거지?"

동민은 동준의 농담에 아랑곳하지 않고 제 할 일만 했다. 차

트렁크에 박스를 차곡차곡 쌓아주고 다시 가게로 들어가 딸기 한 바구니를 사서 유유히 사라졌다.

저놈을 누가 말려.

“사장님, 저 갑니다!”

“응! 그려! 오늘도 수고혀!”

할머니와 살갑게 인사를 나누고 돌아서려는데 시계가 제 시간으로 맞춰져 있는 게 눈에 띄었다.

“어? 시계가…….”

“아, 방금 동민이가 약 갈아주고 갔어. 엊그제 왔다가 봤나벼.”

“귀엽네, 자식…….”

동준은 고개를 절레절레 흔들며 차에 올랐다. 시동을 걸고 핸들을 손에 쥔 동준은 라디오 볼륨을 한껏 높이고 출발했다.

때마침 자신의 마음을 대변하는 듯한 음악이 흘러나와 동준은 간만에 목청 높여 큰 소리로 노래를 따라 불렀다. 박자를 타느라 손가락을 까딱일 때마다 햇빛에 반사되어 반지가 눈부시도록 빛이 났다.

앞으로 남은 시간은 넉 달.

나만 빼고 다들 행복한 이 봄날이 어서 지나갔으면.

동준은 간절하게 빌었다.

13

소 년 을 위 로 해 줘

[300미터 앞 우회전입니다.]

“알고 있습니다.”

동준은 내비게이션에게 말대꾸를 하며 천천히 핸들을 감았다.

“그 다음은 ‘횡단보도 주의 구간입니다’죠?”

[횡단보도 주의 구간입니다.]

큰 길에서 작은 골목으로 진입한 동준은 브레이크를 밟아 속도를 줄였다.

“목적지 근처에 도착했습니다.”

[목적지 근처에 도착했습니다.]

내비게이션과 한 치의 오차도 없이 같이 말할 때의 쾌감이란.

동준은 씩 웃으며 차 유리창을 살짝 내렸다. 끈끈하고 후덥지근한 바람이 밀려들어왔지만 장시간 에어컨 바람을 맞아 종종 생기는 두통을 이겨내려면 자연 바람을 맞아줘야만 했다.

충남청과로 향하는 골목길 입구에 차를 세운 동준은 시동을 끄지 않고 라디오에서 흘러나오는 노래를 듣고 있었다. 마침 좋아하는 노래가 나와 끝까지 듣고 싶어서였다. 동준은 볼륨을 한껏 높였다.

"여은이도 좋아하던 노랜데."

시도 때도 없이 불쑥불쑥 튀어나오는 그리움에, 신 나는 노래에 손가락을 까닥이며 리듬을 타던 동준이 금세 풀이 죽어 어깨를 축 늘어뜨렸다. 핸들에 이마를 기댄 채 조수석을 보던 동준은 눈을 감고 여은의 모습을 떠올렸다. 젤리를 꺼내 먹으며 재잘대던 모습. 쏟아지는 잠에 무거운 눈꺼풀을 어쩌지 못하고 책을 손에 쥔 채 꾸벅꾸벅 졸던 모습. 좋아하는 노래가 나오면 고개를 좌우로 까닥이며 따라 부르던 모습……. 한숨이 절로 터져 나왔다.

[7월 24일 금요일 정오의 희망곡, 첫 곡은 제시 제이의 레이저 나이트였습니다. 이번 주 다음 주에 휴가 많이 가시죠? 주변에 휴가 준비하는 사람들이 제법 많……]

그렇다. 오늘은 7월 24일. 여은이 돌아오기로 했던 7월 20일로부터 나흘이 지났다.

동준은 원망의 눈길로 휴대폰을 바라보았다. 새까맣게 타들어가는 동준의 속을 아는지 모르는지 사진 속 여은은 환한 미소를 짓고 있었다.

"오빠, 저 여기서 한 달 더 머물러야 할 것 같아요. 괜찮죠?"

괜찮지 않았다. 전혀 괜찮지 않았다. 하지만 괜찮다고 대답했다. 그 좋은 나라에서 다섯 달 동안 내내 일만 하다가 딱 한 달만 여행하고 오겠다는 사람한테 보고 싶으니까 빨리 오라는, 그딴 소릴 할 수가 없었다. '역시 우리 오빤 마음이 넓다'며 치켜세우기까지 하는데 어떻게 들어오란 말을 할 수 있을까.

그래 뭐. 다섯 달도 버텼는데 한 달은 껌이지. 한 달 금방 갈 거야. 한여름이라 가게 일도 가장 바쁠 때고, 이럴 때 여은이 들어와 봤자 자주 만나지도 못할 텐데 뭐.

그래도…… 보고 싶다.

요즘 동준의 의식의 흐름은 늘 이런 패턴이었다. 그리움에 사무쳐 몸부림을 치다가, 괜찮다고 자기 위로를 하다가, 그래도 보고 싶다는 결론.

더 이상 찌질한 생각을 하지 않기 위해 시동을 끄고 차에서 내린 동준은 충남청과로 뛰듯이 걸었다.

"저 왔습니다!"

"응. 어여 와."

할머니께 힘찬 인사를 건넨 동준은 할머니와 계산 중인 손님과도 가볍게 눈인사를 나누었다. 인근에서 식당을 운영하는 단골손님이었다.

“차에 실어 드릴까요?”

“아이구, 그럼 나야 고맙죠.”

동준은 손님이 계산한 포도 두 상자를 손님의 차에 실어주었다.

“저 총각은 볼 때마다 참 싹싹하고 예쁘네. 딱 우리 사위 삼았으면 싶구만. 사장님, 저 총각 누구예요?”

“우리 손녀 애인이여. 눈독들이지 말어유.”

아쉬워하는 손님에게 할머니는 잘 익은 자두 두 개를 쥐어주었다.

“맛있게 드세요!”

동준이 허리를 숙여 인사하자 손님은 동준의 어깨를 한 번 쓸어보고는 차에 올랐다.

“아휴, 딸 가진 아줌니들마다 우리 빠께쓰 사장 탐내 싸서 큰일이여.”

“할머니. 그러니까 여은이 빨리 좀 들어오라고 재촉 좀 해주세요.”

동준의 앓는 소리에 할머니는 허허 웃으시며 시원한 매실차를 내밀었다.

“할머니, 여은이 보고 싶지 않으세요?”

“그람 자네가 얼른 들어오라고 혀.”

“제 말을 안 들으니까 문제죠. 설마 거기서 계속 있겠다고 하진 않겠죠?"

"그럼 안 되는디. 우리 빠께쓰 사장 살이 쪽 빠질 건디."

한창 연애가 불타오를 때 떨어져 지내게 되었으니 살이 쪽쪽 빠질 수밖에. 가슴이 뻥 뚫린 것 같은 이 허기는 도통 달랠 방법이 없었다. 말레이시아에 한 번 가 보려고 해도 가게 일이 바빠 엄두도 내질 못하는데, 지난 달 문래가 군에 입대를 하면서 더더욱 가게 일로 꼼짝도 할 수가 없었다. 아무래도 애 타는 건 나뿐인 것만 같아 여은이 얄미워지려고까지 했다.

"근디 이 시간에 어쩐 일이여? 아침에 실어간 과일이 부족햐?"

"아! 검은콩 미숫가루 좀 받아가려고요."

할머니께 하소연을 하느라 정작 가게를 찾은 용건도 잊어버렸다. 동준은 자연스레 검정 비닐봉투를 하나 뜯어 입구를 열었다.

"오메. 그 많은 게 벌써 다 나간겨?"

"제가 반응 좋을 거라고 했잖아요."

동준은 할머니가 싸주신 비닐 봉투 두 개를 받아 차에 실어두고 가게로 돌아왔다. 그 사이 가게에 손님이 들어왔고 동준은 조용히 가게 구석구석을 살폈다. 어제 새로 단 환풍기가 잘 돌아가는지 확인하고 깜박거리는 천장 조명도 확인했다. 어떤 전구인지 보고 사와서 갈아 끼울 생각이었다.

"할머니, 내일 와서 저 전구 갈아드릴게요."

"아이구, 괜찮은디."

"깜빡거리는 거 꽤 신경 쓰여요. 눈에도 안 좋고. 저 내일 올게요!"

동준은 할머니께 꾸벅 인사를 하고 다시 차로 달려갔다.

매일 할머니의 가게를 찾는 이유는 할머니를 잘 보살펴 드리겠다고 여은이와 한 약속 때문이기도 하지만, 여은이가 그리워서이기도 했다. 그나마 이곳에 들르면 마음이 덜 허해지기 때문에 일부러 더 찾아오곤 했다. 돌아가는 발걸음이 늘 무거워서 문제지만 이젠 습관이 되어 견딜 만했다.

그나마 손님이 가장 뜸한 시간에 잠시 자리를 비운 건데 가게에 들어가니 손님들로 가득했다. 동준은 이마에 맺힌 땀을 닦아낼 새도 없이 곧장 앞치마를 허리에 매고 셔츠 소매를 걷어 올리며 주방으로 향했다. 아무리 급해도 손님들과 눈인사를 나누는 것도 잊지 않았다.

"미숫가루 가져왔어."

"형님, 저기 어머님 오셨어요."

"어? 그래?"

센스만점 애오개가 동준에게 내민 건 수정이 가장 좋아하는 청포도 주스였다. 동준이 컵을 받아들고 다시 주방을 나서자 애오개가 가리킨 방향에 정말 수정이 있었다. 가게에 비치해 둔 책을 읽고 있었는데, 주변 사람들이 그녀를 알아보고 수군거리며 휴대폰으로 사진을 찍기도 했다. 그런 것들이 너무나 익숙한 수정은 대수롭지 않은 듯 그저 책장을 뒤적였다.

"이 시간에 어쩐 일이십니까?"

"장사 잘하고 있나 보러 왔지."

동준은 수정에게 청포도 주스를 건네고 그 맞은편에 앉았다.

"에이, 거짓말. 가게 잘 와보지도 않으셨으면서."

"정말이야. 얼마나 장사가 잘 되기에 그 빚을 다 갚은 건가 궁금해서 와봤어."

수정의 말대로 동준은 어제부로 수정에게 빌린 돈을 모두 갚았다. 무려 은행 이자까지 쳐서 말이다. 덕분에 아주 오랜만에 두 다리 쭉 뻗고 잠을 잘 수 있었다.

"그건 그렇고, 여은이 할머니는 네가 잘 챙겨 드리고 있는 거지?"

동준이 고개를 끄덕이자 수정은 흐뭇하게 웃었다.

"여은이 한 달 더 있다가 들어온다고?"

"아, 몰라. 날 애태워 죽이려고 작정한 거 같아."

동준의 투정에 수정은 그저 웃기만 했다.

"엄마한텐 별다른 얘기 없었어?"

"나야 뭐…… 하고 싶은 거 있으면 다 하고 오라고 했지."

"엄마가 부추겼지? 엄마는 대체 누구 편이야?"

"그렇게 예쁘고 똑똑하고 앞길 창창한 애랑 사귀면서 그 정도 각오도 안 했어? 이거 완전 도둑놈이네."

수정은 울상을 한 동준의 이마에 콩 하고 꿀밤을 쥐어박곤 자리에서 일어섰다.

"벌써 가게?"

"약속이 있어서. 주말에 집에서 보자."

"정말 장사 잘 되나 보러 온 거야?"

"그렇다니깐. 엄마 말을 안 믿네. 가서 일해."

수정은 직원들 한 명 한 명에게 살갑게 인사를 건넨 후 미련 없이 가게를 나섰다. 동준은 터덜터덜 다시 주방으로 들어가 밀린 설거지를 시작했다. 대부분 테이크아웃으로 음료를 제공하지만 요즘같이 더운 여름엔 매장 안에서 먹고 가는 손님이 많아 설거지거리가 금방금방 쌓였다.

정신없이 설거지를 하고 나니 바닥난 재료 통이 눈에 들어왔다. 서브 주방으로 자리를 옮긴 동준은 긴 다리를 접고 키 작은 의자에 앉아 과일 세척을 시작했다. 여름에 가장 많이 나가는 재료는 망고와 청포도, 자두, 자몽. 그나마 손질이 수월한 것들이라 라텍스 장갑 손끝에 구멍이 나도록 부지런히 움직이니 금세 재료 통이 가득가득 들어찼다.

이 정도 되면 그만할 만도 한데, 그렇게 정신없이 움직여도 머릿속엔 온통 김여은 생각뿐이었다.

이건 병이야, 병.

"안 되겠다. 목소리라도 들어야지."

동준은 장갑을 벗어 던지고 바지 주머니에서 휴대폰을 꺼내 여은에게 전화를 걸었다. 애타는 마음을 아는지 모르는지, 몇 번이나 반복해서 걸었지만 통화는 연결되지 않았다. 혹시 바쁜 건가 싶어 동준은 카톡을 남겨두었다. 다시 장갑을 끼고 두 시간도 안 돼서 도로 빈 통으로 돌아온 자몽 통을 채우기 위해 자몽 껍질을 벗기다가 선반 위에 올려둔 휴대폰의 상황을 살폈다. 여전히 사라지지 않는 숫자 1. 동준은 점점 초조해졌다.

오늘 대체 왜 이러지. 왜 이렇게 유난히 보고 싶은 거지. 왜 자꾸 아른거리는 거야.

"형님, 자몽이랑 싸우는 거예요?"

녹사평의 농담에 동준은 웃음을 되찾았다.

"무슨 일 있어요?"

"여은이가 전화를 안 받아. 메시지 확인도 안 해."

"아아."

무슨 일인지 알겠다며 고개를 끄덕이더니 그대로 나가버렸다. 냉정한 놈. 동준은 아까 채운 것보다 두 배 더 가득 채운 자몽통을 들고 메인 주방으로 나가 재료 보관 냉장고에 넣어두었다.

"내일 아침에 일찍 나랑 어디 좀 다녀오자."

"어디요?"

"가보면 알아."

동준은 애오개의 어깨를 토닥여주고 행주를 들고 매장으로 나갔다.

사실 동준은 프루트바스켓 2호점을 준비 중이었다. 아직 구체적인 계획을 세우진 않았지만 몇 군데 좋은 자리를 봐둔 곳이 있어서 애오개와 함께 둘러볼 생각이었다.

"어? 형님 가게 계셨네요?"

"주방에 있었지. 여자 친구?"

손님이 떠난 테이블을 정리하는데 단골손님이 알은체를 해오자 동준이 살갑게 다가갔다. 과 동기와 1년째 썸만 타고 있다고 땅이 꺼져라 한숨을 쉬던 귀여운 녀석이 아마도 사랑을 쟁취해

낸 모양이다. 손을 꼭 잡고 나란히 앉아 있는 모습에 괜히 배가 아팠다.

“근데 너 군대 갈 때 안 됐어?”

동준의 일침에 두 사람이 동시에 한숨을 내쉬었다. 동준은 웃음을 참지 못했다.

“안 그래도 다음 달에 입대해요.”

“이야, 불안하겠다.”

서로를 보며 애틋해 죽겠다는 표정을 짓는 모습에 동준도 갑자기 우울해졌다. 또다시 여은이가 그리워졌기 때문이다.

“형이 지금 여자 친구 보고 싶어서 미칠 것 같거든. 그래서 두 사람을 오래 보고 있을 수가 없다. 놀다 가.”

동준은 두 사람에게 손을 흔들고 못다 치운 테이블을 정리하기 시작했다. 다시 휴대폰을 꺼내 보았지만 여전히 사라지지 않은 숫자 1. 숨이 넘어갈 것만 같았다.

유난히 긴 하루였다. 간밤에 꿈자리가 사나워서 그런 건가, 아니면 고된 일에 몸이 피곤해서 그런 건가.

동준은 여은이가 좋아하던 노래를 들으며 차를 몰았다. 신호를 타고 한참을 가다보니 문득 이 길이 여은의 집 쪽으로 가는 길이란 걸 깨달았다.

“정신 나갔구나, 신동준.”

유턴 차선을 찾던 동준은 그냥 그대로 가던 길을 가기로 마음먹었다. 신호에 멈춰 선 동준은 휴대폰을 확인했다. 아직도 사라지지 않은 숫자 1. 동준의 한숨은 점점 더 깊어졌다.

혹시 무슨 일이 생긴 걸까? 아무리 바빠도 이렇게 하루 종일 연락이 안 된 적은 없었는데.

초조한 마음에 한숨은 깊어지고 핸들을 쥔 손에는 힘이 들어갔다.

"결국 와버렸네."

도착한 곳은 여은의 집 근처 공원. 거의 매일 데이트를 하던 곳이다. 늘 주차하던 자리에 차를 세워두고 공원 안에 들어선 동준은 귀에 이어폰을 꽂고 혼자서 공원 안을 빙글빙글 돌았다.

가혹해. 이건 아무리 생각해도 가혹하다. 마치 드라마 속 비련의 주인공이 된 기분이랄까.

그래도 참아야지. 기다려야지. 여은이의 미래를 위해서, 우리의 미래를 위해서. 그렇게 생각하면 버틸 힘이 아주 조금은 생겼다.

Rrrr.

그때 마침 여은에게서 전화가 걸려왔다. 가슴이 와르르 무너지는 기분이었다.

"응. 여은아."

하지만 언제 그랬냐는 듯 침착하게.

동준은 최대한 차분하게 말하려 애썼다.

[미안해요. 많이 기다렸죠? 이제야 확인했어요.]

하루 종일 발을 동동 구르며 이제나 저제나 연락이 올까 휴대폰만 바라봤는데 여은이의 목소리를 듣고 나니 이제야 숨이 쉬어졌다. 어딘가 다급하고 미안함 가득한 목소리에 묵은 체증이 확 내려가는 듯했다. 내내 걱정했던 거, 내심 서운했던 마음도 일순간에 녹아내렸다.

"많이 바빴어?"

[하루 종일 정신이 없어가지고……. 이제 한숨 돌렸어요.]

동준은 벤치에 털썩 앉았다. 아무렇지 않았던 척하려니 기운이 쭉 빠진 탓이다.

"밥은 챙겨 먹었고?"

[네. 오빠는요?]

"나도."

[또 대충 때웠죠?]

"아냐. 밥으로 먹었어."

그런 건 어쩜 그렇게 귀신같이 알아채는지.

요 근래 일이 바쁘다 보니 대충 때우는 일이 잦았다. 혹시 애오개나 녹사평이 사실대로 말했을지 모르지만 동준은 일단 발뺌을 했다.

[집이에요?]

"아……. 아니."

[그럼 어디?]

"너희 집 앞 공원. 이제 집에 가려고."

[거긴 왜 갔어요. 나 보고 싶어서?]

"응. 너 보고 싶어서."

여은의 웃음소리가 무척이나 듣기 좋았다.

[얼른 집으로 가요. 피곤할 텐데 쉬어야죠.]

"그래야지. 너도 푹 쉬어."

진짜 언제 올 거냐고, 좀 더 빨리 들어오면 안 되냐고 재촉하고 싶은 마음은 굴뚝같았지만 동준은 다시 한 번 마음 깊숙이 못다 한 말을 밀어 넣었다.

"보고 싶다, 여은아."

[……저도요.]

"그래도 안 보챌게."

[고마워요.]

"고맙다고는 하지 마. 너한테 고맙단 말 들으면 계속 참아야 하는 거잖아."

[그래도…… 고마워요.]

"얼른 자. 내일 다시 통화하자."

그렇게 아쉬운 통화를 마치고 다시 차로 향하는 길. 그나마 아까보단 발걸음이 가벼웠다. 여전히 마음은 무거웠지만…….

통화를 마친 여은은 고개를 들어 그의 집을 올려다보았다. 집에 혼자 남겨질 먼지가 혹시나 무서울까 봐 늘 켜두는 주방 조명이 가장 먼저 눈에 들어왔다. 그가 가끔씩 나와 맥주 한 잔 마시는 발코니 테이블 위에 로즈마리 화분도 여전히 안녕해 보였다. 너무나 그리웠던 이곳을 다시 두 눈에 담으니 울컥할 만큼 감격스러웠다.

드디어 여은이 5개월 만에 한국 땅을 밟았다. 그러나 동준을 깜짝 놀라게 해주려고 한 달 정도 더 있다 가겠다고 거짓말을 했다. 여은의 거짓말에 동준은 실망한 기색이 역력했지만 끝까지 아니라도 우겨댔다. 기왕 간 김에 보고 싶은 거 마음껏 보고 느끼고 오라고 제법 쿨하게 말하기도 했다. 서른한 살 먹은 남자가 이렇게 사랑스러워도 되는 건가.

감사하게도 수정이 할머니를 모시고 공항에 마중을 나와 셋이서 오붓하게 저녁 식사를 하고 방금 헤어진 참이다. 여은은 그가 가게 문 닫는 시간에 맞춰 그의 집을 찾았는데, 마침 길이 엇갈려 버렸다. 일이 이렇게 되자 애가 타는 건 오히려 이쪽이었다. 깜짝쇼 같은 거 하지 말걸. 어서 빨리 그를 보고 싶었다.

여은은 손가락에 낀 반지를 만지작거리며 그가 선물해 준 운동화 끝을 내려다보았다. 5개월이란 시간동안 힘들고 지치고 돌아가고 싶을 때, 딱 포기해 버리고 싶을 때, 울고 싶을 때마다 큰 힘이 되어준 그 사람 생각이 간절했기 때문이다. 내가 이 악물고 버틸 수 있게 만들어준 그가 지금 미치도록 보고 싶었다.

빌라 주차장에 주차를 하고 차에서 내린 동준은 공동 현관 앞에서 서성이고 있는 한 여자를 발견하곤 고개를 갸웃거렸다.

설마.

에이 설마.

하루 종일 여은이 생각을 너무 많이 해서 헛것이 보이는 건가?

그런데 헛것이라고 하기엔…… 지나치게 김여은과 닮아 있었다. 아니, 뒤통수만 봐도 딱 김여은이다. 김여은이 분명했다.

그 순간 김여은의 뒤통수와 100% 일치하는 여자가 천천히 고개를 돌렸다.

"오빠!"

진짜 김여은이었다. 두 팔을 활짝 벌리고 동준을 향해 달려왔다.

"여은아……."

두 눈으로 직접 보고 있으면서도 도통 믿을 수가 없었다. 몇 번이고 다시 얼굴을 확인했다. 아니, 한 달 더 있다 오겠다던 애가 여긴 어쩐 일이지? 대체 이게 무슨 일이지? 동준은 여은을 품에 안고서도 헝클어진 머릿속을 쉽게 정리하지 못했다.

"정말 너 맞아? 내가 아는 그 김여은 확실해?"

여은이 격하게 고개를 끄덕이더니 동준의 뺨을 두 손으로 꼭 감싸곤 입을 맞췄다.

아냐. 김여은 아냐. 내가 아는 김여은이 이렇게 적극적이었다고?

"나 돌아왔어요."

"정말이야? 너 정말……."

여은은 동준의 목을 두 팔로 끌어안은 채 발을 동동 굴렀다. 동준은 제 품에 파고드는 자그만 여자를 꽉 끌어안으며 그립고 또 그리웠던 온기를 나눴다.

진짜 김여은이네. 이건 진짜 김여은 냄새잖아.

"그럼 너 나한테 한 달 더 있다가 올 거라고 거짓말한 거야?"

동준은 그제야 웃을 수 있었다. 안도의 한숨을 내쉬곤 동그란 여은의 뒷머리를 손바닥으로 연신 쓰다듬었다.

"놀라게 해주려고 그랬는데, 하아…… 괜한 짓을 했어. 오빠 기다리다가 내가 애타 죽는 줄 알았어요."

동준은 여은에게 사정없이 뽀뽀를 퍼부었다. 이마에도, 눈에도, 코에도, 뺨에도, 입술에도. 까르륵 간지러워 연신 터져 나오는 웃음소리에 동준은 정신을 차릴 수가 없었다.

오늘은 정말 이상한 날이었다.

14

Bittersweet

현관에 들어서자 먼지가 겅중겅중 달려 나와 꼬리를 바짝 세웠다.

"먼지야, 이리 와!"

여은이 두 팔을 벌리고 다가가자 먼지는 그대로 돌아섰다. 도도한 건 여전했다.

"치. 먼지는 제가 안 보고 싶었나 봐요."

여은의 투정에 아랑곳 않고 동준은 연신 뺨에 입을 맞추었다. 마치 옆에 있는 게 정말 여은이 맞는지 계속 확인하는 것만 같았다. 계속 손으로 만지고, 입을 맞추고……. 이런 사람이 아니었는데, 그리움이 생각보다 컸던 것 같아 여은은 마음이 아팠다.

"뭐가 좀 바뀐 거 같은데요?"

여은은 오랜만에 방문한 동준의 집안 곳곳을 둘러보았다. 더 큰 TV를 샀다고 하더니 TV 사이즈에 맞는 벽장까지 새로 짠 모양이다. 거실 한쪽 벽을 완전히 꽉 채워 버렸다. 일인용 테이블과 의자 역시 디자인이 바뀌어 있었다.

"넘치는 에너지를 어쩌지 못하고 가구 만드는 데 썼지."

동준의 우스갯소리에 여은은 냉장고에서 생수를 꺼내 마시는 그의 뒤로 다가가 허리를 와락 끌어안았다.

"뭐 좀 먹을래?"

"아뇨."

"마실 거 줄까?"

"아뇨."

여은이 고개를 쭉 내밀어 동준을 올려다보았다. 점점 빨개지는 그의 얼굴을 보며 여은은 웃음을 참지 못했다.

"얘가 오늘 왜 이렇게 적극적이지?"

"그래서 싫어요?"

동준이 씨익 웃더니 여은을 앞 쪽으로 끌어 당겨 품에 안았다.

"겁이 없어졌네."

"남자 친군데 무서울 게 뭐가 있어요?"

"허! 꼬시지 마. 난 지금 너랑 몸의 대화 말고 진짜 대화를 하고 싶으니까."

그 말이 진심이었는지 동준은 여은을 번쩍 안아들어 의자에 앉혀두고 냉장고에서 캔 맥주 두 개를 꺼내와 맞은편에 앉았다. 내심 서운했지만 여은은 군말 않고 맥주 캔을 땄다.

"밀린 대화부터 시작하자."

동준이 여은의 손을 꼭 잡고 네 번째 손가락에 끼워진 반지를 만지작거렸다. 동준은 흐뭇한 미소를 지으며 여은의 뺨도 어루만졌다.

"설마…… 이렇게 사람 설레게 해놓고 다시 돌아가는 건 아니지?"

"다 마치고 들어온 거예요. 걱정 마요."

그게 내심 불안했던 모양이다. 동준은 안도의 한숨까지 내쉬었다.

"그럼 됐어."

"다음 학기에 바로 복학할 거예요. 이제부터 미친 듯이 공부할 거니까 말리지 마요."

여은의 각오를 들은 동준이 고개를 끄덕였다.

"학교 다니면서 시험 준비 열심히 할 거예요. 아! 스터디에 들어가기로 했고, 공모전 준비도 부지런히 할 거고, 조기 졸업 신청도 할 거고요."

"숨 넘어 가겠네. 천천히 말해."

5개월 동안 조금 먼 곳에서 지내는 동안 여은은 많은 생각들을 정리할 수 있었다. 그간에 세워둔 계획을 그에게 빨리 알려주고 싶은 욕심에 숨도 쉬지 않고 말을 쏟아낸 것이다.

여은은 맥주 한 모금을 마시고 숨을 골랐다.

그가 의자에서 일어나 맥주 캔을 들고 발코니로 나갔다. 생각에 잠긴 듯한 눈빛에 여은은 그가 맥주 캔을 다 비울 때까지 얌전히 기다렸다.

"무슨 생각해요?"

"등 떠밀어서 인턴십 보내길 잘한 거 같다는 생각."

여은도 자리에서 일어나 동준의 곁으로 향했다.

"떠나 있는 동안 이 생각 저 생각, 이 고민 저 고민 충분히 하고 돌아온 것 같아서 뿌듯하다."

머리를 쓰다듬어 주는 그의 손길이 눈물나게 다정했다.

"다 잘될 거야. 조금만 더 힘내자."

사실 여은은 수십 번도 더 생각을 반복했다. 이런 계획들, 과연 잘 해낼 수 있을까. 욕심이 앞서서 하나도 제대로 해내지 못하면 어떡하지.

그런데 그가 이렇게 응원해 주니 뭐든 해낼 수 있을 것만 같은 기분이 들었다. 신동준이란 사람이 자신에게 얼마나 특별한 사람인지 여은은 또다시 깨닫게 되었다.

여은은 다시 한 번 동준의 품을 찾았다.

"정말, 정말 보고 싶었어요."

그는 대답 대신 등을 다독여 주었다.

"오빠가 아니었다면 진작 포기했을 거예요."

꿈같은 것들, 그저 욕심일 뿐이라며 모른 척했을 것이다. 지금 그럴 상황이 아니라는 핑계를 대며 노력조차 하지 않았을 것이다.

"아냐. 넌 포기하지 않았을 거야. 내가 아는 김여은은 그렇게 나약한 사람이 아니니까."

만약 이 사람이 내 곁에 없었다면…….

이젠 상상조차 할 수가 없었다. 늘 한결같이 믿어주고, 잘하고 있다고 응원해 주는 그 덕분에 꿈을 위해 달려갈 수 있는 것이다.

여은은 고개를 들어 동준과 시선을 마주했다. 존재 자체만으로도 감동인 사람. 여은은 발꿈치를 세워 동준에게 먼저 입을 맞췄다. 여전히 멋진 미소를 짓고 있는 그의 입술을, 욕심껏 훔쳤다.

현관문만 봐도 웃음이 나는, 너무나 그리웠던 우리 집.

여은은 현관을 열고 집 안에 들어가 아까 내팽개쳐두다시피 한 짐가방을 방 안에 끌어다 넣었다.

"여은이 왔냐?"

"다녀왔습니다!"

"잘 만나고 온겨? 많이 반가워하제?"

"헤헤. 그렇지 뭐."

"천날만날 너 언제 들어오냐고, 얼릉 들어오라고 말 좀 해달라고 할미를 들들들들 볶았어. 어휴, 징그러."

순간 상상했다. 김여은 보고 싶어 죽겠다고, 빨리 들어오라고 말 좀 해달라며 할머니를 못살게 구는 동준의 모습을. 여은은 새어나오는 웃음을 어쩌지 못하고 배실거리며 씻고 갈아입을 옷을 꺼냈다.

"할머니! 오늘 같이 자자!"

"그려. 간만에 울 애기 끌안고 자야겄네."

할머니는 곧장 방으로 들어가 장롱을 열어 이불을 꺼내셨다. 욕실로 향하던 여은은 콧노래를 부르며 할머니의 뒷모습을 한참이나 바라보았다.

어렸을 적, 단칸방에 할머니와 단둘이 살았을 땐 늘 함께 한 이불을 덮고 자곤 했다. 지금 집으로 이사를 온 후부터 따로 방을 쓰기 시작했다. 밤늦게까지 불을 켜고 공부할 일이 많아지기도 했고, 그 탓에 하루 종일 일하고 집에 돌아온 할머니께서 깊은 잠을 못 주무실까 봐 걱정이 되어서기도 했다. 그래도 가끔 악몽을 꾸거나 정말 혼자자고 싶지 않을 땐 어린 아이처럼 할머니 품을 파고들곤 했다. 그럴 때면 할머니는 말없이 여은이를 꼭 안아주셨다.

여은은 할머니에게서 나는 은은한 냄새를 좋아했다. 말레이시아에서 혼자 생활하는 동안 그 냄새가 가장 그리웠다. 아무런 대책도 없이 그리움이 밀려들 땐 할머니 냄새를 떠올리며 한참동안 울기도 했었다.

샤워를 마치고 나오니 할머니께서 둥근 채반 위에 반으로 쪼갠 수박 한 덩이를 쩍쩍 썰고 계셨다.

"내일 가게 갈 때 한 통 들구 가. 엄청 달고 맛있드라고. 가서 갈라 먹어잉?"

"응."

여은은 선풍기를 등지고 앉아 젖은 머리칼을 말리며 수박 한 조각을 집어 들었다.

"우와! 진짜 꿀이다 꿀!"

손녀에게는 가운데 토막을 주고 가장 끄트머리 토막을 발라드시던 할머니 모습에 여은은 가운데 토막을 할머니 손에 억지로 쥐어드리고 할머니가 들고 있던 걸 제 입에 쏙 넣었다.

"할머니도 나 돌아오니까 좋지?"

"그걸 말이라고 햐? 좋아 죽겄구먼."

"참말로?"

"그람!"

여은은 들고 있던 수박을 내려놓고 할머니를 와락 끌어안았다.

"이이잉. 우리 할머니 엄칭 보고 싶었구만유."

"으이구. 이눔 자식 어린양만 늘어가지구."

그곳에서 머무는 동안 생각했다. 앞으로 할머니와 함께할 시간이 그다지 길지 않음을, 지금처럼 언제까지나 곁에 머물러 주실 수 없다는 걸 알기에 그래서 욕심이 생겼다. 넓고 좋은 세상을 앞으로 많이 보여 드리고 싶다는 생각. 평생 손녀 뒷바라지하느라 일에만 치여 살아야 했던 할머니의 귀중한 시간을 되돌려 드리고 싶단 생각.

할머니를 행복하게 해드리고 싶다는 것은 여은에겐 가장 원초적인 소망이었다. 동시에 여은에겐 가장 큰 동기부여가 되기도 한다.

"할머니. 조금만 기다려. 내가 호강시켜 줄게. 꽃길만 걷게 해 줄게."

"말만 들어두 가슴이 설레는구만! 그려. 할미 난중에 단풍 구경도 보내주구, 배도 태워주구, 금시계도 사주구, 다 해줘봐 어디."

여은은 쪼글쪼글한 할머니의 거친 손을 잡아 제 뺨에 대었다.

"할머니."

"응?"

"고마워. ……나 키워줘서 진짜 고마워. 정말 정말 고마워."

"하이구……."

할머니는 고개를 떨군 채 가로저었다. 여은은 그런 할머니의 손을 한참이나 만지작거렸다.

아직도 생생히 기억이 난다. 할머니가 시장 거리에서 노점을 하던 때가 말이다. 사시사철 눈이 오나 비가 오나, 열이 펄펄 끓어 몸이 아픈 날에도 시장을 나가셨다. 어린 여은이 할 수 있는 거라곤 할머니의 손을 꼭 잡고 따라가는 것뿐. 추운 날이면 여은의 목에 목도리를 꽁꽁 싸주고 당신은 볼이 빨갛게 얼어버리곤 했는데, 그때 입은 동상으로 지금도 겨울만 되면 할머니의 뺨은 붉어지곤 한다.

여은은 주름이 가득한 할머니의 얼굴을 보다가 눈물이 쏟아질 것만 같아서 고개를 떨궜다.

"내가 더 고맙제. 할미 손녀로 이렇게 이쁘게 커줘서 참말로 고맙네. 참말로 고마운 일이여."

여은은 다시 할머니를 꼭 끌어안았다.

눈물이 났지만, 슬프진 않았다.

■ □ ■

아침 일찍 충남청과에 들러 오늘 쓸 과일을 한가득 받아온 동준은 가게 앞에 차를 세우고 트렁크를 열었다. 그때 수정에게서 전화가 걸려왔다. 입가에 번지는 웃음을 억지로 털어내며 목소리를 가다듬었다.

[여은이 돌아오니까 살 만하지?]

"엄마 진짜 너무해. 어떻게 엄마까지 나한테 비밀로 할 수가 있어?"

[좋았으면서 괜히 투덜거리기는.]

동준은 어깨와 귀 사이에 휴대폰을 끼운 채 트렁크에 실린 과일 박스를 가게 입구 쪽에 쌓아 올렸다.

"물론 좋기야 좋았지. 반가움도 한 백배는 더 됐고. 그래도 그럼 안 되지! 여은이 한 달 더 있다가 온다 그래서 내가 얼마나 시무룩했는지 다 봐놓고는……."

동준이 투덜거리자 전화 너머에서 혀를 끌끌 차는 소리가 건너왔다.

[너 여은이 앞에서도 그렇게 어리광 부리니?]

"아니! 절대 안 그러지."

동준을 발견한 애오개가 주방에서부터 달려 나와 가게 입구에 쌓아 올린 과일 박스를 번쩍 들어 주방으로 가져갔다.

[쓸데없는 소리 말고, 여은이네랑 다 같이 식사 한번 하게 시

간 좀 잡아봐.]

"이제 여은이 만나려면 번호표 뽑고 줄 서야 할지도 몰라."

[그건 또 무슨 소리야?]

"들어보니까 앞으로의 계획이 엄청나더라고."

[어이구, 신동준 불쌍해서 어떡하나? 이젠 가까이 곁에 두고도 못 보게 생겼네?]

절로 깊은 한숨이 터져 나왔다. 수정은 연신 웃으며 동준을 놀려댔다.

수정과 통화를 마친 동준은 마지막으로 남은 키위 상자를 번쩍 안아 들고 가게 안으로 들어갔다.

"형님, 여은이 왔어요?"

"어. 어제 들어왔어. 안 그래도 오늘 저녁에 가게로 오라고 했다."

"파티 준비할까요?"

동준이 고개를 끄덕이자 신이 난 애오개가 콧노래를 부르며 발랄하게 걸었다. 그 모습에 동준도 피식 웃고 말았다.

밤 11시. 영업을 마친 프루트바스켓 매장 안은 여전히 분주했다. 애오개와 동준은 테이블 세 개를 나란히 이어 붙였고 여은은 가스 불에 구운 오징어와 쥐포를 잘게 찢어 접시에 담는 중이다.

"치킨 왔습니다!"

녹사평이 양손 가득 치킨과 캔 맥주를 들고 들어오자 각자 분주하게 움직이던 사람들이 자연스레 한 곳으로 모였다.

지난 달 문래가 군에 입대한 후 직원 둘이 늘었다. 상수와 마포. 연기자 지망생인 녹사평의 친구들 덕분에 '프루트 바스켓 직원' 평균 외모가 만렙을 찍었다는 소문이 파다했다.

"돌아온 소감이 어때?"

애오개의 물음에 여은은 고개를 갸웃거리며 알 듯 모를 듯한 미소를 지었다.

말레이시아에서 출국할 때만해도 그저 정신이 없을 뿐이었는데 인천공항에 도착하자마자 맨 처음 든 기분은 홀가분함이었다. 뭔가 대단한 걸 이뤄내고 돌아온 건 아니지만 이렇게 웃으면서 돌아올 수 있어서 참 다행이라고 생각했다.

"가게에 오니까 이제야 실감 나요. 나 정말 돌아왔구나 싶고."

"고생 많았어. 기특하네."

애오개가 여은의 어깨를 다독여주었다. 여은이 미소로 고마움을 대신했다.

"자! 우리 다 같이 건배 한번 합시다!"

애오개의 선창에 다들 맥주 캔을 가운데로 모아들었다.

"연신내, 네가 한 마디 해야지."

"다들 보고 싶었습니다! 정말 보고 싶었어요."

다들 여은의 캔을 툭툭 치고 시원하게 맥주를 들이켰다. 여은 역시 두 눈 질끈 감고 반쯤 쭉 들이켰다.

"못 본 사이에 더 예뻐진 거 같기도 하고."

"그치? 뭔가 달라 보이는데?"

애오개와 녹사평이 주고받는 말에 여은이 머리칼을 어깨 뒤로 넘기며 우쭐댔다.

"맨날 집, 도서관, 가게만 왔다 갔다 해서 새하얗더니 햇빛 꽤나 받고 왔나 봐? 살짝 그을려서 보기 좋다."

"보기 좋긴요. 여기 주근깨 더 올라온 거 안 보여요?"

여은의 볼멘소리에 애오개가 여은의 얼굴 가까이 다가오다가 저기 어딘가에서 경고의 헛기침 소리가 들려오자 잽싸게 거리를 두었다. 그 모습을 지켜보던 사람들은 키득키득 웃어댔다.

"저 없는 동안 우리 사장님 여자 손님들한테 끼 부리나 안 부리나 감시 잘 했어요?"

"그건 내가 도맡아 했지."

녹사평이 손을 번쩍 들며 여은의 옆자리로 옮겨 앉았다.

"너 없는 동안엔 완전 철벽남이었어."

"에이, 거짓말."

태생이 다정 그 자체인 사람이데 설마. 여은은 반신반의하며 동준을 바라보았다.

"문제는 그런 형님의 모습을 보고 여자 손님들이 더 매력을 느꼈다는 거지."

그는 정말 억울하다는 듯한 눈으로 여은을 바라보았다.

"난 정말 최선을 다했어."

어련하실까.

여은은 고개를 가로저으며 오징어를 잘근잘근 씹었다.

"미안! 내가 많이 늦었지?"

가게 문을 열고 들어온 건 해인이었다. 여은은 해인을 발견하곤 자리에서 벌떡 일어나 다가갔다. 그러자 해인이 활짝 웃으며 여은을 와락 끌어안았다.

"여은 씨, 정말 오랜만이야. 잘 다녀왔어?"

"네, 언니. 그동안 안녕하셨죠?"

"나야 뭐 늘 잘 지냈지. 얼굴이 좋아졌네?"

여은은 달아오른 뺨을 손바닥으로 꾹 누르며 다시 자리에 앉았다.

"얼굴이 좋아진 건 이쪽이 아니라 저쪽이구만. 신동준, 신수가 훤하다? 아주 좋아 죽네?"

해인의 말에 그는 태연한 얼굴로 고개를 끄덕이며 캔 맥주 하나를 건넸다.

"여은 씨 나한테 은혜 갚아야 돼. 저 진상 때문에 내가 얼마나 고생한 줄 알아?"

"얘기 들었어요. 오빠가 많이 괴롭혔다면서요?"

"여은 씨 보고 싶어 죽겠다고 난리, 인턴십 끝났는데 한 달 더 있다가 들어온다고 했다고 난리, 어후 완전 꼴 보기 싫어 죽는 줄 알았어. 대체 저런 남자 어디가 좋은 거야?"

나한테는 아무렇지 않은 척 내색조차 하지 않더니, 실은 날 많이 기다렸구나.

그의 마음이 자신의 마음과 다르지 않음에 여은은 마음이 뭉클했다.

빈 캔이 하나둘 늘어 갈수록 다들 목소리가 점점 커졌다. 남자들은 어느새 TV 앞에 옹기종기 모여 앉아 축구 경기를 보며 마치 자신들이 감독이라도 된 양 소리를 치고 선수들을 타박하고 있었다.

창가 쪽으로 자리를 옮긴 여은과 해인은 동준이 아끼던 샴페인을 열어 오붓한 시간을 보냈다.

"여은 씨 복학은 바로 할 거야?"

"네. 학교 다니면서 방송사 입사 시험도 같이 준비하려고요."

"어휴, 바쁘겠다. 준비할 것도 많고, 굉장히 힘들다던데."

"그래도 한번 해보려고요. 굳게 다짐하고 왔어요."

한 번쯤은, 적어도 한 번쯤은 꿈을 위해 후회 없이 최선을 다하고 싶었다. 실패한다 해도 미련조차 남지 않도록, '난 정말 최선을 다했어'라고 떳떳하게 말할 수 있을 만큼 말이다.

"그럼 이제 여기서 일은 못 하겠네?"

여은이 고개를 끄덕이자 해인이 여은의 손을 꼭 잡았다.

"응원할게. 혹시나 내 도움이 필요하면 언제든지 연락해."

"고맙습니다."

"내가 더 고마워. ……그거 알아? 여은 씨는 정말 멋있는 사람이야. 여은 씨 보면서 자극 받을 때도 많아. 어쩜 이렇게 열심히 사는지 참 기특하고. 그리고 여은 씨는 항상 최선을 다하잖아. 그 모습이 정말 예뻐."

난 정말 행복한 사람이야. 내 주변에 이렇게나 좋은 사람들이 많다는 게, 그 사람들이 날 향해 응원을 아끼지 않는다는 게 얼마나 놀라운 일인지…….

이들에게 보답하는 방법이라곤 그저 최선을 다하는 것뿐.
가만히 손등을 다독여주는 해인의 손길이 너무나 따뜻해서 여은은 울컥하고 말았다.

오랜만에 동준과 함께 지하철을 타고 집으로 향하는 길.
맞잡은 손을 위아래로 흔들며 서늘한 밤바람을 맞았다. 한낮의 무더위를 잠시나마 잊게 해주는 고마운 밤바람 덕에 동준의 콧노래도 들을 수 있었다. 옅은 미소가 얹어진 그의 입술을 힐끔힐끔 훔쳐보며 여은은 저도 모르게 배시시 웃었다.
"이렇게 같이 손잡고 걷는 거 진짜 오랜만이다. 그치?"
여은이 동준의 어깨에 머리를 기대자 동준은 여은의 어깨를 감싸 안았고 여은도 동준의 허리를 한 팔로 감아 안았다.
"이대로 시간이 멈췄으면 좋겠다."
나지막한 목소리에 여은은 다시 고개를 들어 동준을 바라보았다. 시선이 닿자 그가 또 한 번 미소를 지었다. 가슴을 두근거리게 만드는 그의 미소에 여은은 뺨을 붉혔다.
그는 날 기다리는 동안 얼마나 힘겨워 했을까. 만약 반대 입장이었다면 난 어땠을까.
그런 생각을 할 때면 너무나 미안하고…… 그만큼 고맙고…… 그만큼 행복했다.
"전 시간이 빨리 지나갔으면 좋겠어요."
그는 눈썹을 치켜 올리며 의아하다는 듯 내려다보았다.
"왜?"

"지금 이 순간들도 무척 소중하지만 이 모든 시간들을 함께한 후의 우리가 어떤 모습일지가 궁금해서요."

여은의 마음을 알겠다는 듯 그가 웃으며 고개를 끄덕였다.

여은은 종종 상상하곤 했다. 그와 자신의 미래. 지금처럼 함께일 거라는 믿음 하에 말이다.

내가 어느 직장에 다니고 얼마를 버는 것은 중요하지 않았다. 그와 나 사이에 겹겹이 쌓인 시간만큼이나 견고해졌을 사랑이 궁금했다. 우린 얼마나 더 많이 서로를 사랑하게 될까.

"아마 우린…… 그때도 지금처럼 이렇게 손을 잡고 있겠지."

입가에 번지는 미소를 감출 수가 없었다. 동준과 마주보고 선 여은은 그의 손을 꼭 잡고 반짝이는 눈동자를 바라보았다.

이 남자가 사랑하는 사람이 자신이라는 게 가끔씩은 믿어지지 않는 여은이었다. 그보다 더 믿어지지 않는 건 이 사람을 내가 마음껏 사랑할 수 있다는 것. 혼자 마음에 품는 것조차 욕심이라 생각했던 시간들을 지나 왔기에 더더욱 그러했다.

허리를 부드럽게 감싸 안는 동준의 손길을 피하지 않고, 여은은 두 팔을 동준의 목에 두르며 가까이 다가섰다. 천천히 고개를 숙이며 다가오는 그의 입술을 여은은 오늘도 기쁘게 맞이했다.

15

별은 너에게로

2년 후.

12월이 되어서야 첫눈이 내렸다. 예년보다 한 달 가량 늦어진 첫눈은 놀랍게도 폭설에 가까웠다. 우산 없이 길에 나선 지 2분 만에 머리칼이 흠뻑 젖어버렸다.

"으윽."

여은은 긴 한숨을 내쉬며 뻐근한 뒷목을 한 손으로 받치고 머리를 뒤로 젖혔다. 얼굴 위로 쏟아지는 눈발이 그리 싫지만은 않았다.

눈만 내리면 그저 신 나던 때가 있었는데. 이젠 출퇴근 걱정부터 하게 된다.

함께 맞는 첫 첫눈이라며 신이 나서 찍었던 사진은 여전히 여은의 휴대폰 배경화면이다. 여은은 코트 주머니에 넣어두었던 휴대폰을 꺼내 시계를 확인하고 큰길가로 걸음을 옮겼다.

"여은 씨, 퇴근하는 거예요?"

귀에 익은 목소리가 여은의 발걸음을 붙잡았다. 입사 동기인 성현이었다.

"네. 성현 씨도 지금 퇴근하시나 봐요."

"어디까지 가요? 방향 같으면 같이 가죠?"

"아, 저는 누굴 좀 기다리는 중이라……."

여은이 말끝을 흐리자 그가 무슨 말인지 알겠다는 듯 사람 좋은 웃음을 지으며 다가왔다. 아나운서 아니랄까 봐 웃는 소리마저 울림이 좋았다.

여은은 올해 8월 1일부로 그토록 원하던 방송국에 입사했다. 본격적으로 입사 준비를 한 지 2년 만의 결과라 모두를 놀라게 했다.

2년 전, 여은은 복학과 동시에 '방송사 입사 준비' 모드로 살았다. 말 그대로 '몰두'했다. 스스로를 극한까지 몰아넣으며 절대 후회하지 않을 만큼 끝까지 달렸다. 교내 방송팀에서 방송 시스템에 대해 다시 배우고, 방송사 입사를 목표로 하는 스터디에 적극적으로 참여하고 공모전에도 쉴 틈 없이 출품했다. 한 학기 조기 졸업까지 하느라 아르바이트는 꿈도 꿀 수 없었다. 정말 '악착같이' 해냈다.

올봄에 있었던 공채 시험에서 방송저널리스트 TV PD 부문 합격자 여섯 명 중 최연소로 합격한 여은은 4주 간의 합숙훈련 후 OJT 과정을 거쳐 본사 시사교양국으로 발령을 받았다. 성현은 이번에 입사한 사원들 중 여은과 유일한 동갑내기인데 심지어 같은 학교 출신이라 동기들 중 가장 빨리 친해졌다.

“아참, 여은 씨 ‘역사저널’ 들어갔다면서요?”

“네. 이번 주 녹화부터 들어가요.”

“와, 진짜 대박이다. 요즘 제일 핫한 시사교양프로잖아요. 축하해요. 우리 동기 중에 제일 잘 나가는 것 같아.”

성현의 말이 틀리지 않았다. 데일리 프로그램 조연출 3개월 만에 방송사 내 시사교양 프로그램 중 최고의 시청률과 최고의 화제를 모으고 있는 역사 토크쇼 팀 조연출로 옮기게 된 건 파격에 가까운 인사이동이었다. 그래서 여은은 요즘 방송사 입사를 준비할 때만큼이나 바쁜 나날을 보내는 중이다. 이런 기세라면 조만간 한국사를 마스터하지 않을까 싶었다.

“진짜 부럽다. 난 언제 프로그램 해보냐.”

라디오 시보가 주 업무인 신입 아나운서의 하소연에 여은은 뭐라 위로를 해야 할지 몰라 어색한 미소만 지었다.

“여은 씨 그 약속 꼭 지켜요.”

“무슨…….”

“그 왜 우리 OJT 할 때 다 같이 술 먹고 뻗은 날. 북 토크쇼 기획하고 싶다고, 나중에 진짜 기획하면 나 진행자 맡게 해주기로 했잖아요! 뭐야, 벌써 까먹은 거야?”

“그때쯤 되면 성현 씨는 완전 인기 아나운서일 텐데, 섭외하기 힘들어지는 거 아니에요?”

"에이, 우리가 어디 보통 인연입니까? 학교 동문에 입사 동기에 유일한 동갑내기 아닙니까! 의리 지켜야 돼요. 알겠죠? 나중에 모른 척하기 없기에요!"

"알겠어요. 성현 씨나 나중에 딴 말하지 마요. 얼른 가세요."

"그럼 저 먼저 갑니다!"

유쾌한 성현이 택시를 타고 먼저 떠난 후 길 위엔 또다시 여은 혼자 남았다. 여은은 시린 손을 코트 주머니에 찔러 넣고 누군가를 기다렸다.

내가 이곳까지 올 수 있도록 만들어준 사람.

생각만으로도 여전히 가슴이 설레는 그 사람.

빵빵.

클랙슨 소리와 함께 여은의 앞에 멈춰서는 낯익은 차.

여은은 저도 모르게 웃었다.

"여은아, 얼른 타."

여은이 애타게 기다리던 사람은 바로 동준이었다.

여은은 냉큼 차에 올랐다. 차 안은 얼었던 몸이 사르르 녹아내릴 만큼 따뜻했다.

"손이 꽁꽁 얼었네. 미안. 오래 기다렸지?"

"아뇨. 5분도 안 기다렸어요."

"미안해, 미안해. 퇴근 시간이라 길이 엄청 막히더라고. 좀 더 일찍 나올걸."

"괜찮다니까……."

동준은 차가워진 여은의 손을 만지작거리며 미안해서 어쩔 줄을 몰랐다.

“배는 안 고파? 밥 먼저 먹고 보러 갈까?”

“그럴까요?”

“그러자. 밥부터 먹고 움직이자.”

여은은 운전 중인 동준을 빤히 바라보며 웃음을 감추지 못했다. 왜 자꾸 웃냐는 그의 물음에 그냥 좋아서라는 답밖에는 할 수가 없었다.

그는 여전히 다정하고, 보고 또 봐도 좋은 사람이었다.

자주 가는 단골 식당에 들러 배부르게 먹고 난 후 원래 오늘 목적지에 도착했다. 늦은 저녁시간에도 사람들이 북적거리는 곳은 다름 아닌 가전제품 전시장. 여은과 동준은 냉온풍기를 둘러보는 중이었다.

“가게가 그렇게 크지 않으면 이 정도 제품이 무난할 거예요.”

“이거 전기세는 어때요? 너무 많이 나오면 안 되는데.”

동준은 직원의 설명을 들으며 이것저것 끊임없이 물었다. 공대 오빠는 아니지만 평소 기계에 관심이 많은 사람이라 그런지 같이 다니면 참 든든했다. 꼼꼼하게 알아서 잘 봐주니까 어찌나 고마운지.

할머니 가게에 여름엔 에어컨으로, 겨울엔 온풍기로 쓸 수 있는 냉온풍기를 구입하려고 며칠째 알아보는 중이었다. 지금 가게에 있는 건 중고로 얻어온 거라 전기세만 잔뜩 나오고 성능이 떨어져 있으나 마나인 고철덩이인지라, 이 달에 보너스를 두둑이 받기도 하고 마침 싸게 나온 제품이 있다고 해서 들러본 참이다.

"내가 보기엔 이게 제일 나은 것 같아."

한참동안 꼬치꼬치 물어본 그가 오케이를 한 제품이니 믿음이 갔다. 며칠 내내 인터넷을 싹 다 뒤져 골랐으니 어련할까. 가격까지 꼼꼼하게 사전조사를 마친 참이라 그는 직원과 가격 흥정까지 적정선으로 해두었다.

"저 그럼 이걸로 할게요."

여은의 수락에 직원은 안도의 한숨을 내쉬며 주문장을 받아 적기 시작했다. 직원은 몇 번이나 고개를 절레절레 흔들었다.

"애인 분이 진짜 고수시네요, 고수. 두분 나중에 결혼하실 때 혼수 꼭 저한테 하셔야 합니다! 제가 진짜 잘 해드릴게요."

"그럼요. 꼭 사러 올게요."

직원의 능청에 동준이 한술 더 뜨자 여은은 웃음을 참지 못했다.

여은은 내내 콧노래를 흥얼거렸다. 창밖으로 하염없이 쏟아지는 눈발을 바라보며 라디오에서 흘러나오는 캐럴을 따라 불렀다.

"그렇게 좋아?"

"당연하죠. 아! 뿌듯해! 우리 할머니 따뜻하게 장사하실 수 있겠다."

어깨를 으쓱이는 게 아이처럼 귀여웠다. 어깨에 닿지 않을 만큼 짧게 자른 단발머리 때문인지 한층 더 귀여워 보였다.

입사하고 처음엔 화장도 열심히 하더니 일이 워낙 고된 탓에 이제는 예전의 김여은으로 돌아왔다. 그래도 원하던 일을 원 없이 할 수 있기 때문인지 몰라도 전과 비교할 수 없을 만큼 여은은 에너지가 넘쳤다.

"그 다음은 금시계랬지?"

다부진 표정으로 힘차게 고개를 끄덕이는 모습이 참을 수 없이 사랑스러워서 동준은 여은의 볼을 꼬집어 보았다.

여은은 매일 성장하는 중이다. 여은이 사회인으로 자리 잡는 모습을 지켜보는 일은 동준을 즐겁게 만들었다. 무엇보다 자신이 꿈꾸던 일을 하고 있고 주변 사람들에게 인정까지 받고 있다는 게 참 뿌듯했다. 물론 자신의 여자 친구라서 세상에서 가장 예쁘고 똑똑해 보이는 걸 수도 있겠지만 말이다.

여은이 입사한 이후로 동준은 여은의 하루 일과를 매일 듣고 있었다. 오늘도 역시 재잘재잘. 지난주부터 갑자기 프로그램을 옮기게 되어 한창 적응 중인데, 이번 주 첫 녹화를 코앞에 두고 무척이나 떨린다고 했다. 그래도 담당 PD가 여은이 입사 초 멘토링을 해주던 분이라 다행이라고. 게다가 지난번 프로그램이 데일리 프로그램이라 편집 하나는 제대로 배워서 많이 혼날 것 같진 않다고 했다. 실제로 여은은 그 프로그램 조연출로 있을 때 매일같이 편집실에서 밤을 새곤 했다.

요즘에는 새로 들어가는 프로그램 작가들과 아이템 선정 회의를 하는 게 가장 즐겁다고 했다. 원래 한국사에 관심이 많았던 터라 회의를 시작하면 시간 가는 줄 모른다고, 호흡이 찰떡같이 맞는다며 좋아했다.

"우리 팀 메인 작가님이 다음 달에 출산을 하신대요. 나름 비상 상황인데도 팀 분위기가 진짜 좋은 거 있죠? 아! 피디님이 그러셨는데 자기 팀에 들어오면 이상하게 자꾸 결혼을 한다는 거예요. 석 달 전에 들어온 막내작가님도 나이가 스물다섯인데 내년 봄에 결혼한대요. 근데 아이러니한 건 정작 피디님은 골드미스라는 거. 그 말씀 하시면서 저보고 '너 남자 친구 있으면 언제 결혼할 건지 미리 말해' 그러시는 거 있죠?"

순간 가슴이 쿵 내려앉았다. 동준은 여은이 아무렇지 않게 결혼 얘길 꺼낼 때마다 심장이 바닥까지 떨어졌다. 욕심 같아서는 지금 당장이라도 하자고 하고 싶지만 차마 진지하게 이야길 꺼내지 못하고 있었다.

"그래서 뭐라고 했어?"

"당연히 걱정하지 마시라고 했죠. 전 아직 멀었다고."

역시 아직은 이른 거겠지? 여은이는 아직 스물여섯이고 이제 막 일을 시작했으니까. 어떻게 들어간 회산데. 일에 좀 더 집중하게 둬야지.

인간아, 좀 참자.

"근데 남자 친구가 저랑 나이 차이가 좀 있어서 어떻게 될지 모른다고 한 자락 깔아두긴 했어요. 사람 일이란 게 어떻게 될지 모르는 거니까 장담할 순 없죠."

사람 마음을 아주 들었다가 놨다가 하는 게 여우가 따로 없었다.

동준은 웃음을 간신히 참았다.

"정우 가게 들렀다 갈까?"

"안 그래도 어쩜 그렇게 코빼기도 안 비추냐고 분노의 메시지를 보냈더라고요. 간신히 달랬어요."

워낙 오랜 시간 동안 애오개로 불러 이젠 본명이 어색한 정우. 동준은 홍정우 점장이 운영하는 프루트바스켓 2호점을 향해 차를 몰았다.

프루트바스켓 2호점은 마감시간이 임박했음에도 손님들로 가득했다.

"우리 앉을 자리 있어?"

"어! 형님!"

너무나 바쁜 탓에 애오개가 간신히 고개만 들어 인사를 건넸다.

"저도 왔어요!"

"너 이 배신자! 일단 앉아."

여은은 애오개에게 손을 흔들어주고 매장 안 빈자리를 찾았다. 동준과 가장 구석진 자리로 간 여은은 의자에 가방과 코트를 걸어두고 매장 안을 기웃거렸다.

지난 4월 상암동에 오픈한 프루트바스켓 2호점은 홍대 매장과 비슷한 인테리어로 내부를 꾸며 놓았지만 손재주가 좋은 애오개의 친동생이 직접 만든 아기자기한 소품들을 채워 넣어 홍대 점과 분위기가 묘하게 달랐다.

홍대 매장은 주 고객층이 젊은 층이라면 상암동 매장은 주변에 회사들이 많아 직장인들이 많았다. 그래서 저녁 시간대보단 점심 시간대에 집중적으로 손님들이 몰리는데 그게 꼭 그렇지만은 않은 모양이다. 저녁엔 한가하다던 애오개의 말은 순 거짓말이었다.

말이 점장이지 애오개는 이곳 사장이나 다름없다. 동준과 수익을 나누진 않고 동준이 상암동 매장을 오픈하면서 지불한 임대 보증금과 인테리어 투자비만 매달 일정한 금액으로 나눠 상환하는 중이다. 두 비용의 상환이 끝나면 동준은 애오개를 완전히 독립시킬 생각이다.

"이 시간에 형님 가게는 어쩌시고."

한숨 돌린 애오개가 두 사람이 가장 좋아하는 자몽 주스 두 잔을 만들어 내왔다.

"동민이랑 문래가 있잖아."

"동민이 형님 때문에 형님 자리가 위태위태하다고 여기까지 소문 다 났어요."

동준이 코웃음을 쳤지만 사실 동준보다 더 예쁘장하고 반반하게 생긴 동민 덕에 여자 손님이 더 늘었다는 소문이 아예 없는 말은 아니었다. 동민의 성격이 동준처럼 상냥하고 다정하진 않지만 오히려 그런 걸 매력이라고 생각하는 사람들이 많았다.

애오개를 2호점 점장으로 내보내겠다고 결심한 후 올해 초부터 동민은 동준의 일을 돕고 있었다. 당시 동민은 수정의 기획사 일도 딱히 재미있어 하지 않는 것 같았고 수정과 동준은 그런 동민이 또다시 겉돌기만 할까 봐 신경 쓰던 차였다. 동준의 제안에 처음엔 하지 않겠다고 튕기더니 지금은 묵묵히 제 몫을 해내는 중이다. 불편한 한쪽 다리 때문에 바쁘게 움직이는 일은 하지 못해도 전처럼 그것을 부끄러워하진 않는다.

고맙게도 군에서 제대한 문래가 다시 가게로 돌아와 애오개의 빈자리가 메워졌다. 재능과 꿈 사이에서 방황하던 문래는 아직까지 답을 찾지 못했고 여전히 시간을 버는 중이다. 여차하면 본인이 3호점을 내겠다며 전보다 더 열정적으로 일했다.

"쉬는 날 다 같이 농구 한번 하러 가자."

"맞아요. 우리 같이 농구한 지 진짜 오래 됐어. 한겨울에 웃통 까고 한판해야죠."

한 달에 한 번, 정기 휴일도 똑같은 두 매장. 처음엔 홍대 매장에 모여 한꺼번에 잼과 통조림을 담았는데 두 집 살림을 한꺼번에 하려니 허리 펼 새도 없이 바빠 결국 지난 가을부터 각자 매장에서 하기로 했다. 그러다보니 다 같이 모일 일이 자연스레 줄었다.

"연신내, 인간적으로 너무한 거 아니냐? 너랑 나랑 이렇게 오랫동안 안 보고 살 그런 사이 아니잖아?"

"그동안 징그럽게 봤으면 됐지 뭘. 고작 몇 주 가지고 유난이에요."

"헐! 얘 대드는 것 봐! 형님, 연신내 좀 봐요! 내가 지를 얼마나 금이야 옥이야 키웠는데."

"지난달에 과일 가지러 와서 봐놓고 또 그런다."

"야. 그건 스쳐 지나간 거지. 이제 보니 너 굉장히 매정한 아이구나?"

서운함 가득한 애오개의 표정에 여은이 고개를 흔들었다.

상암동 매장 역시 과일은 충남청과로부터 공수받고 있다. 이 매장은 특히나 직장인들이 많아 그런지 식사 대용의 낱개 과일과 샌드위치 매출이 좋았다. 이 기세라면 조만간 홍대 매장의 판매량을 위협할 듯싶었다.

"여기 점장 말 많네. 가서 일이나 해. 마감할 때까지 기다릴 테니까."

"내 편은 하나도 없네. 우리 윤 배우가 있었으면 내 편 들어줬을 텐데……."

애오개가 짐짓 삐친 척하며 다시 주방으로 향했다. 그 와중에도 매장을 나서는 손님들에게 다정히 인사를 건넸고 그 모습을 지켜보며 동준과 여은은 동시에 웃음을 터뜨렸다.

애오개가 애타게 찾는 윤 배우. 그는 한때 녹사평이라 불리던 요즘 가장 핫한 신인 남자배우다. 상암동 매장, 홍대 매장, 충남청과에까지 녹사평의 사인이 대문짝만하게 걸려 있다.

녹사평은 그렇게 오디션을 열심히 보고 다니더니 드디어 작년 말 데뷔에 성공했다. 공중파는 아니었지만 꽤 인기 있었던 케이블 드라마였는데, 단역보단 조금 비중이 있는 조연으로 출연했다. 대사 한 마디 없었지만 그것을 시작으로 광고, 화보를 거쳐 첫 작품을 함께 했던 작가의 차기작에 출연하게 된 것이다. 그 기세를 이어받아 올 여름, 첫 작품보다 좀 더 큰 배역을 맡아 빼어난 외모를 과시한 덕에 대중들의 관심을 받았고 톱스타와의 동반

광고로 유명세를 타기 시작했다. 그러다 드디어 지난달, 공중파 일일 연속극에 캐스팅되었다. 사랑스러운 캐릭터로 어머니들의 사랑을 독차지하는 중인데 요즘 한창 촬영 중이라 얼굴 보기 힘들었다.

"방송국에서 윤 배우 마주치기 힘들지?"

"걔도 걔지만 제가 워낙 바빠서."

"맞다. 그러네."

"전화나 한번 해볼까요?"

여은이 녹사평에게 전화를 걸었지만 한참동안 받질 않았다. 기다리다 지쳐 스피커폰으로 돌려놓고 기다리는데…….

[여보세요?]

"어쩐 일로 전화를 다 받네? 촬영 끝났어?"

[어. 지금 끝나고 집에 들어가는 길. 어디야?]

"나 지금 오빠랑 상암 와 있어."

[애오개 형 가게? 나도 갈까?]

"피곤하지 않아?"

[괜찮아. 형들이랑 네 얼굴 보면 더 기운 날 것 같아서 그래. 갈게 기다려.]

"그래 그럼. 기다릴게. 천천히 와."

통화를 마친 여은이 기쁜 소식을 알리러 애오개에게 향했다. 투닥거리는 두 사람을 지켜보던 동준은 빈 테이블이 눈에 들어와 가만히 앉아 있을 수가 없어 자리에서 일어섰다. 주방 정리만으로도 바쁜 직원들을 조금이나마 도우려 빈 테이블을 치우기 시작했다.

"형님! 앉아계세요. 저희가 할게요."

"앉아서 노느니 좀 거들지 뭐. 각자 할 일 해."

"애들아 뭐하니. 우리 대부께서 직접 컵을 치우시는 게 말이 되는 거냐?"

애오개의 호들갑에 직원들이 동준에게서 트레이와 컵을 빼앗아갔다.

"윤 배우도 온다는데 다 같이 치맥이나 할까?"

"치맥 좋죠!"

"그럼 내가 가서 치킨이랑 맥주 사가지고 올게."

동준이 외투를 챙겨 입으니 여은이 냉큼 달려와 팔짱을 꼈다.

"나도 같이 가요."

동준은 여은과 함께 가게를 나섰다.

홍대처럼 시끌벅적한 거리가 아니라 조금은 낯설었지만 그래도 여은이랑 함께 걸으니 마냥 좋았다. 발바닥에 뽀득뽀득 밟히는 눈의 감촉도 나쁘지 않고 아까보다 가늘어진 눈발이 가로등 조명을 받아 마치 벚꽃 잎이 날리는 것 같아 보였다.

동준은 혹시나 찬바람이 새어 들어갈까 여은의 옷매무새를 만져주었다.

"아, 좋다."

"뭐가?"

"이렇게 오빠랑 걷는 거요. 난 이게 그렇게 좋더라."

여은이 팔짱을 꼭 낀 채로 동준의 어깨에 머리를 기댔다.

"난 네가 더 좋아."

자그만 웃음소리가 사랑스러웠다. 동준은 여은의 이마에 쪽 소리가 나게 입을 맞추고 발길을 재촉했다.

■ □ ■

늦은 퇴근길, 여은의 가방이 무척 무거웠다. 백팩 안에는 오늘 밤까지 읽어야 할 자료들이 가득했다. 이대로라면 뒤로 훌러덩 자빠질 것만 같아서, 벽에 등을 기대고 갈 생각에 여은은 가방끈을 꽉 움켜쥐고 지하철 가장 끝 칸으로 향했다.

드디어 내일이 첫 녹화 날. 녹화가 끝나면 아마도 방송 전까진 편집실에서 살아야 할 것이다. 여은은 이미 각오를 하고 있었다.

무거운 눈꺼풀을 끔벅이던 여은은 잠을 쫓으려 머리를 흔들었다. 이대로 곧장 집으로 가 한숨 자고 싶지만 저녁 약속이 있어서 그럴 수가 없었다. 오랜만에 동준의 가족들과 함께 저녁 식사를 하기로 한 참이다.

그때 외투 주머니 안에 넣어두었던 휴대폰이 진동했다. 할머니였다.

"네. 할머니."

[방금 기사들이 온풍기 설치하구 갔어. 엄청 따시네.]

"헤헤. 좋지?"

[암. 좋구 말구. 요게 여름엔 에어컨도 된다믄서? 엄칭 좋은 거 샀구만.]

"내가 약속했잖아. 우리 할머니 내가 호강시켜 준다고. 이제 시작이야."

수화기를 건너오는 할머니의 웃음소리에 하루의 고단함이 싹 가셨다.

[내내 빠께쓰 사장이 봐주다 금방 갔어. 아끼지 말구 빵빵 때라든디?]

"당연하지. 아끼지 말고 틀어. 아낀다고 세워만 두면 기계는 오래 못 가. 알았지?"

[알겄어. 잘 쓸게. 고마워. 내 새끼…….]

코끝이 찡해진 여은은 손끝으로 이마를 긁적이다 벽에 머리를 기댔다.

"할머니도 다 같이 저녁 먹으면 좋은데."

[안 돼. 우리 계모임 할망구들이 목이 빠지게 기다리고 있어가지고.]

여은은 오늘 저녁 식사 자리에 할머니도 함께하지 못하는 게 마냥 아쉬웠다.

"알겠어. 조심히 다녀오세요."

[그려. 이따 집에서 보자고.]

통화를 끝낸 여은은 때마침 난 빈자리를 발견하고 걸어가다가 멈칫했다.

"앉으세요."

"아니에요. 앉으세요."

간발의 차이로 한걸음 늦게 도착한 탓에 여은은 머리 위에서 흔들거리는 손잡이를 쥘 수밖에 없었다. 먼저 앉은 학생이 민망할까 봐 여은은 괜찮은 척, 가방 따위 전혀 무겁지 않은 척 애썼다.

자리에 앉은 학생은 책에서 눈을 떼지 못하고 있었다. 여은은 무심결에 책 제목을 보곤 미소를 지었다. 나도 그 책으로 죽어라 공부했었지.

여은은 고개를 들어 지하철 안을 둘러보았다. 오늘 유난히 책을 손에 쥔 학생들이 눈에 들어왔다. 멋 부릴 줄 모르고 두꺼운 외투로 추위 정도만 피한 학생들의 옷차림. 화장기 없는 말간 얼굴. 마치 몇 해 전의 날 보는 것 같아 기분이 묘했다.

꿈은 그저 욕심에 불과하다고 생각하던 때가 있었다. 하지만 많은 사람들의 도움과 응원으로 여기까지 올 수 있었다. 여은은 스스로를 특별한 케이스라고 생각했다. 아주 운이 좋았다고. 이 세상엔 도움이 간절한 사람들이 여전히 많으니까.

그래서 안타까웠다. 그 모든 사람들에게 운이 돌아갈 수 없다면 작은 위로와 응원이라도 건네고 싶었다. 내가 받았던 만큼의 도움은 주지 못하더라도 말이다.

여은은 당장 오늘부터라도 그 방법을 생각해 봐야겠다고 다짐했다.

"신동준 씨 이름으로 예약되어 있을 텐데요."

"이쪽으로 안내해 드리겠습니다."

여은은 직원의 안내를 받으며 뒤따라 걸었다. 수정이 가끔씩 코스 요리를 사주던 유명 호텔의 양식당.

문을 열고 들어가니 동준이 가장 먼저 보였다.

"제가 좀 늦었죠?"

어깨에 짊어지고 있던 무거운 가방을 동준이 받아 내려주었다. 여은은 외투를 벗으며 수정과 동민에게 차례로 눈인사를 했다. 그러다 동민의 곁에 낯선 사람이 한 명 더 있다는 걸 깨닫고 여은은 눈을 동그랗게 떴다.

"아, 인사해. 여긴 동민이 여자 친구."

시선이 닿자 여자가 환히 웃었다.

"안녕하세요. 이현진입니다."

현진이 건넨 명함을 받은 후 여은은 어색하게 웃으며 손을 내밀었다.

"저는 명함 준비를 못해서……. 안녕하세요. 김여은이라고 합니다. 반갑습니다."

그렇게 인사를 나눈 후 대각선 방향에 자리를 잡았다. 동준으로부터 미리 아무런 얘길 듣지 못한 탓에 살짝 당황했지만 동민의 여자 친구라는 존재만으로도 괜히 기분이 좋아졌다. 명함을 슬쩍 보니 한의원 원장이라고 적혀 있었다.

"일하고 와서 피곤하지? 그러게 주말에 보자니까."

"아니에요. 오빠 가게 쉬는 날 맞춰야 다 같이 식사할 수 있잖아요. 오늘 딱 좋은데요 뭐."

수정의 볼멘소리에 현진이 눈치를 살피자 여은이 잽싸게 분위기를 전환했다.

"깜짝 등장이라 놀랐지?"

"오빠도 몰랐어요?"

"나도 방금 도착해서 알았어."

여은은 동준과 아주 작게 이야기를 나누며 수정의 표정을 살폈다. 기분이 나빠 보이진 않는데 그렇다고 좋아 보이지도 않았다. 동민의 연애를 누구보다 기다리셨을 것 같은데 분위기가 왜 이러지 싶었다.

요리가 순서대로 나오는 동안 대화는 여은과 수정 위주로 흘러갔다. 그럴수록 여은은 현진과 동민의 심기를 살피느라 바빴고 둘의 표정이 어두워질수록 여은은 속이 타들어갔다.

"근데 동민 오빠 여자 친구분을 뭐라고 불러야……."

"나랑 동갑이야. 언니라고 편하게 불러."

"그럴까요?"

동민의 제안에 현진의 표정이 한결 가벼워졌다. 안 그래도 자신보다 나이가 있어 보여 어떻게 불러야 하나 고민했는데 동민이 해결해 주니 여은도 다행이라 생각했다.

"형. 우리가 먼저 결혼해도 괜찮지?"

불쑥 던진 동민의 말에 동시에 일시정지 모드가 되었다. 여은은 다시 긴장했다. 이야기가 그만큼이나 진전되었는데 이제야 인사를 받게 되어 수정이 화가 난 건가 싶었다. 여은은 수정과 동준, 동민의 표정을 차례로 살폈다.

"엄마, 괜찮지?"

수정은 동민을 빤히 보다가 피식 웃었다.

"나야 순서는 상관없는데, 서두르는 이유가 뭐야?"
"같이 살고 싶으니까. 잠시도 떨어져 있고 싶지 않아서."
동민의 돌직구에 현진의 얼굴이 빨개졌다.
"형은 아직 여은이가 어려서 시간 걸릴 거 아냐."
"그것보단 여은이가 이제 막 자리 잡았잖아. 그렇게 하고 싶었던 일인데 집중하게 해줘야지. 난 좀 더 기다릴 수 있어."
아무렇지 않은 듯, 그러나 조금은 씁쓸해 보이는 동준의 표정을 보는 순간 여은은 멍했다.
그렇게 생각하고 있었다는 걸 전혀 알지 못했다. 당연히 그가 연애하는 걸 더 좋아해서 결혼 얘기 자체를 꺼내지 않는 거라고 생각했다.
생각해 보니 그는 농담이라도 결혼 이야기를 꺼낸 적이 없었다. 자신이 먼저 꺼낸 적은 있지만, 그때도 그는 별다른 반응을 보이지 않았다.
"난 상관없는데."
여은은 아주 작게나마 솔직한 마음을 꺼내놓고 와인 한 모금을 삼켰다. 그러자 동준이 꽤 놀란 눈으로 여은을 바라보았다.
"형은 아직도 여은이를 잘 모르나 봐. 둘은 아직 합의 전이니까 합의 끝낸 우리가 먼저 결혼하는 걸로 할게."
동민의 얄미운 선언에 여은이 마지못해 고개를 끄덕여 답을 대신했다. 여은은 동준을 힐끗 보곤 입 안 가득 고기를 밀어 넣기만 했다. 그는 마치 이따가 얘기 좀 하자고 하는 듯한 눈빛으로 여은을 뚫어져라 바라보았다.

"누구 맘대로 기다린대요?"

여은의 물음에 동준은 고개를 저으며 옅게 웃었다.

"난 연애하면서 그 어렵다는 방송사 공채 시험도 합격한 여자라고요."

동준은 여전히 답이 없었다.

"결혼해도 일에 집중할 수 있는데."

여은의 중얼거림에도 동준은 계속 묵묵부답.

이 남자가 오늘 왜 이렇게 입이 무겁나 싶었다.

"한 바퀴만 걷자."

늘 함께 산책하던 공원 앞에 차를 세운 그가 드디어 입을 열었다. 차에서 내린 여은은 동준이 내민 손을 맞잡고 함께 걸었다. 가슴이 뻥 뚫릴 만큼 시원한 겨울바람 덕에, 아까 몇 잔 마셨던 와인이 이제야 좀 깨는 것 같았다.

"오빠."

"응?"

"우리 언제 결혼할 거예요?"

여은의 물음에 동준이 그 자리에 멈춰 섰다.

"그게…… 전에 말했잖아요. 피디님이 결혼할 거면 미리 말해 달라고 했다고. 그 피디님이 알아오랬어요."

일단 던지긴 했는데 생각할수록 쑥스러워서 여은은 이런저런 핑계를 대며 고개를 떨궜다. 그 순간 동준이 여은의 뺨을 감싸며 시선을 맞춰왔다.

"피디님이 우리 결혼에 대해 그렇게 궁금해 해?"

"실은, 내가 더 궁금하기도 하고."

혹시나 솔직하게 물어보면 답해줄까 싶어서 여은은 에라 모르겠다 하며 속마음을 꺼내 버렸다. 그러자 그가 조용히 웃었다. 술기운 탓인지 몰라도 그런 그의 반응이 왜 그리 서운하고 답답한지…… 여은은 괜히 눈물이 날 것 같았다.

"왜 대답을 안 해줘요?"

"왜 갑자기 결혼이 급해졌어?"

"아니…… 급한 건 아니고."

자꾸 말 돌리네 이 남자.

설마, 나랑 결혼 생각이 없는 건가.

"물론 아직 결혼 준비 같은 거 하나도 안 돼 있긴 하죠. 뭐 그게 마음에 안 든 거면 미안해요. 지금부터 준비할 거예요. 그러니까 계획이라도 알려 달라 이거죠."

"결혼 준비?"

"그런 거 있잖아요. 혼수, 예단, 예물 뭐 그런 거. 우리 팀 작가님들한테 들었는데 거기에 돈 꽤 많이 들어간대요. 집 준비하는 게 제일 많이 들어간다고는 하는데 집이야 지금 오빠 살고 있는 집 조금만 손봐서 들어가면 되고. 아니 꼭 손봐야 하는 건 아니지만……."

혼자 주절주절 떠드는데 그가 잡고 있던 손을 슬쩍 끌어당기며 품에 끌어안았다.

"적금도 부지런히 넣을 거예요. 그러니까……."

"그냥 와. 아무것도 필요 없어."

여은은 동준을 조금 밀어내고 고개를 들어 동준을 바라보았다. 언제 봐도 참 예쁜 눈으로 자신을 내려다보고 있었다.

"난 김여은이면 충분해. 아무것도 필요 없어."

살며시 닿았다가 떨어지는 입술이 유난히 달콤했다. 술이 깨는 중이라 그런가, 왜 이렇게 이 남자가 멋있어 보이는 거지. 가슴이 두근거려 미칠 지경이었다.

근데 이거…… 프러포즌가? 아니지. 내가 먼저 프러포즈한 게 되나?

약간 애매하지만 여은은 그저 좋았다. 이런들 어떠하고 저런들 어떠하겠어. 모로 가도 서울로만 가면 되지.

여은은 동준의 허리를 두 팔로 단단히 감싸 안았다.

"오빠."

"응?"

"나 먼지 보고 싶은데."

"갑자기?"

여은이 격렬하게 고개를 끄덕이자 동준이 웃으며 이마에 꿀밤을 콩 쥐어박았다.

"그래. 그럼 먼지 보러 가자."

"가자!"

"먼지만 보고 오는 거다?"

여은은 고개를 갸웃거리며 동준의 팔에 매달리듯 안겼다. 그리고 발꿈치를 치켜세워 동준의 입술을 훔쳤다.

입술이 맞닿은 채로 싱긋 웃어주는 그 때문에 가슴이 바닥에 툭 떨어진 것만 같았다. 자신을 향해 이렇게 늘 아름답게 웃어주는 그가 고맙고 또 고마웠다.

못난이라고 놀려도 그렇게 좋더니.

성공한 내 첫사랑이 기특했다.

에필로그

시장은 단지 물건을 파는 곳이 아니라 물건을 팔아야만 하는 사람과 물건을 사야만 하는 사람들이 존재한다던 한 화백의 말이 떠올랐다.

시끌벅적한 시장 골목. 누군가는 사람 사는 냄새가 나서 좋다고 말하지만 여은과 여은의 할머니에겐 치열한 전쟁터 같은 곳이었다. 이곳에서 반드시 살아남아야만 했고 그랬기에 매일이 절박했다.

여은은 이곳에서의 어린 시절이 떠올랐다. 할머니가 좌판에 과일을 늘어놓고 장사할 때 여은은 그 옆에 나무상자로 된 작은 의자에 웅크리고 앉아 숙제를 하거나 책을 읽었다. 그런 여은을 사람들은 가엽게 보기도 했고, 동정하기도 했고, 기특하다 칭찬을 해주기도 했다.

그런 시절을 보냈던 이곳에 다시 돌아와 느끼는 기분은 몇 마디의 말로 설명이 되질 않았다.

"피디님, 촬영 다 했어요. 지금 확인하실래요?"

"그럴까요?"

시사교양국 5년차 PD 김여은. 여은은 또 한 번 꿈을 이루었다. 2년 전 북 토크쇼 '노트의 발견'을 기획했고, 2년째 프로그램을 담당하고 있다.

여은은 촬영감독이 찍은 화면을 모니터했다. 시장 길목마다 물건을 파는 사람들과 물건을 사는 사람들의 모습이 담겨 있었다. 이곳은 한 소설의 배경이 되기도 했는데, 그 작품을 주제로 하는 방송을 앞두고 방송 중간중간 내보낼 인서트 컷을 따는 중이다.

"작가님도 보여드릴까요?"

"에이, 내가 봐서 뭐해. 방송쟁이도 아닌데. 됐수다."

작가는 담배를 비벼 끄고 입맛을 다셨다. 어떻게 촬영하는지 궁금해서 내내 지켜봐 놓곤, 괜히 툴툴거리는 중이다.

"작가님, 식사하러 가시죠!"

"나 따라오슈."

앞장서는 작가의 뒤로 여은과 촬영감독, 프로그램 메인작가가 따랐다. 그들이 들어간 곳은 시장통의 선지국밥집. 허름한 내부 안에는 테이블도 고작 네 개뿐이었다. 출입문 쪽에 자리를 잡자 식당 주인이 작가를 알아보고 소주와 잔부터 챙겨주었다.

"여기 국밥도 네 그릇 주세요."

주인은 대답 없이 쿨하게 오이와 당근을 내주고 주방 안으로 들어갔다. 여은은 소주 뚜껑을 열어 작가의 잔부터 채워주었다.

"피디 양반이 아무리 그래도 난 방송 출연 안 하요."

"에이, 우리 작가님 성격도 급하시지. 일단 식사하시고 얘기해요, 우리."

여은은 촬영감독과 메인작가의 잔도 모두 채웠다. 대낮부터 한잔하려니 다들 쭈뼛거렸지만 여은은 건배를 서두른 후 단숨에 잔을 비웠다.

"크. 좋네."

빈 술잔을 탁 털고 오이를 깨물었다.

"작가님, 이 동네에 언제부터 사셨어요?"

"한 30년 됐지."

"그럼 우리 오다가다 만난 적도 있겠어요."

"피디 양반도 여기 살았수?"

내내 여은을 못마땅해 하던 작가가 드디어 관심을 보였다. 여은은 그 기회를 놓치지 않고 작가와 눈을 맞추었다.

"저희 할머니가 여기서 과일 노점상을 하셨거든요. 어릴 때는 집에 혼자 있기 무서우니까 할머니 따라서 매일 과일 팔러 다녔어요."

"참말?"

"할머니 혼자서 절 키우셨거든요. 작가님, 저 잘 컸죠?"

작가가 피식 웃었다. 처음 듣는 이야기에 촬영감독과 메인작가도 놀란 기색이다. 그때 작가가 여은의 빈 잔을 채워주었다.

"피디 양반이 잘 큰 게 아니라 할머니가 잘 키워주신 게지. 할머니는 아직도 과일 장사하시고?"

"이젠 그만두시고 고향에 내려가셨어요. 일 그만 하시라고 아무리 말씀을 드려도 기어이 밭농사를 짓고 계시죠."

"평생 일하던 사람은 손에서 일 놓으면 병나요. 노인네 소일거리 삼게 그냥 두슈."

4년 전, 할머니는 고향인 논산으로 내려가셨다. 여은과 동준이 마련해 드린 자그만 시골집에서 텃밭을 일구고 친구들 집에 마실도 다니며 즐겁게 지내고 계시는 중이다.

"거 참……. 고생 한 번 안 해본 것 같이 생겼더만."

"다들 각자의 사연이 있기 마련이죠."

"인생 통달한 사람 같수다."

여은은 빙긋 웃으며 다시 잔을 비웠다.

"지금은 신랑 잘 만나서 팔자가 확 폈습니다."

"'사' 자요?"

"아뇨. 돈을 잘 벌어서가 아니라 굉장히 좋은 사람이거든요. 제 인생을 바꾼 사람이에요."

여은을 바라보는 작가의 얼굴엔 호기심이 가득했다.

"작가님, 제 얘기 더 듣고 싶으시죠?"

"아이참. 말을 자꾸만 하다 말고 그러니까 궁금해서 그러지. 뭐 얼마나 고생을 하고 살았나 싶기도 하고, 그 잘난 신랑 얘기도 궁금하고."

작가의 호기심은 본능이라더니.

여은은 작가의 빈 잔을 가득 채웠다.

"우리 작가님 방송 출연만 해주시면 제가 싹 다 풀어놓죠. 그거 뭐 어려운 얘기라고."

"일단 밥부터 먹고 얘기합시다."

절반의 성공이었다.

여은은 뜨끈한 국밥을 숟가락으로 저으며 안도의 한숨을 내쉬었다.

간만에 햇빛 좀 쐬려고 나왔더니 선선한 가을바람에 코끝이 간지러웠다. 테라스 테이블에 나와 앉아있던 동준은 따뜻한 홍차를 담은 머그를 손에 쥐었다.

"사장님, 이제 좀 한가해요? 아까 낮에 미어터지더니만."

"그렇죠 뭐. 하하. 수고하세요."

옆 건물에서 공방을 하는 사장님의 알은체에 동준도 인사를 건넸다. 동준은 이곳에 앉아 오고가는 손님들이나 주변 상인들과 반갑게 인사를 나누었다.

가을을 맞은 프루트바스켓은 여전히 분주하다. 이제 곧 저녁시간이 되면 손님들이 몰려 또다시 숨 돌릴 틈도 없을 것이다. 그전에 잠시나마 한숨 돌리는 중이다.

동민이 강남역에 3호점을 내고, 문래가 신촌에 4호점을 낸 후 홍대 매장 전반적인 운영은 다시 동준이 도맡아 하고 있다. 여전히 멋진 남자 직원들이 동준을 도왔다.

그때 저쪽에서 낯익은 사람이 손을 흔들며 다가왔다. 여은이었다. 어깨를 조금 덮는 길이의 머리칼을 하나로 질끈 묶은 여은은 이마 위에 손으로 작은 그늘을 만든 채 걸어오고 있었다. 동준은 자리에서 일어나 테라스 울타리 쪽으로 다가갔다.

"집으로 바로 안 가고 가게는 어쩐 일이야?"

여은이 다짜고짜 입술을 내밀었다.

'이 사람이 왜 이렇게 적극적일까' 하는 생각을 하기도 전에 몸이 먼저 반응했다. 동준은 본능적으로 입술을 내밀어 살짝 입을 맞췄다.

"설마, 술 마신 거야?"

"어? 양치했는데도 술 냄새 나나?"

설마 했는데 진짜 이 시간에 술을 마신거야?

동준은 어이가 없었다.

"뭐야. 대낮부터 이 여자가."

"작가님이랑 미팅이 있었는데 꼬실 방법이 없어가지고. 딱 세 잔 했어요. 딱 세 잔."

눈까지 찡긋거리며 애교를 부리니…….

동준은 결국 웃어버렸다.

"곧장 집으로 가려다가 오빠가 보고 싶어서……."

도저히 미워할 수가 없다니까.

동준은 여은의 손을 잡고 만지작거렸다.

"원고는 다 썼어?"

"……원고? 무슨 원고?"

"이번 주 후원의 밤 축사 당신이 한다며."

"어머어머. 미쳤어. 나 깜박하고 있었어요. 어떡해! 나 먼저 얼른 집에 갈게요. 이따 봐요!"

"천천히 가! 넘어진다!"

여은은 정신없이 뛰어가면서도 그 와중에 동준을 향해 손을 흔들며 손 키스를 날렸다.

못 살겠다. 정말.

동준은 혹시나 여은이 뛰다가 넘어질까 걱정스러워 그녀가 완전히 시야에서 사라질 때까지 지켜보았다.

■ □ ■

"준비 다 했어요?"

"아직. 하윤이 타이즈 입는 중."

'도담회' 후원의 밤 행사 시작 시간까지 남은 시간은 고작 한 시간.

여은은 몇 번이고 고쳐 쓴 소중한 원고를 가방 안에 챙겨 넣은 후 서둘러 거실로 나섰다.

"내가 마저 입힐게. 오빠 얼른 준비해요."

"싫어. 아빠가 입혀줘."

신동준 주니어 신하윤은 소문난 아빠 껌딱지. 하윤의 거부에 여은은 뒤로 물러서야 했다.

"괜찮아. 나 준비 다 했어. 내가 할게."

하윤의 말에 혹시나 여은이 속상할까 봐 동준은 미소를 지으며 여은을 바라보았다. 입을 삐죽이던 여은은 현관에 놓인 전신거울 앞에 서서 마지막 단장에 열을 올렸다.

"신하윤 준비 끝. 갑시다!"

동준이 하윤의 손을 잡고 여은에게 다가왔다.

"먼지야, 우리 다녀올게."

"다녀올게!"

하윤이는 먼지를 향해 손 키스를 날려주고 앞장섰다. 왕 리본이 달린 핑크색 애나멜 구두를 신은 하윤이 아장아장 걸을 때마다 양쪽으로 묶은 머리칼이 팔랑거려 마치 토끼 같았다. 그 모습을 뒤에서 지켜보던 동준은 그 새를 못 참고 하윤을 품에 안아들곤 사정없이 입을 맞췄다.

엘리베이터가 올라오길 기다리는 동안 동준은 여은의 옷매무새를 만져주었다. 여은이 가장 좋아하는 셔츠와 니트의 조합. 어쩜 이렇게 멋있는지, 날이 갈수록 더더욱 멋있어지니 미칠 노릇이었다. 이러니 하윤이가 아빠 품에서 안 떨어지려고 하지.

"여은아, 오늘 되게 예쁘다?"

"치. 하윤이가 세상에서 제일 예쁘다며?"

여은의 투덜거림에 동준이 여은의 허리를 끌어당기며 뺨에 입을 맞췄다. 한 팔에는 하윤이를, 한 팔에는 여은을 욕심껏 끌어안은 동준의 표정은 굉장히 거만했다. 마치 세상을 두 팔로 다 안은 사람처럼.

"오늘 밤에 하윤이 엄마한테 맡기고 올까?"

꿀이 뚝뚝 떨어질 것만 같은 눈빛으로 여은을 바라보던 동준이 여은의 귓가에 자그맣게 속삭였다. 여은은 대답 대신 눈썹을 씰룩였다.

"와! 열렸다!"

엄마와 아빠가 무슨 작전을 세우고 있는지 아무것도 모르는 딸내미에게 조금은 미안하기도 하지만, 그래도 하윤이가 그렇게 갖고 싶어 하던 동생을 만들어주려는 거니까 언젠간 이해를 해주지 않을까 싶었다.

동준과 여은이 행사장에 도착한 건 행사 시작 5분 전이었다. 차에만 타면 숙면에 빠지는 하윤이는 동준의 품에 안긴 채 입장했다.

"어서 와! 어서 와!"

먼저 도착해 있던 수정이 두 팔을 활짝 벌려 동준의 가족을 맞이했다. 수많은 사람들 사이에서도 단연 돋보이는 아름다운 미모에 여은은 오늘도 감탄했다.

"와! 오늘 여은이 정말 예쁘다!"

마치 어린아이를 어르듯 수정은 여은의 등을 토닥이며 안아주었다. 이젠 너무나 익숙한 환영인사라 여은도 수정을 꼭 끌어안았다.

"어머니 일찍 오셨네요?"

"아냐. 나도 이제 막 왔어. 아이구, 우리 똥강아지는 잠들었구나?"

"차만 타면 꿈나라예요."

수정은 동준의 품에 안긴 하윤을 보며 예뻐서 어쩔 줄 몰라 하셨다.

"엄마. 오늘 밤에 하윤이 좀 맡아주면 안 돼?"

"안될 거 없지. 어차피 지운이 만나면 안 떨어지려고 울고불고 난리일 텐데 같이 데려가지 뭐."

동민의 아들 지운이는 하윤이보다 두 살 많은 다섯 살인데 하윤이가 아빠 다음으로 세상에서 가장 좋아하는 존재였다. 둘이 만났다 하면 떨어질 줄 모르니 오늘 밤 수정의 집에 하윤을 보내면 완벽한 자유를 얻을 수 있을 것이다.

"왜, 오늘 밤에 약속 있니?"

"약속은 아니고……."

동준이 말끝을 흐리자 수정은 무슨 뜻인지 알겠다는 듯 여은에게 눈짓을 했다. 민망해진 여은이 부랴부랴 가방에서 원고를 꺼내 읽었다.

"안녕하세요."

그때 여은의 테이블로 다가온 키 작은 꼬마 아이가 인사를 건넸다. 여은은 깜짝 놀라 꼬마 아이를 번쩍 안아 들었다.

"은지 왔어? 어이구, 더 이뻐졌네 은지."

수줍은 듯 뺨을 붉힌 은지를 품에 안은 채 여은은 은지의 엄마와 반갑게 악수를 나눴다.

"리디아 씨, 오랜만이에요. 잘 지냈어요?"

"네. 잘 지냈어요."

"오느라 고생했어요. 어서 앉아요."

여은은 자신의 옆자리에 리디아와 은지를 안내했다.

올해 여덟 살인 은지는 여은이가 '도담회'에 가입해 처음으로 후원 결연을 맺은 아이다. 가정 폭력으로부터 간신히 벗어난 다문화가정의 모녀인데 2년 전부터 여은과 동준이 후원하고 있었다.

"은지야, 오늘 이모가 저 앞에 나가서 발표할 거거든? 이따 박수 크게 쳐야 된다! 알았지? 은지가 응원해 줘야 이모가 안 떨릴 것 같아."

"네. 응원할게요."

작은 목소리로 속삭이는 게 귀여워서 여은은 은지의 동그란 뒷머리를 연신 쓰다듬었다.

"지금부터 '도담회' 후원의 밤 행사를 시작하도록 하겠습니다. 밖에 계신 내빈 분들은 홀 안으로 입장해 주시기 바랍니다."

사회자의 말에 홀 안은 도담회 회원들과 후원 가정 아동과 보호자들로 꽉 들어차기 시작했다. 행사는 늘 그랬듯이 식사부터 시작되었다. 호텔 최고급 코스 요리가 차례로 나오고 식사를 하는 동안 삼삼오오 모여 앉은 후원자와 후원 가정은 이야기꽃을 피웠다.

미취학 아동부터 대학생에 이르기까지 다양한 연령대의 학생들은 행사 때마다 자주 마주쳐서인지 자연스레 잘 어울렸다. 후원자와 결연 가정 사이뿐 아니라 결연 학생들끼리의 멘토링 시스템도 운영 중이라 행사장은 그야말로 화기애애했다. 후원자들 역시 자신이 후원하는 아동뿐 아니라 다른 아이들에게까지 아낌없이 관심과 애정을 쏟았다.

“오늘 축사는 우리 ‘도담회’의 막내 회원 김여은 씨가 맡아주셨습니다. 박수로 맞이해 주시기 바랍니다.”

드디어 여은의 축사 순서. 단상 위에 올라 마이크를 쥔 여은은 은지와 시선을 맞추었다. 그러자 은지가 자그만 주먹으로 파이팅을 외쳐 주었다.

“안녕하십니까. 김여은입니다.”

여은은 고개를 꾸벅 숙여 내빈들을 향해 인사했다.

“축사는 두 번째예요. 제가 스물세 살 때 여기에 섰었죠. 그땐 정말 쥐뿔도 없었어요. 나 같은 게 무슨 축사야, 그런 생각에 있는 말 없는 말 다 쥐어짜서 간신히 말하고 내려갔던 게 기억나네요.”

그 당시의 김여은은 아무것도 손에 쥔 것 없는, 공무원 시험만이 인생의 돌파구라 믿으며 꿈같은 건 사치라고 생각하던 휴학생이었다.

“저는 배우 조수정 님 가족과 결연을 맺게 되어 열 살 때부터 후원을 받아 대학을 마쳤고, 지금은 공영방송사 한국방송공사 시사교양국 피디로 근무 중입니다. 그리고, 저 역시 한 친구의 후원자가 되었습니다.”

그 순간 저기 어디선가 박수를 보내왔다. 예상치 못했던 순간 여은은 코끝이 찡했다. 눈물이 날 것 같았지만 미소를 지으며 차분히 마음을 가라앉혔다.

“뭐, 더 이상의 설명이 필요할까요? 이곳에 계신 많은 분들이

제 성장과정을 지켜보셨고 함께해 주셨으니까요. 여러분들은 정말…… 정말 멋진 분들입니다."

여은은 허리를 숙여 다시 한 번 공손히 인사했다. 박수 소리가 좀처럼 끊이질 않았다. 여은을 향해 쏟아지는 따스한 시선에 감동이 밀려들었다.

열 살 때부터 보아왔던 고마운 사람들. 그들은 여은이 진짜로 닮고 싶었던 진정한 어른들이었다. 약자를 배려하고 감싸 안을 줄 알고, 자신이 가진 것을 아낌없이 베풀 줄 아는 어른들. 여은은 그들을 진심으로 존경했다.

"우리 학생들……. 조금 힘든 환경에 놓여 있다고 좌절할 거 없어요. 포기하지 말아요. 우리가 도울 거니까. 꿈을 꾸는 건 세상 모두에게 평등하게 주어지는 거예요. 여기 계신 많은 분들이 여러분의 꿈을 응원하고 있어요."

나 역시 그러했기에 너희들도 분명 해낼 수 있다고, 한 번 해보자고 말하고 싶었다.

"그리고 훗날 저처럼 지금 이 자리에 서주세요. 도움이 필요한 누군가에게 아무런 대가 없이 손을 내밀 수 있는 마음이 넓은 어른이 되어주세요. 저 역시 그런 어른이 되도록 끊임없이 노력할 겁니다. 그렇게 서로가 서로에게 거울이 되었으면 해요."

결국 여은은 고심하며 몇 번이고 고쳐 썼던 원고를 한 줄도 읽지 못하고 마음속에 있는 이야기를 꺼냈다. 비록 화려하고 멋진 말은 아니었지만 100% 진심이 담긴 이야기였기에 후회는 없었다.

준비했던 것보다 짧은 축사를 마친 여은은 단상을 내려오다가 엄지를 치켜세우는 은지를 발견하고 내내 참았던 눈물을 툭 떨구고 말았다.

동준은 여은과 맞잡은 손을 바라보았다. 단단히 깍지를 낀 두 사람의 손에는 같은 모양의 반지가 반짝 빛나고 있었다.

"안 추워?"

여은이 고개를 끄덕였지만 동준은 여은의 어깨를 품 안에 감싸 안았다.

"오늘 멋졌어."

"부끄럽게 왜 그래요. 정작 준비했던 말은 하나도 못 하고 내려왔는데."

"그래도 정말 자랑스러웠어."

"치."

동준의 칭찬에 여은이 쑥스러웠는지 동준의 어깨를 머리로 콕 찍었다.

"그날 말이에요."

"그날?"

"내가 잘못 보낸 메시지에 오빠가 답장해 줬던 날. 그날 만약 오빠가 답장을 주지 않았다면 우린 어떻게 됐을까요?"

"글쎄."

여은의 말을 듣고 나니 동준도 궁금했다.

그러게. 우린 어떻게 됐을까?

그래도 결국…… 사랑하게 되지 않았을까?

걸음을 멈춘 여은이 동준을 올려다보았다. 아무 말 없이 눈만 깜박이는 게 사랑스러워서 동준은 여은을 마주본 채로 안아주었다.

"고마워요. 답장해 줘서."

동준은 바람결에 흐트러진 여은의 머리칼을 귀 뒤로 다정히 넘겨주었다.

"나도 고마워."

"뭐가요?"

뭐부터 말해야 하지.

고마운 게 너무 많은데. 온통 고마운 것들 투성인데 어떻게 말을 해야 하지.

동준이 말을 잇지 못했지만 여은은 대답을 재촉하지 않았다.

그냥…… 김여은이라는 그 존재 자체에 감사했다. 이런 사람이 나의 아내라는 것이, 내 아이의 엄마라는 것이 그저 감사하고 또 감사했다.

동준은 대답 대신 여은의 입술에 입을 맞추었다. 차마 말로 다 전하지 못하는 진심을 꾹꾹 눌러 담아서.

〈END〉

작 가 후 기

썸이 대세인 요즘, 끌림 위주의 가벼워진 진심과 감성 말고 진짜 사랑에 대해 고민하고 소중하게 여길 줄 아는 친구들의 연애 이야기를 쓰고 싶었습니다. 이렇게 말하니까 좀 거창하지만요.

그리고 누군가에게 위로가 되는, 응원을 보내는 글을 짓고 싶었습니다.

제 주변에 여은이 같은 지인이 한 명 있거든요. 그 친구도 여은이처럼 지난 2월 말, '열정페이'만 받기로 하고 무급 해외 인턴을 떠났습니다. 저보다 한참 어린 친구인데 짊어진 삶의 무게가 가슴 아플 만큼 무거워 보였습니다.

요즘 참 치열하잖아요. 취업을 위한 스펙 쌓기는 물론이고 자소서에 적어 넣을 한 줄을 위해 많은 시간과 돈을 투자해야만 하는……. 그 지인분과 요즘 그 또래 젊은 친구들의 고민 얘기를 나누다가 이 이야기를 시작하게 되었습니다.

수정을 하면서 가장 고민했던 부분은 여은이가 지나치게 자립적으로 보이는 게 장점일까 단점일까 하는 부분이었습니다. 제 선택은 씩씩한 김여은이었는데 독자님들은 어떠셨는지 모르겠습니다. 전 제 선택에 후회하지 않을 겁니다.^^

이 글의 주 무대 프루트바스켓은 영국과 북유럽에서 인기인 'joe& the juice'라는 곳에서 따왔습니다. 젊고 섹시한 남성들이 그 자리에서 과일을 갈아주는 곳이죠. 검색해 보시면 흐뭇한 사진들을 확인하실 수 있습니다.^^

그리고, 이 글을 연재할 때 글의 마지막을 함께 했던 시와 음악들이 있었습니다. 글에 담지 못한 감성들을 채워주던 멋진 작품들이었어요. 그래서 글의 소제목으로 쓰기도 했는데요. 독자님들께도 소개해드리고 싶었지만 아쉽게도 책에는 싣지 못했습니다. 제 개인 블로그에 오시거나 초록검색창을 이용하셔도 쉽게 찾아보실 수 있을 겁니다. 문득 생각나실 때 한 번 찾아 읽어보세요. 저도 이 글 준비하면서 좋은 시들을 많이 접하게 되어서 정말 행복했었답니다.

늘 가까운 곳에서 항상 응원을 아끼지 않는 친구들, 지인분들, 가족들에게 감사의 인사를 전합니다.

함께 고생해 주신 청어람 관계자 분들께도 감사의 인사를 전합니다.

멋진 제목을 지어준 염원 작가님에게 고맙단 말을 꼭 전하고 싶습니다.

마지막으로, 이 글의 시작부터 마지막까지 함께해 주신 독자님들께 감사의 인사를 전합니다.

늘 행복하셨으면 좋겠습니다.

그리고, 당신의 사랑을 응원합니다.

2015년 8월

김선민 드림